主編：陳大為、鍾怡雯

# 華文文學百年選

## 馬華卷 貳

小說
新詩

# 編輯體例

一、時間距度：以一九一八年為起點，到二〇一七年結束。

二、地理範圍：以臺灣、香港、馬華、中國大陸等四個創作質量較理想，而且學術研究成果已具規模的華文文學區域為編選範圍。歐美、新加坡等東南亞九國的華文文學，不在選文範圍內。

三、選文類別：以新詩、散文、短篇小說為主，在特殊情況下，節錄長篇小說當中足以反映全書敘事風格，而且情節相對獨立的章節。

四、編選形式：以單篇作品為單位，透過編年史的方式，讓不同時代作品依序登場，藉此建構一地文壇的百年文學發展脈絡。百年當中，總會有幾個時期的整體創作質量，或直接受到政治局勢左右，或受二戰的戰火波及，而導致嚴重的崩壞；但也總會有那麼幾個時代人才輩出，而且出版業興盛，每個「十年」（decade）的選文結果因此不盡相同，不過至少會有一兩篇重要的作品負責呈現那個「十年」的文學風貌，或文學浪潮。在此一理念下建構起來的百年文學地景，應該是相對完善的。

五、選稿門檻：所有入選作家必須正式出版過至少一部個人作品集，唯有發表於一九五〇年以前的部分單篇作品得以破例。

六、選稿基礎：主要選文來源，包括文學大系、年度選集、世代精選、個人文集、個人精選、期刊雜誌、文學副刊、數位文學平臺。至於作家及作品的得獎紀錄、譯本數量、銷售情況、點閱與按讚次數，皆不在評估之例。

七、作家國籍：華人作家在過去百年因國家形勢或個人因素，常有南遊北返，或遷徙他鄉的行述，部分作家甚至產生國籍上的變化。在分卷上，本書同時考慮「原國籍」、「新國籍」、「異地定居」、「長期旅居」等因素（不含異地出版），彈性處理，故某些作家的作品會分別出現在兩個地區的卷次。

# 目次

## 新詩

總序

# 華文文學・百年・選

《華文文學百年選》是一套回顧華文文學百年發展的大書，書名由三個關鍵詞組成，涵蓋了全書的編選理念。

先說華文文學。在中港臺三地以外的華人社會，華文是一顆文化的種籽，從華文小學到華文中學，從華語到華文課本，「華」字的存在跟空氣一樣自然，一般百姓不會特別去思量它的命名有何不妥。華語文不但區隔了在地的異族語文，其實也區隔了文化中國這個母體，它暗示了一種「海外」獨有的、在地化的「非純正中文」或「非純正漢語」，日子久了，發酵成像土特產一樣的腔調。

在一九八〇年代進入中國學術視域的「華文文學研究」，不包括中國大陸的境內文學，因為那是「中國文學研究」，臺港澳文學後來跟海外華文文學融為一體，統稱為華文文學。當時臺灣學界不重視這個領域，命名權自然被中國學界整碗端去，先後成立了研究中心、超大型國際會議、專業學術期刊，甚至主動撰寫各國文學史，由此架設起一個龐大的研究平臺，「世界華文文學」遂成囊中之物。華文文學自此獲得更多的交流與關注，學科視野變得更為開闊，我們對東南亞華文文學的研究，確實獲利於此平臺，中國學界的貢獻不容抹煞。不過，「海外」華文文學詮釋權旁落的問題十分嚴重，除了馬華文學有能力在一九九〇年代奪回詮釋權，其他地區至今都沒有足夠強大的本土研究團隊跟中國學界抗衡，發不出自己的聲音。世界華文文學研究平臺，是跨國的學術論壇，也是話語權的戰場。

近十餘年來，有些學者覺得華文文學是中共中心論的政治符號，必須另起爐灶，重新界定了「華語語系文學」，它的命名過程很粗糙且漏洞百出，卻成為當前最流行的學術名詞。它建基於學理和心理上的「雙重反共」，在本質上並沒有改變任何東西，沒有哪個國家或地區的華文文學創作和研究從此改頭換面。

再度把鏡頭轉向廿一世紀的中國大陸，情況又不同了。原本屬於海外華人專利的「華語」，被中國民間商業團體改了體質，撐大了容量，成了現代漢語全球化的通行證，華語吞噬了漢語的概念版圖，一個懷抱天下的「華語世界」在中國傳媒界裡誕生。其中最好的例子是「華語電影傳媒大獎」（十七屆）、「華語音樂傳媒大獎」（十七屆），和「華語文學傳媒大獎」（十五屆），全都是包含中國在內的影音文學大獎；如果再算上那些五花八門的全球華語詩歌大獎，即可發現華語在非官方的日常使用領域中，正逐步取代漢語或普通話，尤其在能見度較高的國際性藝文舞臺。

我們以華文文學作為書名，兼取上述華文和華語的慣用意涵，把中國大陸涵蓋在內（一如我們主辦的「亞太華文文學國際學術研討會」），強調它的全球化視野。這種視野同樣體現在馬來西亞「花踪世界華文文學獎」（九屆），卻在臺灣逐步消失。鎖國多年的結果，曾為全球華文文學中心的臺灣離世界越來越遠。

這套書的最大編選目的，不是形塑經典，而是把濃縮淬取後的華文文學世界，以編年史的形式帶進臺灣書市，學生和大眾讀者可以用最小的篇幅去了解華文文學的百年地景——展讀中國小說家如何歷經五四運動、京海之爭、十年文革、文化尋根，和原鄉寫作浪潮的衝擊，如何在新世紀開創武俠、科幻、玄幻小說的大局；或者細讀香港文人從殖民到後殖民，從人文地誌到本土意識的敘述；以及歷代馬華作家筆下的南洋移民、娘惹文化、國族政治、雨林傳奇。當然還有自己的百年臺灣文學脈動。

現代百年，真的是很長的時間。

這百年的起點，有幾種說法。在我們的認知裡，現代白話文的源頭來自白話漢譯《聖經》及晚清傳教士的衍生寫作，當時有些讚美詩的中文／中譯，已經是相當成熟的「歐化白話」，胡適不過借用現成的歐化白話來進行新詩習作，從這角度來看，《嘗試集》比較像是一筆重要的文學史料或遺產。真正對中國現代文學寫作具有影響力並產生經典意義的，是一九一八年魯迅發表的〈狂人日記〉，此文正式揭開中國現代文學乃至全球現代漢語寫作的序幕，是歷久不衰的真經典。故本書以一九一八年為起點，止於二〇一七年終，整整一百年。

百年文學，分量遠比想像中的大。

我們在過去二十年的個人研究生涯中，花了一半的心力研究中國當代小說、散文和詩歌，另一半心力則投入臺灣、香港、馬華新詩及散文，有關新加坡、泰國、越南、菲律賓的研究成果不及一成，北美和歐洲則止於閱讀。上述研究成果，以及我們過去編選的二十幾冊新詩、散文、小說選，都是這套大書的基石，編起來才不至於太吃力。經過一番閱讀與評估，我們認為只有中、臺、港、馬四地的文獻資料是相對完整的，文學史的發展軌跡十分清晰，在質量上足以獨自成卷，而且我們長期追蹤它們的發展，不時選取新近出版的佳作來當教材，比較有把握。歐美的資料太過零散，東南亞其餘九國都面臨老化、斷層、衰退的窘境，即使有很熱心的中國學者為之撰史，甚至編選出文學大系，但質量並不理想。我們最終決定只編選中、臺、港、馬四地，所以不冠以世界或全球之名，只稱華文文學。

最後談到選文。

每個讀者都有自己的好惡，每個學者都有自己的一部（沒有寫出來的）文學史，大家總是對別人編的選集產生異議。文學本來就是主觀的。為了平衡主編自身的個人口味與好惡，我們初步擬好隱藏其後的文學史發展架構，再從各種文學大系、年度選集、世代精選，選出部分被各地區的主流論述認可的經典之作；接著，從個人文集與精選、期刊雜誌、文學副刊、數位文學平臺，挖掘出能夠跟前者並肩的佳作。我們既選了擁有大量研究成果的重量級作家，和中流砥柱的實力派，同時也選了被主流評論忽略的大眾文學作家與文壇新銳。在同水平作品當中，我們會根據教學經驗挑選一些適合課堂討論，或個人研讀與分析的作品。至於作家的得獎紀錄、譯本數量、銷售情況、點閱與按讚次數、意識形態、族群政治等因素，皆不在評估之例。

編這麼一套工程浩大的選集，確實很累。回想埋首書堆的日子，其實是快樂的——重溫了一路陪伴我們成長的老經典，發現了令人讚嘆的新文章。我們希望能夠把多年來在教學和研究方面累積的成果，轉化成一套大書，它既是回顧華文文學百年發展的超級選本，也是現代文學史和創作課程的理想教材，更是讓一般讀者得以認識華文文學世界的一流讀物。

陳大為、鍾怡雯

二〇一八年一月八日　中壢

馬華卷序

# 風起南國

五四白話文運動的隔年，一九二〇年春天，二十四歲的梁紹文從上海搭乘英籍郵輪甘馬號下南洋，整艘五千噸大船的乘客連他在內只有四名中國人，其餘都是回家的英國人和少數印度人。那時，南洋還是英國人的南洋，印度也是英國人的印度。幾天後，梁紹文抵達英屬的華人城市「星架坡」，接著一路北上馬來半島。他用新鮮的白話文素描新加坡、馬六甲、芙蓉、吉隆坡、怡保等地的社會風俗，以及在地華人的教育建設和政治處境等問題，後來結集成《南洋旅行漫記》（一九二四），是馬華現代散文史的開山之作。

一九二〇年代後期，新加坡《叻報》、《南洋商報》、《星洲日報》等大報紛紛開闢了文藝副刊，撐起馬華文學創作的半壁江山。在這一波文學副刊和雜誌的創刊浪潮中，南來文人扮演著核心的角色，從主編、主筆到作者，都可以見到這些人的身影。他們在中國、新加坡、馬來亞、印尼之間流動往返，有些從此定居下來，成為馬華文壇的骨幹。出生於福建的連嘯鷗、張楚雲在一九二九年的《叻報．椰林副刊》發表了〈都市和荒郊〉和〈新世界之夜〉，那是富有現實批判精神的都市詩；同年，來自廣東的曾華丁發表短篇小說〈拉子〉，以風格強烈的文字刻劃了婆羅洲原住民的慓悍形象和歷史際遇。這三位年僅二十幾歲的南來作家和他們的同代人，共同開墾了馬華新詩和小說的版圖。不過，馬華文學史的初期，就像隻身南來的文人，多半以單篇的形式散落各處，無論一九二〇或一九三〇年代，很多作品沒有結集，生平不詳，只能在文學大系，以及近年來所建的報紙文獻數據庫中，找到他們留下的詩文。

馬華第一位成大器的詩人杜運燮，出生於馬來亞霹靂州的小鎮，他在一九三四年回福建讀中學，就讀西南聯大期間發表了著名的詩作〈馬來亞〉（一九四二），戰後轉往新加坡教了三年書。一九五〇年，他在香港以「吳進」為筆名發表了〈涼爽的亞答厝〉、〈娘惹〉、〈「醍醐灌頂」般的沖涼〉等系列文化散文，翌年結集成散文集《熱帶風光》，是馬華散文史上的經典之作。一九五〇年代還有依藤、魯白野、蕭遙天、苗芒等散文作家，或寫戰爭生活、或寫地誌民俗，各有風采；也有威北華、白垚和吳岸，分別在現代主義和現實主義的陣營中，寫出壁壘分明的詩篇。

一九五五年《蕉風》在新加坡創刊，它後來成為馬華文學史上最具影響力的文學雜誌。一九五七年八月，馬來亞聯合邦正式成立，一九六三年再與沙巴、砂拉越及新加坡合組馬來西亞聯邦，兩年後新加坡脫離聯邦而獨立。在馬、新分家之前，兩地所有作家都可納入馬華文學；分家之後，苗芒等定居並入籍新加坡的作家，其後期創作便歸入新華文學；《蕉風》在一九五七年遷社到吉隆坡，留在馬華版圖之內。一九六五年是個重要的里程碑，馬華新詩進入現代主義的興盛期，李蒼、陳慧樺的詩打造出前衛的地景；跨入一九七〇年代，又有左手人和沙禽相繼崛起，現代主義詩歌的創作陣容逐年壯大，留下許多重要的詩作，現實主義一脈則逐年削弱。

一九七〇是結社的年代，相對於行事低調、步伐堅實的大山腳棕櫚社，美羅的天狼星詩社和臺北的神州詩社卻是大張旗鼓、天馬行空，但他們在新詩和散文方面確實有些建樹，亦展現了令人側目的集團化創作力和文學運動能力，文學和江湖的結合，值得記上一筆。以溫瑞安、黃昏星、方娥真為核心的神州詩社，算是馬華作家跟臺灣文壇之間一次成功的短暫鏈結。

自一九七七年開始，商晚筠、李永平、張貴興、潘雨桐等四人在十年內連奪十二座臺灣兩大報小說大獎，〈癡女阿蓮〉（一九七八）、〈日頭雨〉（一九七九）、〈伏虎〉（一九七九）、〈何日君再來〉（一九八四），都是足以跟臺灣小說名作並駕齊驅的佳作。李永平的《吉陵春秋》（一九八六）不但大受好評而且銷售極佳，它讓馬華文學在臺灣提高了能見度，算是大馬旅臺文學的第一座高峰。歷經三十年的發展之後，大馬旅臺文學終於確立了它作為馬華文學第二個板塊的意義和分量。

一九八〇年代的（在地）馬華文壇，雖有梁放的小說異軍突起，但整體表現較突出的是散文。率先登場的是校園散文。瘦子《大學生手記》（一九八三）、葉寧《飛躍馬大校園》（一九八七）、何國忠《班苔谷燈影》（一九八九）、潘碧華《傳火人》（一九八九）代表著一股新興寫作力量的崛起，從大學神話、族群政治，到鄉土關懷，輕重剛柔共冶於一爐，這一群校園散文作家不但橫掃書市，更躍升為文壇主力。一九八〇年代中期，留臺的傅承得和陳強華先後畢業返馬，前者交出激情澎湃的政治抒情詩，並發起轟動一時的「動地吟」詩歌演出；後者引入臺灣式後現代抒情詩風，在北馬開枝散葉，栽培出邱琲鈞等新銳詩人群，也影響了馬華後現代詩的寫作；跟前兩人鼎足而三的是方昂，他長於社會歷史的批判與抒懷，長詩尤其出色。步入一九九〇年代以後，三人的勁道不減，在星洲日報花踪文學獎各有斬獲。花踪是改變馬華文壇發展體制的大獎，五字輩的中堅世代和六字輩的新生世代一起逐鹿，催生了不少佳作。

一九九〇年代是旅臺文學再次崛起並回歸大馬的年代。張貴興以《群象》（一九九一）創造了獨一無二的婆羅洲雨林傳奇，當他的砂共和象群在雨林中流竄時，萬萬沒想到會意外引發砂華作家「書寫婆羅洲」的浪潮，長期湮沒於主流論述之外的砂華文學因此重新出土，作為馬華文壇第三個板塊的價值也被看見。張貴興之後，新一輩旅臺作家黃錦樹、陳大為、鍾怡雯等人也在臺灣兩大報文學獎和大馬花踪屢獲大獎；在地的呂育陶和黎紫書則反攻臺灣。赤道雨林、原鄉地誌、自然寫作、馬共神話、國族政治等主題，成為一代人的寫作趨勢。

廿一世紀的馬華文學進入穩健發展的階段，前行代作家冰谷、李永平、李有成、黃遠雄、李憶莙都交出了擲地有聲的作品；在地中生代的方路、杜忠全、梁靖芬、曾翎龍、龔萬輝等人聲勢依舊強勁，六、七字輩還是當前文壇的主力，八字輩也漸成氣候。二〇一七年九月，李永平抵達生命的大河盡頭，留下未完稿的武俠小說走了。這讓人想起吳龍川和張草的長篇武俠。武俠似乎是一場誘人的大夢，惜後繼無人。

轉眼之間，馬華百年成了「昨日的世界」。這一卷選集實際收入一九二四年至二〇一七年的作品，有些早期作家生平不詳，或後人難覓無以授權，因此產生了若干遺珠。當然，我們也克服了不少難題。在此特別要感謝李宗舜、冰谷、曾翎龍、杜忠全、許通元、方美富等友人在聯繫作者方面的協助，讓這一卷選集圓滿成書。

鍾怡雯

二〇一九年一月三十一日

# 小說

# 拉子

曾華丁

## 發端

詩巫的江干，綠色的群樹向左右兵丁似的展布開來，一直展布到江的極左以及江的極右，而至佔有了懷擁著江的本身的婆羅之洲的地面全部。於是，在沒有樹的族的足跡的江之極左以及江的極右已經不是洲的本體，而是洲以外的環境繞洲的自身的太平洋的西部。太平洋的狂濤和洲的本身搏在一處，孳乳著洲的生命而孕育洲的靈魂的結晶體，愛的飽和物，智慧的淵藪，可喜的一宗生命的集注，這就是北婆羅洲上一種尚未十分開化的野蠻民族；拉子。

拉子的生命由於周遭的物類的掩蓋而使彼等至今尚保存著簡陋的機智，直截的心情，大無畏的膽略，怪誕的幻想，愚不可及的行為以至於偉大的，毫不遲疑的殘忍心，畸形的懼怕心。

他們可以因為一樁極無謂的不吉的噩夢而殺盡妻子父母。他們可以因為世世認為不吉的馬的啼叫而舞劍操刀。他們有時是任性的，有時是馴服的，有時類似兇煞，有時比於鹿麑。總而言之，他們是絕對沒有現社會裡的市儈那樣刁頑的智能與夫蓄意害人的梟雄的奸險；他們視人生若夢幻，同時卻又以夢幻作為人生的一部分，或以夢幻為生命的主宰者。

他們崇拜英雄，他們又貴重美人。

他們以為英雄與美人是並頭鴛鴦。因之有英雄擇偶會。

他們是南島的健者，他們是世界的勝利者。

拉子拉子！請你掄動你那雪亮的利刀，踏平險惡的世途罷。——我是這樣在頌祝著。

（一）

當由S埠開到C地的火船遠遠地從江曲轉個彎溜出來的時候，本來一平如鏡的C江，現在加上幾百個圓圈，這些圓圈都是由於火船的波動，順應著沖激的勢力而有他們的生命的。而且他們是照例從船的周圍滾開去的。這期間，在這綠色的江波上浮泛著這條輪船，多少會使人想起池沼之內輕泛著黃掌白鵝的幻象。斯時，池的水亦會泛起幾百個圈紋，每一個圈紋亦是一樣地從白鵝的周圍泛開來，緩緩的擴大，以至於湮沒無見。

這樁景象是由於偶然的湊合而輕輕溜入在兩顆烏珠的腔骨，轉由神經的感應，使緊綴著這兩顆烏珠的黃蠟色的臉孔蕩起波紋，播起樂趣的意識，游離於臉殼的周遭的以太中以騰潑其順應的初衷與莫名的聯想。

由警長的收買，與拉族的擁戴而做了C埠的警局裡的巡查的「阿尖」，筆直地挺立在早晨的陽光中咀嚼他的幻想與回憶——

一個早晨，拉族的頭目九子報告一件不吉的事，說是白種人已經侵入內地，意在殲殺拉族，佔領土地。他於憤慨之下還說他一早看見也巴鳥站在樹上並且居然怪叫幾聲了，這兆頭大概不是吉兆。兒子黑鼻也報告一件不吉的事，說他昨晚夢中看見惡人在江中走動。頭目與黑鼻的話，拉族的人自然很被感動，當下阿尖被差至各處報告消息。當時阿尖是拉族的壯丁，他有拇指大的兩道濃眉，和圓洞洞的大口，拉族當他是好漢看，他也曾搗過幾回陣，壁上的成串的先前是血肉四溢的，現在是只剩著不朽不爛的骨骼而已的骷髏亦就是牢不可解的鐵證。

經阿尖的號召，結果一大群拉族的好漢由C江的兩岸嘯聚而來。刀的氣味，眼電的駁斥，與夫吆叱的激蕩，一時滂沱於頭目九子周遭。奮憤的氣焰馳驟在空間，拉族的長髮逶迤在人的氣喘之中。

結果由頭目的勒令、阿尖的統率，終在C江江面截獲一宗惡類，那是由C地湖江面上將開往P地的汽船。

一聲號角，幾千條腿一齊在江干入水，狗似的幾千架肉類游泳在水裡，一泛一泛泛近船的周圍。船上的水手於是著忙挺著搭鈎，血管及腦殼緊張著。阿尖見了，知道立功和雪恥的時候到了，一躍而上地由水裡竄上船的柵欄，一跨步將跨過柵欄時，只見水手手起處金光萬道，阿尖的盛勇似乎都在這一刻騰越而上似的，頭蓋骨咯咯地催得在發響著。但他睜眼一看時，黑煙在他眼前呈現了。他們隊伍散亂了，散亂了，他這才悟到船上的黑煙原來就是妖人所作的妖氣，同時他竟發覺幾個白種人手裡拿著陰森森的魔杖。魔杖口裡吼出的一聲的巨喊與同時化出的一道妖氣，還在繼續展威。他明白這巨喊與妖氣絕對是他隊伍散亂的主因，但他竟覺被俘了。

這是十幾年前的事。阿尖重複想著時，心內實在十分恐懼卻也十分氣憤。但是火船在江面上蛇行而來，已經在他面前拋錨了。他看見船的游泳正如前此殺害拉族壯丁的惡類所乘一般氣勢，不覺髮指。他想這一舟肉類，簡直是一班狗才。他兩手一分，一頓足，彷彿一舟肉類個個從他兩手一分之下撕為兩張似的。警長來了。他於是不能不走上船去檢查貨件，因為他的職分叫他不能不做這。

警長瞥見阿尖懶懶地直等輪船靠岸後數分鐘才挨近去，彷彿是不滿意著，他翻了一翻白眼，似乎說；你這野性難馴的賊禿，火船挨近了還不上前供職，在胡思亂想。……

但是，但是，阿尖的眼睛在轉動了，他的又長又黑的眉毛彷彿向對方示威道：這狗才，看看俺家的快刀罷。

船雖然停泊，卻不住地順應著江流的氣勢在一上一下地起伏，噪雜的人聲和難聞的艙內的氣味竟把阿尖緊埋在中間。阿尖在檢查乘客行李時，他的態度實在和平時不同了。他東翻西倒地把旅客的箱篋弄得太亂，他想，這些肉類，都是欺壓拉族的狗才，請看看俺家的快刀罷。但是，警長又走過來了，警長抿著嘴在笑，表面上似乎在贊許阿尖工作。

「都查過了？」警長問。

「……」阿尖翻著白眼。

警長照例點點頭，毫不在意的跑去了。

但是，阿尖依舊在翻白眼，惟有翻白眼而已。

## （二）

阿尖有妻子，這是拉族的新英雄的擇偶會的被選者。但他倆卻沒有住宅。沒有住宅的原因固然不得而知，但在阿尖似乎也不需要這起東西。因為警長別墅裡正需要一個工人，打掃地板的女工，充當這樣工人的人常常可以在別墅的角落裡找到一個榻位。阿尖的妻子就是充當這職分的，對於待遇自然不致不相同。但所不同的就是他的妻子每週祇能來看他一次，只要多一次，馬上就可以看見警長的妻子的嘴唇向他開闔，同時她馬上可以被惡語吞噬而去。

「你整日價守著你的主子，倒教別人永遠離開……」阿尖的妻子每次在主婦的妬嫉之下這樣埋怨。但她是馴服的，她從來不敢將這件事告訴丈夫，因為她知道她丈夫腰裡時常懷著一柄利刀的。並且主婦也有一點好處，就是常常除月薪外還可以從她那裡得一點零用錢，這是伊瞞著警長給她的，但她也並不以此為滿足。

現在是這樣：一盞煤油燈，一具臥榻，一柄鋒利的白刃，這些在擁抱著阿尖的肉靈，他突然兩眼一睜，燈光在周遭迴轉，報告他黃昏的過去，黑夜之已來，他會意了。「哈……」

他在微笑。

一帶白練，銀光在手上跳躍，用指細細的彈。

「叮！」白光雜在聲浪中間哮喊著，在和指尖的擊劍呼應著。

他於是知道利刀還保在。於是他安然睡倒。

幻象跟蹤著意趣，回憶揭發著他的憤懣，許多肉類的頭顱飛騰在他眼珠的腔胃之內。血管的膨脹，脈息的騰躍，於是，於是他跳起床來。

他確知門前已陳列著一些往事。同時也確知往事正在猙著醜惡的怪臉等著他，想吞食攫奪他。但他絲毫也不怕，他知道這是他的命，他以為現在非和它廝見不可了，往事呀往事，這是阿尖的戀人，阿尖將以全副生命交在你的手裡，將以你等的胸懷做他的墳地，他將埋身在你等的沉痛的笑意之中。

阿尖看見往事在招手，在向他施行眼電的靈妙的足以遞傳彼方的醉人的吸駭術了，C江的巨浪滔滔的淹了全身，白種人的伎倆展布於空際，血的飛蕩，刀光的閃蕩，呵，這是□□年C江的右邊的拉族反抗白色的統治者而得到的瘡痍，當時白色的統治者如何利用殘暴的江左的拉族來殘殺江右的同胞。血是滾著，頭顱蕩墮著。

呵！這不是□□年因私仇殺害一個商人被判死刑的同胞嗎？他那失去身體的頭顱在咀嚼著生的餘哀。他是死於唐人的金錢的賄賂與白色的統治者的美酒與香腸之下。

呵！這是阿尖的戀人，這是□□年阿尖刺殺江右的敵人在江左全拉族的慶祝戰勝江右的敵人的擇偶會——選得的美侶。呵，你為何這樣悲傷，你當時是怎麼掏著你的歡樂的肉靈來在凱旋軍中歡迎我呀！當時你看見我手中罪魁的首級，你是怎麼發狂著把來狂吻以向我表示你對於我的功勳的重視而向我求愛呀！如果首級還在，他會笑你，如果首級還在，她會問你——他的生命確是為你斷送。當時我雖然受白色的統治者的囑託，但我確是為了你才刺殺了這仇敵的生命。虧他做了我倆的犧牲與冰媒。

一個人在慾海的浪沫中雖然依舊有著腦筋，但是，它是盲目的。雖然依舊有著性靈，但是，它是麻醉的。我為了你不惜為人利用。不惜幹下殺害同胞的勾當，你為了我亦不惜身作白族的奴婢。這也惟有我才知道。

江右的頭顱是誰砍下的？江右的鮮血又是誰灑下的？性靈呵性靈！

但是，你為何又在憂愁了？你不是以愛情來填滿你的胸膛的女人嗎？

呵！這不是□□年白種人侵入內地的戰績嗎？槍械與刀劍的鬥爭的勝利並非真正的勝利，狠毒的陰謀的勝利並非光輝的勝利！江中的屍首是誰遺下的？江中的血液是誰濺下的，一樁一件死者是明白在心頭。

C埠呀C埠，這是那一年拉族與白種人爭鬥敗績後在無力抵抗中被迫而開闢的，在呼吸式的買賣之下，血呀，脂膏呀，我知其由生活簡陋的拉族，機智單純的拉族，流入異族手裡。

陳列著的往事發現阿尖的弱點了，它張著血口在獰笑，它閉著眼睛在暗想，它俛仰著在強忍它的悲傷。一切的一切它記罣在心頭。於是在月色溶溶之夜，臭狗雜吠之時，阿尖騎上它的背脊默默喚起他的妻子，密告伊以生之可哀與死之勿懼。且謂落在人手殊為可憐。妻點首會意，指劍低問：

「可鋒利？」

答：

「我意已決，勿問利鈍。」

……

阿尖以劍抉落妻首，佩在腰間，趁月色殺市人數十，頭目一人。

刀，血，頭顱在四下呼鳴。臭狗，屍身在地上旋轉。阿尖於是抱著妻的頭顱在C江躍然而逝。

這晚C江，一平如鏡的C江依舊由一種外力的沖激而感應地在月光之下冒起幾個個波紋，這些波紋也一泛一泛地向下蕩開去。

註：英雄擇偶會，是拉族慶祝戰勝的一種聯歡會。與會的是全拉族的男婦老幼，與夫出戰的將士。在會場中，拉族的少女成行的排列著在等待元勳的揀選，元勳於是手執仇首擇所好者而娶之。被選的美人往往抱著英雄手裡的仇首快然狂吻，表示伊的榮幸。

## 作者簡介

——曾華丁（1906-1942），原名曾曼華，筆名有華丁、曼華、於昭等，祖籍廣東饒平。曾參與副刊《洪荒》和《文藝週刊》的創辦，擔任《南洋商報》、《光華日報》、《總匯報》等副刊編輯。創作包括小說、散文、詩，作品被收入《馬華新文學選集》、《馬華新文學大系》等。

# 在動盪中

鐵亢

猛然的炮擊正在開始，日本軍陸戰隊本部的鋼骨建築物成為明顯的攻擊目標，牠不時由第二樓層的窗口向劇烈進行血戰的遠方送出一顆顆的「火蕾」，並且利用戰車的龐大身軀在樓前組成了一道活動炮座守衛線。沙包是像牆也似的豎立在周遭和不遠的街口：那裡有著若干黃色軍服的軍士在屏息地偵候，若干機關槍巢在準備吐出青紅的火蛇。

虹口全部戒嚴，小部分已開始了決鬥。

橫穿天空的炮彈，時常在牠流線式路徑的終點綻開有聲有色的血紅火花，彷彿倦憊了的流彈在蒸鬱的七月天氣中奔走著，有時抓住了一個活的目標，便殘忍地在牠身上描繪出一幅紅的圖畫。壯烈的戰爭就這樣地正在虹口及其附近的鬱熱中進行。東亞幾萬萬人的心在期待，幾萬萬個的口在禱告，虹口是在製作一闋偉大的「解放與自由之歌」。

離陸戰隊本部背後不遠的第五條斷衙也成為偉大歌曲中的一條譜線。裡面的一切似乎因為過度恐懼而獲得異常的空虛，只有一個好像譜線上音符一般的受傷者愴惶苦楚地出現在巷口。

流彈已經抓住了他，在他的大腿及肩膀上染上了暗紅的顏色，戰神已經俘獲了他，給他掛上一副淒楚的容顏。

戰爭的喧聲衝進這小衖衕，帶來許許多多炫眼的小光團，閃爍、跳躍，終於使他昏倒，待清醒過來時，已躺在衕衕一間樓屋裡的臥榻上了。

「俞輝！」

出現在前面的，是一個西裝長髮的青年人。受傷者俞輝從對方熟悉的容顏上，認出是已經脫離了中國國籍的同學丁代：一年前，他因為觸犯學校裡的規章給開除了學籍，便乘風扯帆的實踐了他的計畫，於取得太陽國籍之後，投到日本海軍陸戰隊本部的諜報組去，戰爭爆發以前，俞輝曾在九江路口和他晤見了一次；「日本必勝論」在他唇上飛旋著，比從前更爛熟而圓滑。他對俞輝，作了一個勸告：為了爭取前途，必須跟他一道工作，但給俞輝峻烈地拒絕了。現在，這樓屋大概是他的寓所，憑著以前那一點淺薄的同學情誼，受傷者被援救上來，創口也已經用綳布紮好了。

「謝謝你，代！」

在情勢混沌的時候，面對著這麼一種人，心裡是有些虛怯的。

「道謝什麼呵？」對方靠床沿坐下來：「我們得先感謝上帝，使我從外邊進衕衕時看見了你。但是，我們同時該詛咒中國的部隊，他們使你受傷。」

「我並不埋怨國軍。」受傷者痛苦地開闔著眼睛：「他們給我們中國人吐出了幾十年來的悶氣。而且，傷害我的，也許是日軍流彈而不是他們，我怎能無端怨恨！——」

陸戰隊本部那邊傳出一聲巨大的爆炸，大概有什麼軍事給擊毀了，第一個轟擊之後跟隨著數不清的小炸聲，衕衕像受驚的蜈蚣般跳蕩起來，對方屏息諦聽片晌，又嚴肅地說了：

「你還不知道中國軍隊的殘忍舉動哩，昨晚當他們衝進四川路時，不是來一陣搶劫姦淫嗎？不是因為民眾的反抗而槍殺千多個壯丁嗎？不是連中國人的商店也澆上煤油，撒下火種嗎？不是——」

受傷者把對方的話頭搶斷了：「我就從四川路逃出來的，完全沒有這同事，丁代！殺戮焚燒的是日本的浪人呵！」

「但是，你得知道中國部隊必有一天給皇軍打敗而姦淫擄掠的，他們曾受過什麼訓練？有什麼紀律？我一向就料透中國沒有光明的前途，所以，對於你，老俞，我要像以前在九江路口一般，再勸告你接受一個不可多得的機會。」

受傷者突然不安起來，迅速地想起以前在九江路口那一場爭論，於是報答對方以惶惑虛怯的眼光。

「別膽怯呵！這是有關前途的事。」鎮定，誠懇：「我知道你是一個固執的愛國不愛身的論者，前次已經不同意我的提議，不過，現在是急劇轉變的時候了，你還是為自身利益和前途著想的好，機會是不該白白失去的。」

「你為什麼盡向我提起這些事呢？」受傷者的眼光惶惑地看進對方的眼中，遠處炮彈的炸聲又使屋宇震顫起來。「以前我不是和你說得明白：生為堂堂的中國人，受過國家教養的大恩，便不該負恩背叛，做敵人的鷹犬，你大概把這些話忘記了吧，現在又勸我學你來了。丁代，你得明白；我是國家至上主義者，我不能像一些的人，或者說，像你，來出賣種族國家的利益！」

「又是那些不入時的爛調！真固執呵！」憐惜的口氣：「清醒些吧，老俞，中國是再也沒有希望的，再不趁這罕逢的大變亂時代，打下將來成家立業的根基，後悔恐怕就太遲了，海軍陸戰隊本部對於通漢文的諜報人才正絕對感到需要。你為什麼久久不接受這機會，為什麼還是那麼固執呢？」

「我不能像你一樣地當仇人的幫兇，來殺戮自己的兄弟。——你願意毀滅自己，就自己毀滅了吧，別再牽累你的友人。——好，我謝謝你了，你援救了我，讓我去吧，我再不能在這裡停留了。」

想爬下床來，但大腿早因受傷而僵硬，兩手向後用力撐著床沿，喘息了。

「多固執的一個人呵！」

對方狡猾的輕笑了一聲，開始沉思似的踱步，但突然又站住了：

「我想問你，老俞！你的老母，二個兄弟，『一二八』時不是在中國軍隊炮火之下犧牲了嗎？我不了解，你為什麼不報復？——」

「報復？——」喘息了一陣：「假如日本人不進侵上海，我的母弟怎會喪生？報復，我的槍口首先要瞄準日本！」

對方二分鐘的踱步又突然停止了：

「但是，剛被中國軍隊擊傷臂膀和大腿的人，為什麼忘記了自身的痛苦而不報復？」

「報復？仍然的，我首先要向日本！」

「多固執的一個人呵！」

沉思式的踱步又開始了。衚衕在震動著：遠處吵鬧著的戰爭的聲音，像魔鬼的巨口把小室吞沒。

「丁代！」當一枚流彈把對過人家的窗玻璃擊碎時，受傷者俞輝說話了，他依然用兩手支撐著身軀，喘著說：「好好地做一個光榮的人吧！」丁代回過頭來，站住，望著他，沒有表情地。「你為什麼把民族利益，看得比一己的利益還不如呢？為什麼身為中國人卻不近人情地希冀祖國失敗？回頭吧，丁代，我以三年的同學友誼來勸告你。——」

「但是，我卻要以目前救命恩人的資格來反勸你！」一種身臨戰場的神氣；「民族利益這些爛調把牠廢棄了吧！我們要談目前的實際問題。老俞，剛才你如果不是碰到我，而是遇到別個諜探，老實說，你早就犧牲在他的暴力之下，什麼民族利益，都沒有提出的機會了。就這一點，你該報答我，就是說：你該為皇軍本部做點事情。——」

「我不願再聽這話了，丁代——你還是讓我走吧，讓我走吧！」

「不必著忙，老俞！」用演講的姿勢繼續下去：「為了友誼，我對你，絕對沒有惡意，我是這麼覺得：在這種形勢之下談民族利益，是再笨沒有了。你得知，皇軍陸戰隊本部對於諜報人員的待遇是十分優厚的：每月津貼的數額，就有日幣三百，當你偵獲到華軍的真確消息時，幾千幾萬的獎金又是不成問題的，老俞，你——」

「閉口吧，丁代！」躁烈地憤怒了：「我再不願留在這不義的地方，你放我走好了。」

「慢點發脾氣哪，老俞。」

兩手插進褲袋裡去，衚衕又跳動著，不遠有二顆開花彈噴開可怕的紅火。

「我屢次說你是一個固執的人，真的，你真的固執，你愛所謂民族，卻為什麼不愛家呢？幾年前老母兄弟的死仇不報倒也罷了！現在是連淪陷在戰區的令祖慈和令夫人都不設法把他們救出，你難道不愛這些人？難道願意他們死在炮火之下？老實說，老俞，我是陸戰隊本部的便探頭目，假如你幫助了我，我便教人把你一家援救出來，不然的話，就恕我放橫了，不但對府上要執行我的職責！

即使你！我也——」

憤怒猛燒胸頭，近乎瘋狂了：「你也什麼？好，你就把我槍殺了吧，把我一家毀滅了吧！」攫奪什麼東西似的斗然站了起來，衝動地嚼著齒排，跟在這憤怒的情緒之後的，眼前苦痛地泛起了一陣昏黑，當再度清醒過來時，身子已落在靠椅中了。

「冷靜！冷靜地想一想吧。」對方沒有表情的：「別再固執了呵！為了家庭，為了前途，為了朋友，該冷靜的想一想，我還可以擔保：當你獲得二次以上的大功以後，在陸戰隊本部裡至低可以得到少校的官銜，有財有官，又保全了自己和家庭，幫忙了朋友，這種事怎的還固執不幹？」

給人家以考慮的機會似的，又開始沉思地踱步了。

「你槍殺我吧，槍殺我吧！」

聲音因憤怒而顫抖。

對方感覺失望了，突換了傲岸的態度，站住了。

「你不想想麼？老俞，你目前的地位。」

「我的地位，當然明白！但我痛惡一切賣國的狂論！」

「還固執麼？你得知！」

「知道的，我知道我應為國家而死。」

「對家庭呢？」

「為了國家，我顧不得家庭。」

「連朋友的好意都鄙棄麼？」

「朋友救我，為的要我出賣人格：我不需要這種救我！我不需要這種朋友！」

門突然開了，一名便衣探出現在門口。

「是最後的一刻了哪，老俞，你慎重地決定吧！」

憤怒搖撼了渾身，「我早已決定！」

「拖他下去吧，拖他下去吧！」便探擲過來威嚇的眼光，在屋中央站著了。

「慎重考慮吧！老俞！」攔住了便探，丁代溫婉的說了：「在緊急情勢下面，任何人是不該固執的，何況你還有家庭，又何況順應自然發展並不埋沒前途！」

益發堅決：「我不需要這種前途，無恥的前途！」

「拖他下去，隊長！拖他下去！」

「你再不應允，老俞，我就恐怕不能阻遏我的同伴對於你的處置了。」靠近了來，迫切地等待著回答。

「就擊殺我吧！就擊殺我吧！」

完全在強項而神經的狀態中。

「老俞，呵，老俞！」

對方搖搖頭，走向窗前去了，窗外遠處的槍炮聲爆炸著，炸碎了大上海的夢！

便探挾持著昏浪的受傷者，推下樓去，一脈遏抑不住的喘息跟著他——他是中華民族的兒子。

殘忍的槍聲，虹口在動盪中。

## 作者簡介

——鐵亢（1913-1942），原名鄭卓群，另有筆名鐵抗、明珠、君羊、金鐵皆鳴、金鑑、金箭等，祖籍廣東潮陽。一九三六年南渡新馬，先後主持《星洲日報》副刊《文藝週刊》和《總匯新報》副刊《世紀風》，曾創辦雜誌《文藝長城》。一九四〇年曾赴邦咯島教書。著有《馬華文藝叢談》、《鐵抗作品選》，作品被收入《馬華文學作品選 1919-1942》（小說、散文、戲劇）、《馬華新文學大系》（小說、戲劇）等。

# 山芭

蕭村

歪斜的亞答屋，被幾根檳榔柱死勁地撐住，簷下污黑的水溝裡，不停地發散膠葉漿爛的氣味。芒果樹下，那個和平初期豬聲嘈雜的大豬欄，鋪滿一地枯葉，冷靜靜的，只有兩隻雞躲在木棚邊打瞌睡。

烏賴嫂放工後，離開火柴廠，登上布滿酸柑叢的小山坡，這個衰落，窮窘的娘家，就出現在眼前了。她自從丈夫給日本鬼「檢證」檢去後，婆家無依無靠，就搬來和孤獨的父母同住。

拐過一片木薯田，她望見屋左那口方形的水塘，背脊不禁掠過一陣冷氣：她底獨生子亞南，昨天險些淹死在裡面。

娘家自哥嫂同時死在日本鬼的刺刀下，家境就窮窘了，加上近年受豬和菜跌價的打擊，日子幾乎挨不過去。亞南一見餐餐同樣的霉味濃厚的稀粥湯，和炒鹽的番薯葉，就鎖著眉頭，吃不下去。昨天傍晚，竟一時糊塗起來把鄰近「吃風厝」（洋樓）那個小少爺的蛋糕搶著就跑，惹起裡面的人，呼喝一條毛狼狗竄追；亞南嚇得面無血色，倒栽落塘裡去。救上來時，氣息微弱，嘴唇變黑，大半天才甦醒過來。

當烏賴嫂憤恨地走進「吃風厝」時，那個男人不在，女主人正在用牛肉餵養那條雄糾糾的狼狗。烏賴嫂責問她，她卻不認錯，啐了一聲，板起臉孔說：「我哪裡有欺侮，我養狗是要——掠——賊的。」

「這也叫做賊啊！」她驚叫著。

「賊，打搶物件，」女主人刻毒地肯定，接著叫傭人把她趕出來……

這些屈辱的追憶，佔據她底思路，她失神地停立著。定醒過來時，日頭快要下山，記起病在床上的亞南，又匆忙在斜陡的芭路奔跑著。

●

家裡，亞爹馮金福，正被街坊來的債主兇狠的迫著還債。

本來馮金福是極怕借債的，因為他目睹不少種芭人被印子鐳吸枯血液，永遠不能翻身。然而，今年六月初，他眼見山芭人一日一日被窮窘縛緊，便毅然賣掉那隻僅有的老母豬做本鐳，想在街坊「巴剎」內做小生意。後來，又不知怎地，突和同鄉在街頭賣「芋粥」，那次「馬打車」大掃蕩，他捧著熱騰騰的粥缸逃避，到底上了年紀，眼花腳浮，跟著小學生撞個滿懷，燙得那孩子在地上發滾。他為避免打官司，只好借重利，用鐳安頓對方，而自己的腳也燙得發泡，到現在還在潰爛。

烏賴嫂進門時，亞爹坐在矮櫈上，枯黑的額蓋，擠滿憂鬱的皺紋，兩眼楞楞地瞪著那幅熏黃的「關帝爺」像，燙爛的左足，被一群牛糞蚊旋繞著。

債主，那個肥胖的中年女人，滿臉慍色，靜默片刻，那雙豬眼睛又張大，催迫著：

「天快暗咯，不要再拖，今日討無鐳，天崩下來都唔走。」

烏賴嫂瞥見亞爹那副一籌莫展的尷尬相，心就酸痛，她忙陪下笑臉，低聲代著懇求。

「亞謹娘，你做做好事，當今種芭人連三頓都唔飽，你再『多隆』一兩個月，我們做豬做狗都會記得……」

「嗤……我哪裡有閒工夫聽這些，鐳快拿來還，噯呀，我會給你們氣得噴血！」她厭煩地截斷對方的話。

亞爹臉色像雨天的晦暗，嘆著氣，嘴唇抖動好久，話才出嘴：

「當今我連戶口米都買唔起，亞謹娘，一時要叫我去哪裡拿八十扣來還你……」

女債主眼睛圓滾滾，多脂肪的腮肉抖動起來，臉紅耳赤，套著兩枚金戒指的胖手，拍得那張破舊的供桌子砰地沉吟：

「拿不出來，哼！唔想還嘛，」她迫近馮金福：「我早知借鐳給你們這些山芭窮鬼，就像掉在水裡咯——你，你要存天良啦！當初時，你唔是叫煙屎瓶去三跪五求，哭窮哭苦，我打死，打死都不敢拿一占借給你們去，去醃屍挖骨呵呵……」

烏賴嫂渾身發抖，看見這個老虎婆，咬牙切齒，指尖幾乎要鑿破亞爹的鼻粱，慌忙走過來，想拉她到椅裡，勸她息息怒；對方卻臂膀用勁一挽，跺起腳地咆哮：

「唔想還我嘛，乾脆講一句，我好好打算，」她倒退一步，拍了一下胸膛，「我亞梅，放二三十年債，鐵硬的人都碰過，怕你把鐳吞落腹啊？」

馮金福垂著頭，屈辱地咬緊牙根。

女債主兩手插著腰，兩道脫毛的狹眉像兩支鋼刀地伸動著，她也看清馮金福這把窮骨頭，今天是壓榨不出油水了，眼睛像竊賊地溜轉，搜尋可以做質當的東西。然而，潮濕的屋裡，除了幾把乾膠枝，幾個肚裡空虛的甕罐，和黃鏽鏽壞的農具外還有什麼哩。失望使她更刻薄起來，她一聲不響地衝入烏賴嫂的房裡。

「唉……唉……抱……抱亞南啊！」患頭瘋症的，看顧亞南的老母親驚呼著，女債主抱著孩子一陣風地衝出來。

「你，你，要怎樣……」烏賴嫂眼睛火紅，全身血液沸騰，像隻受創的野獸猛撲過去，奪回她底孩子。

女債主咒罵一陣，順手抓起一隻粗茶壺摔破，丟下一串鋼錐似的恐嚇：「明日少一點無還我，我掠你的人，封你的厝。」然後，急速地走出門。

●

夜。烏賴嫂的矮房裡，瀰漫著一重悽涼的氣氛。

六歲的亞南平仰著，臉色醉紅，嘴唇火燒般的焦熱，氣管像塞著什麼東西，呼吸是那樣喘急。她輕柔地扶他起來，孩子的軀體卻像棉絮紮成的，軟綿綿地癱倒下去。她累得汗液淋漓，總算扶住了，一羹匙一羹匙地灌入嘴裡，然而食管一噎，點滴不留地又吐出來。

看是急需請個中醫來診脈，開帖單方了，可是哪裡得來診金藥費，她每天八角鐳的工資，早在伙食上花光，衣物飾器也一無所有……

門外一陣咳嗆聲，她猜想是亞爹回來了，忙端支小油燈走出來。

馮金福掛著拐杖，步伐艱難地移進堂屋，在黃弱的燈光裡，他那張顴骨高凸，眼眶小洞般陷落的方臉，石膏似的灰白，額角擦破，鮮血一滴一滴淌下來。

「亞爹，你……額頭怎樣啊！」她很驚訝。

「跌……跌倒……無相干，」亞爹聲音發抖，下意識地用手按住傷口。

她惶急地用旱煙敷著傷處，撕條破布綑住。末了，擔心地問：

「借到鐳嘸……你出門後……」躊躇一下，終於說下去：「有兩個後生家再來，拍桌拼椅，明日無鐳還：遇雞掠，遇菜摘，人都抓去『釘鍊』（坐牢）……」

亞爹的醬色臉，掠過一陣痙攣，長嘆一聲，大半天才從腰帶裡，抓出兩張紅虎票：

「唉……找七八個當時同生同死的結拜兄弟，比伸長手的乞食更慘，『多隆』唔知叫了幾畚箕，才……才借到這廿扣（元），」接著，咳嗆一陣，一口帶血絲的濃痰噴落在地上，搓搓手，畏怯地望望女兒：「這個王爺婆（指債主），放債起家的，用『三星』，打死人的事都敢做——你有辦法借淡泊鐳嘸？」

「我，我也無法度，亞南渾身像火燒，想請醫生也無鐳……」她頭勾下去，肩膀聳動，抑制地啜泣……

現在，她像化石地坐在床沿上，手撐住下巴，整個人浸浴在絕望、痛苦的情緒中。她需要找出一線光明，來解放緊裹著她的重重的黑暗；然而，她正像迷失在茂密的大森林裡，連個星光也不能看見……她每支神經漸漸痲木，渾身像榨盡骨髓要軟癱下去，但在這無望的等待死亡中，突然有一線光明閃耀著。這使她耳根、面頰立刻熱烘烘的，心坎禿禿地跳。

她是在火柴廠製匣部工作的，工頭是個濃眉牛眼，粗壯的中年人，每日，總是拿充滿情慾的眼睛瞪她，用粗野的話調弄她。

幾日前，他藉口到街坊上換零票，單獨留烏賴嫂等領工資。回來時，賊眉賊眼地探視一下，那兩隻暴凸血紅的眼珠，貪饞地瞪著她隆聳的胸脯。

「鏞給我，我要回去。」她恐懼地倒退著。

工頭匆促打開飽滿的皮夾，抽出幾張紅虎票塞給她，那隻栗色的手猛烈拉著她。

「你，你……我要喊……」她臉色變白，鈔票丟在地上。

「喊，喊，我給你無頭路。」他把手鬆開，血絲在眼珠上蠕動著，呼吸很急促，但他並不惱怒，還是那麼愛戀、貪饞地看著她匆惶地走出去……

現在，那幾張受她鄙棄的紅虎票，那麼誘惑的在眼前晃動，透過它們，彷佛見亞南又生龍活虎地在榴槤樹下打石珠子，亞爹憂鬱的皺紋豁然地舒展……她想要實現這個想像，但她的理智立刻切斷這種思路的延續，這是怪羞恥的事：對不起慘死的丈夫，這抹污穢的顏色又是子子孫孫洗滌不清的；況且孩子時，老祖父常常這樣說：守節像孟姜女之流，死後會由金童玉女迎往西天享樂，淫蕩不清白的，就遭受磨挨、礱舂、割舌等慘痛的苦刑……脊椎正像灌注一股冷流，皮膚全浮起疙瘩來……

驀然板門一響，亞爹青筋隆凸的手，扶住受傷的腦袋，踉蹌地走進來。

她胸廓不安地擴展著，以為剛才卑恥的念頭，已由某種察理善惡的神明，告訴亞爹了，她羞慚地把頭埋在肘彎裡嗚咽起來。

馮金福試探外孫的體溫後，神色更加晦暗，發現女兒悽楚地啜泣，兩泡眼淚便嵌在眼眶裡。末了，顫巍巍地拿出一張紅虎票，瞧了許久，才塞給女兒：

「是亞南要緊！我，我老咯！看這種光景，一把骨頭定要放在番山。唉！無鐳還，驚啥乜？我至多給他們拖去撕吃髭……」

亞爹罕見的淚水，淋濕了花白的鬍鬚……

同這個時候，間壁房裡患頭瘋病的老母親，又在淒切地哭著那同日被慘殺的哥嫂：

「你害我們年老無依無靠咯！……」

烏賴嫂牙根一咬，把淚水抹掉，那荒誕，罪惡的傳說煙消雲散了，這刻，支配她底靈魂的，是現實生活向她迫切的需求……

近半夜，烏賴嫂輕輕地打開後門，躡手躡腳地走出去。

室外一片死寂，灰濃濃的天壁，貼著冰冷的殘月，膠林裡，貓頭鷹正在啼叫。她橫過小山坡，跨上那條熟悉的火柴廠的紅泥路……

## 作者簡介

——蕭村（1930-），原名李君哲，祖籍福建晉江，出生於新加坡。北京中國人民大學工業統計系畢業。曾在新加坡與馬來西亞的華文學校任教，曾任遼寧省政府經研中心對外經濟研究室主任、遼寧省國際經濟資訊中心研究員、遼寧世貿組織諮詢研究中心總編輯等職。著有長篇小說《椰子肥，豆蔻香》、《故園尋夢》、《閩南一僑家》、《回眸五味人生》，小說集《國術師》、《椰子園裡》、《僑鄉人家》，散文集《山芭散記》、《新加坡情思》、《馬來戀歌》，合集《熱帶行吟》，論文集《戰後海外華僑華人社會變遷》、《海外華文文學劄記》，以及《蕭村文集》等。

許小姐不見了一套西裝裙子，本來是一件極微小的事，可是因為這幾天來，她的身體總是有點不大舒服似的，每天早上，連起身也有點懶意，頭暈，腰瘓，作嘔，找醫生又說沒病；所以面對這種情形，她真是坐立不安，總以為這事與被偷去的東西有關係。

維萊看她藥石無靈，於是提議到馬來甘榜去找女巫師。

下課後，她們就約我一起到女巫師的家去，我因為從來未見過有這樣離奇古怪的事在教育界發生，所以對她們的邀請便毫不猶豫地接受下來。

女巫師的家是在椰林裡，四周圍種滿了大紅大綠的花卉，屋簷下還掛著許多用椰皮當花盆的蕨類植物；室內暗沉沉，「甘文菸」的氣味充滿屋子，倒有幾分虛無飄渺的感覺。

「坐下，你們為什麼事而來？」女巫師講的是馬來語；臉孔十分像男子，頭髮蒼白，聲音尖銳，陰陽怪氣，我看了，手腳幾乎冷了一半。

「她，」維萊指著許小姐說，「不見了一套衣服，想問你是誰偷去的？」

「哦！」女巫說著就到架子上去拿了一套又陳舊又污穢的撲克牌來。她唸唸有辭，吻著它，在額頭上摩擦幾下，放在桌子上說道：「你不見了多久？你先在心裡想著你懷疑的人，然後再拿開牌子的一部分。」

許小姐慢慢兒地將撲克牌的一部分拿開，那女巫師將牌子一張一張的攤擺在桌面上，隨即搖搖頭說：「有人拿了你的衣服去做『貢頭』，看情勢相當嚴重。」她態度很鄭重，然後抽出四張黑牌子，企圖證明她的話全有根據，可是卻沒有人看得懂。

「你知道是誰拿的嗎？」維萊問。

「當然知道，是一個身材高瘦臉孔短圓的男人，花錢使用一個小女孩替他拿的。」

「這女孩子有多大？」維萊問，「那男人要它幹嘛？」

「這小女孩大約十三四歲，她拿去給那個男子，因為他愛你，可是又恐怕得不到，於是偷了你的衣服，請巫師攝取你的靈魂，引你上他的當。」

我望著許小姐，只見她勉強地對著我苦笑。

「你的衣服是濕的，當你發覺它被偷時，心裡就開始感到煩悶，你好像患了病一樣，每天早上，總是懶洋洋的不想起床，夜裡有許多怪夢。」

許小姐點著頭，表示她沒說錯。

「幸虧你發現得快，若連內衣也被偷去了，那時你的遭遇將更慘重了。」巫師又指著撲克牌。

「這人住在哪裡？」許很緊張。

「他住在你的附近，時常窺視著你的動靜。唉！真危險，你若被他拿到頭髮，那時，你的頭就會抬不起來了，」她抽了一口菸，「現在可危險了，你若不想法擺脫魔掌，將要後悔不及了！」

「怎樣解脫呢？」許小姐托著下巴。

「很簡單，只要交十八塊二十五分，我就可給你一張避邪符和一個唸過咒的護身牌，只要你在最近的期間，不看人家的喪事、喜事，可包你平安無事。」她暫時沉默，眼睛連眨也不眨地在靜思。

「現在你得想一想，若端阿拉多隆你，你就可取回你的衣服，而且身體健康。」女巫師接著說。

「你可擔保嗎？」許小姐問。

「我可擔保你從現在到結婚生子平安無事。你如果相信，可先繳一半的錢，到明天再交清。」

「黃先生，你認為好不好給她？」

「我認為你還是自己決定比較好。」我們用華語交談，不願女巫聽懂。

女巫看著我們在開小組會議，很不耐煩：「你要就快點，不然情勢重了，我是不敢負責的。」

我也像小姐一樣的三心兩意，但是病患在她的身上，我怎可多說話呢！

「我先給這一點，其餘的明天再給。」許小姐掏著腰包，拿了十塊給她；這是她教兩天書的代價，要是我將要感到可惜。

「你叫什麼名，母親叫什麼名，住在哪裡？」許小姐一一照答，女巫師迅速地記錄起來。

「維萊，請你問她明天幾點鐘再來？」

維萊問了女巫師之後，即轉告許小姐：「下午三點至四點間。」

女巫把撲克牌放回原處，送我們走出大門口。鄰近的居民，看見我們這幾個年輕人，從女巫師的屋子裡出來，都投以驚奇的目光。

第二天，我們仍然去找女巫師。屋子裡的甘文菸仍然在冒著濃郁的味兒。我們正想坐下，可是女巫已喚許小姐到後院裡去，她捧著一小碟的甘文菸，一手拿著栳葉，在許小姐的臉上熏著抹著，濃郁的煙，幾乎攻得她透不得氣。接著，她點上蠟燭，使蠟油一滴一滴的往盆裡注。她命許小姐注視水盆，只見盆中呈現許多梅花似的蠟跡，她感到驚奇而又佩服巫師的神通廣大。

「看！」女巫師指著盆水，「你的家庭多複雜，多紊亂，你看，這個女人對待你多麼好，像隻善良的麋鹿，可是心地卻像魔鬼。」

「哦！」許小姐注視著盆水，可是什麼影兒也沒有，只有一點一點的蠟淚。

「你看，這就是想勾引你的男人，他是私會黨徒，現在正騎著腳踏車經過你的宿舍。」女巫又指著盆水，睜大眼睛嘮叨著。

「哦！」許小姐莫名其妙。

「跟我來！」女巫師拿了一條白色紗籠給許小姐，「你到沖涼房去沐浴，水已唸過咒了。」

我看見許小姐似乎有點畏懼，木雞似的站著。

「哼！怕什麼！喂！你陪她進去好嗎？」她喚我離開，一面叫維萊陪許小姐沐浴。

女巫師的浴室也和其他馬來人一樣，除四壁而外，仰起頭可望見青天。許小姐初次在這種浴室裡沖涼，當然會有點害羞的；幸虧維萊在旁邊，她才放大膽子穿上白紗籠，沖那女巫師給她預備的水。浴盆裡浮起幾片柚葉，據說可以洗淨一切邪靈。她將它淋在身上，白色的紗籠濕透了，浹在身上，像一隻落湯雞，維萊瞧著她，也噗哧地笑了出來。

「許，冷嗎？」

「冷極了！」

「快點沖，不要著涼了。」

她帶著濕漉漉的身體，走進廳堂，望著我似乎有點尷尬的低著頭；我就假裝看不見。

她害羞地進入女巫的臥室，換上花裙子。女巫再拿甘文菸在她臉上熏著：「今天晚上，你在端阿拉的幫助下必定夢見一個男人，但是你只能緘默，不許讓外人知道。」

「好！」許小姐好像服從命令似的。

「可是，你不必怕他再來陷害，」說著就從布袋裡拿出一小包的東西，「我把這紅粉送給你，只要早晚把它擦在臉上再將這香水抹嘴唇上。」又從布袋裡摸出一支香水：「你再掛上我的護身符，包你平安無事。」

許小姐接了這些法寶後，心滿意足地把另一半錢統統交清。

「德你媽加西，」女巫師帶笑地將錢收下，滿口牙齒染紅了檳榔荖葉的顏色，好像是一張吸血鬼的口。

我們走出大門，她還是咧著紅口說：「德你媽加西。」我的馬來文雖是「有限公司」的，可還懂得她是在道謝，要不然我將誤會她又在唸咒了。

我們都在猜測這樣的一個問題：那請邪術法師去施蠱惑許小姐的是誰？

「在村子裡，除了阿樸、黑天、汗牛、武雅老等人曾來找過許小姐之外，並無別的人。」維萊先開口。

「黑天結了婚，武雅老是個無業流氓，前者不會這樣做，後者又沒錢請人施邪術，我想他們都不是。」許這樣推測。

「可能，汗牛和阿樸的身材正如女巫師所講，據說又是私會黨的黨棍，我很懷疑就是他們。」

女孩子們最會猜疑，尤其是猜測他們的朋友。「單靠這幾點理由，我認為並不可能斷定誰是做

『貢頭』的人。」我很不客氣的說。

此後，許小姐仍然是無精打采地教書。在我們的教員宿舍裡，她是飯量最小的一個，每餐總是像餵雞似的一撮兒。

十八元廿五分總算是孝敬女巫師了，為什麼還是這個老樣兒？什麼怪病？唉，真氣煞人哩！

大約過了一個多月，許小姐突然宣布要結婚了。新郎和我同姓，是一個美術教員，看在同道的情面上，這場婚禮準要我參加了。

在酒席上，我也乾了幾杯，頓時好像靈感到來；過一個月就要放假了，而又帶著病，為什麼要在這時候才結婚呢？我真想佯醉問問同席的；因為那時我還不上二十歲，對於女孩子們的問題，雖有莫名的好奇，可是總是不敢開口。

此後我轉到另外一間學校去教書，對於許小姐的病況更無從知道，只見那不男不女的女巫師，仍然在江沙市上活躍。

我在C校教了六個多月，有一天聽說許小姐生了個小寶寶。趁著小孩滿月那天，我特地去向她道賀。那臥在搖籃裡的嬰兒以黑亮的眼睛看著我，的確是有趣的。

「這小生命來得這麼早。」我心裡偷偷地想。

「黃先生，吃紅雞蛋吧！」許小姐精神奕奕，笑容可掬的把它擺在我面前。我揭開紅蛋殼，黃先生緊握著我的手：「年輕的作家，關於許和我的事，外人都說結婚還不到十個月，就……就……」他沒把話說清楚就接著，「希望你不要把它當作文章的題材。」

「放心，我不是小報的無聊記者。」

臨走前，她抱著嬰兒，站在門口，在小紅臉上給予一個慈祥的吻，瞥見那小生命，想起早在六個月，在女人們的面前做了一個大傻瓜，臉也紅了。

作者簡介

——黃戈二（1936-2008），原名黃國海，另有筆名其戈、岑北等，出生於福建廈門。隨家人移居馬來亞，怡保中學畢業，一直從事教育工作。著有中篇小說《鐵蒺藜內》（蕉風中篇小說選，一九六一），散文集《鐵蒺藜》（一九八二）。

1978

# 癡女阿蓮

商晚筠

## 1

阿蓮那家人住在馬蓋瀑布村少說都有四代之久了。她祖父那一代單傳，她父親白快樂是她祖母花了兩百大銀元抱來養的。他們這家人姓白，卻又一家子黑鍋底般嘴臉像極馬來人。從她父親白快樂到她三個弟弟白榮白楊白定，都是她祖母取的名字。

白蓮是她上學堂念小學時用的名字。歲月可真不饒人，她閒擱在家裡一轉眼白閒了二十八。人家都管叫她阿蓮——那是當著她家人的顏面嘴上頭一番客氣，背地裡都喊她白癡蓮白癡蓮，喊得她眉頭蹙緊兩眼惱怒又拿不出脾氣來。她三個弟弟全不當她一回事，也不愛在別人面前提起她，反正一看到她就一肚子火，都不拿她親姐姐看。

阿蓮一張嘴臉庸庸俗俗的老是燃不起精神，五尺兩寸半高應該是標準的中國人高度。人家無意間拿她瞧，第一眼最先落腳處就是那撐了好些年歲老是教人感覺不對勁的肚皮，挺得約莫五個把月大，這五個把月大的肚皮子淨撐了好幾年，走路都變了模樣，拿眼梢打量她，彷彿她底胛背教挺大的肚皮子拖累得又厚又駝，胸部也莫可奈何的往下拉跌了些許。一些不知情的外鄉人還當她是做了好幾個孩子的好命媽媽。她那不對稱的兩把瘦乾乾的腿骨子，慣了跨大步，總是嫌左腳挪太左右腳又撇太右，肚皮子也跟著晃向左擺向右。人家瞧著心眼底為她難過，她卻沒回事地一會兒學李太太一會兒學王太太那些有了身子的女人家，走到哪裡一隻手總是插著腰肚一隻手前後猛擺，彷彿裡頭真格背著人家偷偷地窩了個寶貝娃兒，她還樂得到處現眼。

阿蓮叫她母親打罵了好些年她就是硬不肯改過來那學不得的壞習慣，有一回她母親實在吃不消旁左鄰右竊笑的眼光老遠的目送阿蓮一手插腰肚一手拎著菜籃子從菜市場左擺右晃的直回家，沒讓她大模大樣的踩入門檻子裡，一根雞毛撣子猛衝著她那五個把月的肚皮肉揮落，畢竟那是肉，她一壁護著肚皮子一壁嚎啕大哭，撒了一地魚菜。「救命啊！我娘可要打掉我肚裡的孩子，天公可憐可憐我阿蓮，我娘要抽掉我肚裡的寶貝孩子喲！」她母親叫她這麼一喊，可嚇出一把冷汗，和她父親白快樂又吵又鬧，好歹送她到鄰鎮一家規模不大的公立醫院去檢查一番，窮緊張一場，倒又落了話柄在護士小姐們嘴裡，當笑話說開解愁，阿蓮可是清清白白的小姐，給她多做些腰部運動那肚皮肉自然而然的也就消了。

但是阿蓮就是那麼死心眼，誰也休想說服她消了這肚皮肉，她倒還一本正經地摸著挺大了的肚皮肉，說是將來有那麼一天給他們白家添個白胖男孫。

經她這麼認真一說，她母親一夜之間又白了幾根頭髮。

## 2

瀑布村裡沒一個人家願意將自家閨女留到二十五六七白蝕米飯不嫁人的，白快樂看著一個年頭緊挨著一個年頭無情透頂地把阿蓮送上三十大關，心裡頭害著急，千託萬託，人家可不敢應允下這樁媒事。索性嘛把這擔重任過肩給阿蓮她母親去承擔。自己忙自己那片果園。

阿蓮她母親打從阿蓮十八歲開始，便一路操心著阿蓮的婚事，這短命的十年裡頭，瀑布村都不知討了多少門媳婦更不知嫁出去了多少個大姑娘，一年裡頭眼巴巴瞧著別人家嫁了一個又張羅下一個，抱了一個年頭的又忙著抱年尾的，十二生肖裡就差豬狗未湊上那整數，光是他們白家吃人家的喜酒收人家的彌月紅蛋糯米。阿蓮探聽到哪個人家辦喜事，比誰都高興，每一回都嚷著要跟去湊熱鬧，好幾個年頭積下來，阿蓮跟到哪兒難堪的場面就落在哪兒，阿蓮她母親拿她沒法度又掩不住別人溜啊直打轉的眼珠子，更封不了別人一張雞屁股般的嘴巴子，乾脆這些年換她父親白快樂去吃喜酒，醉個糊里糊塗的。

阿蓮可從來就沒一件事教她操心自己的。

人家辦喜事忙裡忙外樂乎乎，她也跟著臨自個兒頭上似的一臉喜氣洋洋站在自家大門口瞧那一輛又一輛猛按喇叭繞著村子熱熱鬧鬧過的嫁車，還數著張家的嫁車有多少，李家的嫁車有多少。

逢著人家辦喪事哭愁個臉呼天搶地的，她也跟著大把淚水流啊流，難過上好幾天。瞧著出殯的戴孝人經過自家門口送殯到公墓時，若不是教她母親攔著，她可恨不得褪下一身花綠換一身黑悽慘的孝服跟在抬棺材後頭那一夥孝子孝孫群裡陪著號哭一場。

她母親還老說著：「阿蓮她阿公阿婆死的那光景，她若懂得這般搥心肝嚎啕痛哭這般難過就好了，光是哭別人的爹別人的娘，哪一天輪著我或她爹翹了辮子直著身子去了，她真個痛惜號哭起來，讓我短命十年也值得。」

3

阿蓮她家裡三個兄弟隨著年歲增長懂得太多鈔票的好處，一個步一個後塵在瀑布村裡待不牢，先是老大白榮盤算著那一年僅賺回兩次收成的果園沒多少出路，和父親吵了整兩個星期吵翻了臉，到新加坡駕駛卡車賺熱熱的新幣去了，老二白楊在鄰鎮木材廠混了三年的學徒，如今搖身一變，身價五百月薪的工頭，每個月拿了五十八十的給家裡，老么在雜貨批發行裡學做買賣，混了一年多那點點錢都不夠他抽菸喝啤酒，回來一趟就伸一次手。白楊拿回來的錢正好夠打發白定。白快樂瞧在心眼底梗了一根魚刺似的，吐不出又嚥不下。那做母親的疼著孩子的時候她嘴裡頭就跟你使戲法，不成理由卻生了上千個理由，說什麼一個大男人家在外頭的沒個頭寸花未免太不是話了，賠這點兒不礙眼的錢總比長久的養一個丟人現眼的阿蓮划算，想著也沒什麼不是。這隻手接過白楊的錢原封擱在那隻手給了白定，連手心兒教兒子孝敬自家那汗溫溫的滋味是怎麼的都沒來得及感覺一會。

每一回臨了月尾，阿蓮她母親算定了白定會回來一趟，反正一到月尾白楊來了一會白定的影兒早已上路朝家裡回了。

剛弄好飯菜白定就來了，他就不會差個半小時一小時的。雜貨批發行的小卡車停在大門口，一大塊黑影跌在門板上黏著那兒，小廳堂掙不著日中的午陽，彷彿無端的攔住了逼人的烏雲張布在門口，雖然從廚房望出去，看不清楚白定的衣著和濛黑一片的表情，每一回他來的時候總是愛湧著一片陰晦晦的黯影進來，於是阿蓮以為阿定沒了臉孔，因為阿定對她就是那麼一副氣糊了一團黑的臉，他咬著菸，後面跟著兩團黑矇矇的男人，阿蓮可清清楚楚的瞅見了。

白定跟母親介紹了一下，這兩個年輕夥子看上去二十好幾的是隨同來玩的好友。

阿蓮她母親有意把阿蓮安排在那兩個年輕夥子的中間，一張嘴巴默不做聲的吃飯，一對亮起來的眼珠子，卻暗地將兩人相互觀察比較一番。

阿蓮左邊那個夥子阿定說是和阿蓮同年，個子跟阿蓮差不多，瘦黑個子卻頂結實的，不太愛攀話兒也不太吃菜，淨顧著扒碗裡頭結團的白飯，一副苦過來的男人嘴臉，臉上頭一對懂事的濃眉襯一雙單皮眼，一只獅鼻正中似一頭雄獅前肢趴前穩穩當當的坐姿，嘴唇不薄也不厚，牙齒刨了些但是不嫌滑嘴，頭髮短短的恰到乾淨俐落，耳朵大大的耳垂可厚呢！這般一派教人摸準他老實可靠，如果他還沒有老婆的話……想到這裡不由得瞅了阿蓮一眼，她那副吃相，嘴角油了一大片，十個指兒都派上場了，「阿蓮，少來那副饞相，肚皮又長肉了。」阿蓮沒聽懂，油膩的筷子又朝著芥藍菜翻動，夾著了一只肥蝦仁，高興地瞧眾人一眼又唯恐旁人搶了她的，忙送入嘴裡咬爛，「阿蓮！」她母親略微大聲了些，其他人跟著這麼一喊停了筷子和嘴巴，六隻眼睛看著她母親，白定的眼睛挑得好凶，她母親又忙抱歉地長了旁的話：「怎麼你們兩個老客氣著淨低頭扒飯，來，吃幾塊肉也好長些肉。」說著先給阿蓮右邊那個較年輕的夥子送一片半肥瘦，一雙筷子再往鹹菜裡挑了老半天，挑出兩片瘦肉夾在一塊，送給阿蓮左邊那個瘦黑個子的。「你較瘦，多吃點肉啊菜的別客氣喲！」白定並不滿意母親這多餘的話，橫著眼梢白了她一眼。

阿蓮眼睜睜的瞧著她母親老是給這兩個漠不相干的男人夾肉，帶著懇求的眼光直看著她母親。

「還不快吃完了你那兩口飯，發什麼獃！」她母親可真的罵了她一句。

白定這回也火了，臉兒比剛才背著光進來還要黑，「吃一頓飯你就嘴裡頭省那兩句話行不行！

不吃了。」

阿蓮以為白定指著她罵，尤其是上回挨他一頓罵又一頓打的光景全佔據了她底意識，她陷於慌張失措的狀態，一會兒望她的母親，一會兒又偷偷的望白定。

阿蓮旁邊的年輕夥子不當一回事地吃了一碗飯又添了一碗，想是摸熟了他的脾氣。

白定喝了一杯白開水，順手拿了一件擱在釘子上的白毛巾，才要湊張臉過去揩嘴，猛地回身朝她母親叫了起來：「這白毛巾怎麼那麼臭，是誰的用了沒洗？」

阿蓮抬起頭來看著白定把毛巾一把丟進洗臉盆，正要開口，她母親瞟了她一眼：「還不吃完那口飯？」白毛巾浸著臉盆的水濕濕的漸往下沉，那是我的，阿蓮看著那白毛巾，那是我的。

## 4

阿蓮她母親心眼底愈瞧那瘦黑小個子愈喜歡，趁白定他們三人腳後跟出了門檻子朝瀑布上路，把阿蓮叫入房裡吩咐了一番話。

半個時辰後，「你瞧你要死不死的，能不能打點精神！」阿蓮的母親一把推著她掀起門簾子出來。

這會子阿蓮給七分打扮起來，竟也學時髦地換了件寬鬆鬆不著身的大藍花白底洋裙，頭上梳了個大蓬頭，臉蛋著了一層白得隱了鼻端的雀斑的白鳳粉，兩脅處灑了半瓶花露水把薰人的狐臭暫時掩住，大腳板套上一雙像樣卻不像阿蓮穿著會好看到哪裡去的涼拖，憑這七分裝飾教她在後頭跟上去白定他們，還備了一壺喝剩的咖啡讓她拿到瀑布那兒冰給他們喝。

阿蓮從沒這般不自在，她喜歡赤著腳板子喜歡自個兒身上那股怪異衝鼻的味道，她喜歡任頭髮自自然然的好像瀑布的路上那些長在樹上頭的綠葉，她喜歡穿尼龍長褲和光著胳膊的T恤，她很不願意她母親吩咐她必須這樣必須那樣，但她還是任那些討厭纏得透不過氣來的鬼東西擺布她，限制她教她走在大太陽底下卻老嗅不著自己兩手擺曳出來的那股怪怪而又特別舒服的味道。

她一手提著咖啡壺一手插著腰肚走出門檻子，她母親站在門口喊她別再要那般插隻手兒盪隻手兒的喊破了喉嚨，喀出一口痰她就是樂個自在的充耳不聞，而且還加快了腳步走出她母親的視野，漸漸的可以感覺到她母親的聲音給彎曲而長的路切斷了或碰著樹身一字一句的彈了回去，塞哽住她母親的喉嚨或膠插著老樹身直卡在年輪裡拔不出來死在某一輪湮久的年代。

她抬起頭來，醒亮的眼光撥開遮擋著天空的葉叢。她母親的聲音死了，她興奮地唸著自己的名字，總是在沒有人的路上她情不自禁地喚著自己的名字——白蓮，白蓮，白蓮，白蓮……那種聲音從她的肚子裡涼涼的流出來，每一個白蓮都摸過她的唇舌，她輕輕地把它們咬出來，她聽到，感覺到這兩個字合二為一在她周圍存在，她甚至可以感覺到她的名字為許許多多的草和樹欣然地接受。

她最喜歡上瀑布這條路，離村子才兩哩半，而且又經過她父親那片大果園。這路平時靜得怕人，大白天曾發生過好幾宗非禮案，大半夜又不怎麼乾淨，但是每逢星期假日都有外鄉外鎮的車子和包車駛在這條路上直達瀑布那兒，她逢著星期假日準會背著她父母親上這兒的瀑布泡在冰涼的水泡一個熱午，然後坐在大石頭上邊羨慕煞地看著那些無拘無束的外鄉人。

經過果園的鐵絲網外，她覺得腳板微微泡腫發疼，把拖鞋脫了和那壺咖啡提在一塊相互晃蕩。

她只停了一會，瞧見她父親在最裡頭的紅毛丹樹下張著一只吊網在空中睡著了。

阿蓮踩著路旁的野草，濕濕軟軟的草葉像芒草花掃帚端一般軟中帶點硬莖，一叢一叢的含羞草驚慌失措的把葉身吻合起來，她盡量不去踩著她，但還是驚擾了伊們寧靜的午寐。

走了大半路，可熱出一身汗，花露水的味道沖淡消失了，她又嗅到兩脅那股怪怪而又舒服的味道，更加努力地使出渾身熱勁，那股味道愈聚愈濃，濃得她忘了花露水的味道，專心一意的左右擺著腦袋貪婪地珍惜著她自己的味道。蓬蓬的髮教她晃擺得自自然然地平靜下來，沾著膩膩的汗水散著陽光枯乾的味道。

半程路幾乎可聽到瀑布洪亮的奔瀉聲。她更加快了步程，興奮得忘了那股與她共生息的味道。腳後跟彷彿也有人偷偷地跟著她氣咻咻地趕路，她驚覺地把淌汗的臉背著陽光回頭看，看到地上一團黑色的影兒老跟著她，她又急又氣，朝著前路狂奔，過一會又停下來回頭看，那黑東西還緊繫著她不放，她朝它啐一口溫溫的口水，瞧它還是死皮賴臉的跟著後頭，她反身朝那黑東西踩了幾下，甚至踩平了一小片嫩綠的草，以為這回把它踩踏得爬不起身了，又趕這麼一小截路，來到瀑布涼亭，回頭看，憤恨地注視著那比什麼都纏牢人不放的黑東西。它還不死心，好吧！我到冰涼的水裡浸一會看這回你還活不活。

阿蓮想著就一步一步慎重其事地步下石級。白定和他帶回來的兩個男人在瀑布上頭崖壁，還直往上爬著，阿蓮瞧著三個大男人貼著崖壁像壁板上擺著尾巴怪里怪氣地扭著身軀或追逐或捕獵小飛蟲的壁虎，又醜又可憐的小東西，牠們和崖壁上三個男人縮小的身影一模一樣。阿蓮提著咖啡壺和拖鞋，一手抓著裙裾，提得高高遠離水面，先是露出兩條腿，再往下走，冰涼的水貪婪地吞噬她的小腿，很快的兩條腿兒都主動的餵下去給冰清的水，深及她底褲，她不得不將裙子一大幅掀上來抓牢在肚皮上，露出大紅花黑底的三角褲，她淨顧著裙子竟忘了咖啡壺和拖鞋都泡在水裡，壺蓋想是封不緊，黑色的咖啡從壺蓋滲出來，似一股暗流悄悄地染暗了一段水在她兩腿間打繞旋轉，她抓牢裙子，往瀑布上頭瞧那三隻扭擺著身體直想往上爬的壁虎，咧著嘴在陽光的縫隙間笑，阿定和那兩個適才坐在她兩側吃飯的男人已爬到瀑布端頂，她喊著阿定，阿定和那兩個男人低著頭看她，她把咖啡壺提出水面朝阿定喊：「咖啡，冰了的咖啡。」

阿蓮站在水裡，抓著提高的裙裾，白定低頭往下瞧，那上頭很陰涼，阿定的臉上不似她敷了一大片陽光。然後阿定和那兩個男人一塊下來，把背貼著崖壁一般滑著下來，阿定龐大的身影似一片烏雲從天空落至她走過的石級。

「喏，咖啡，冰了的咖啡。」阿定咬著下唇，身上著了火地跳下水，大步划到她跟前，一手奪下她手裡的咖啡壺，打開鐵蓋子，反著壺身往水裡倒，然後黑濃濃的咖啡水在她和阿定之間流走了。阿定上了壺蓋朝那兩個站在石級上頭悶不作聲的男人拋上去空了的咖啡壺，轉身用手狠狠的抓開她擁著裙裾的五指，她那隻提著泡了水的拖鞋的手也派上用場，死死牢牢地護著掀上來的裙裾，嘴裡喊著：「阿定阿定，裙子會濕了，裙子會濕壞了。」阿定費盡氣力使勁扳開她兩隻掌兒，扳開了她疼出兩泡淚水，還賞了她一個又重又辣的耳光，「你給我回去！聽到沒有，不然我教你吃兩記硬拳頭，給我回去！」她委屈萬分又不曉得是怎麼一回事地低緊了頭瞅那浸濕了一大片且漸漸蔓上腰肚的藍碎花白底洋裙，「阿定，它濕了，你抓開我的手，它們都被弄濕了。」

阿定奪下她手上那雙濕拖鞋拋上岸，一手狠抓她的胳膊將她使勁一把拉上岸，反正阿定是這麼想——就算是不小心抓下她胳膊一塊皮肉她那種沒多大反應的女人不會有什麼痛楚的感覺的，於是又使多一倍力氣，上了石級才甩開她，她差點撞到其中一個男人。阿定朝地上吐了兩大泡口沫，「臭死了，呸呸！你這一身汗臭怎的這般濃烈，還不走，我叫你回去你聽見了沒，回去！」

她兩手摸著濕了下半身的藍碎花洋裙，又急又疼地哭將起來，「阿定，你弄濕了我的裙子，媽會罵我的，媽準會打我的。」

那兩個男人當中瘦個子黑黑壯壯的在阿定耳邊說了一些話，阿定看著她，那種逼人的眼神好像要把她化得無影無蹤免得礙眼似的，她怯怯的看著阿定。「阿炳帶你回去，你別再回來，去啊，還不跟上去。」

那個叫阿炳的男人替她拿了咖啡空壺和拖鞋，走在她前頭，她一手插著腰肚一手擁著濕透滴水的洋裙裾：「不是我弄濕的，是阿定要它濕成這個樣子的，是阿定，不是我。」

「你還嚕囌個沒完，回去，別再讓我看到你，看了倒楣，啐！」阿定兩手插著腰間，又朝地上啐了一口水。

## 5

那個叫阿炳的男人走路的模樣有點像她父親白快樂，腳尖兒朝裡，一副躬躬鞠鞠小家氣男人。

剛才教阿定拚命的抓胳膊還疼沒完，阿蓮老插腰肚的那隻手直條條地垂掛在膀子下，另隻手繞過來護著那塊瘀青的痕印。

「你要不要穿你的鞋子？」阿炳倏地回過頭來問她。

「哦……哦……」阿蓮張口結舌地不曉得該怎麼說。

「這路很難走哦！」阿炳瞅她說不出話，給她遞了拖鞋過來，她伸出手想要接那雙拖鞋，但是臨了半途又收了回來，她想起穿拖鞋那種難受得走不動路的光景，「不穿了。」

「你拿著好嗎？」阿炳把拖鞋擺在她腳前。「阿炳，我不穿了。」又奇怪自己沒當他是飯桌旁教阿定帶回家裡來的男人，阿炳和阿定不一樣，瘦黑個子臉蛋兒卻常掛著月亮一般的親藹的笑意，聽著她堅持不穿上拖鞋又無意彎下身子去拿，阿炳只好低下身子給她拿拖鞋。

「老定是你弟弟？」阿炳這回不急著趕路，倒也和她平行，她身上那股味道使他很自然的距了她兩尺遠，臉上一寸皮肉都不皺不蹙。

「老定，他是阿定，你說阿定？」阿蓮懵懂地問他。

「我們都喊他老定。」

「我有三個弟弟，阿定上頭的叫阿楊，阿楊上頭的叫阿榮，我是最最上頭的，你怎麼知道阿定是我弟弟呢？」

「看得出來你比他大，他性子不好就是，和哥兒們愛耍脾氣，他出手大方，哥兒們就衝這點喜歡他。」

「他最小的時候白白胖胖，我偷偷抱著他去看變戲法賣膏藥的，阿楊我也抱過，阿榮這麼大個子抱起來最吃力，我把阿定跌傷在飯桌底下，他哭得很怕人，我也哭了，我不想讓他坐在我膝蓋頭好端端的跌傷，阿婆和阿媽輪陣打我，像這青痕記一般打得我好疼，我哭不出來，阿定嚇病了她們帶走了他，阿楊和阿榮不讓我抱著到處玩，阿婆死了我並不想她死但她死了，我哭不出來。」

阿炳不知不覺地靠攏她，她身上還是濃烈地散發著那股味兒，「你很可憐。」阿炳忘情地把拖鞋和咖啡壺都交給了右手，左手抬起來放在她右手的青痕印上，「老定也過分了些，很疼是不是？這兒弄得很疼是不是？」阿炳別過臉來同情地凝近她。

從沒有過這等事，阿定帶回來瀑布村玩的男人和她靠得這般近，他的臉色那麼輕鬆而又迫切關心，他說話的語氣和大戲臺上唱戲說詞兒一模一樣，有高有低，輕輕的，阿蓮受慣了粗嗓門衝話，這阿炳，這瘦黑小個子名叫阿炳的男人為什麼給她面對面的關心和耐心的嘴臉，阿炳的手小心地撫摸著那痕印，她有異樣的感覺，一忽兒心裡頭又抖又怕，一忽兒心裡頭又喜又樂，她定定地看著阿炳的眼睛，阿炳停下來，她也停下來，她不記得身在何處，阿炳的眼睛黑黑深深的地方她看到了自己——白蓮，她怎麼會那般小心而又巧妙地給框在阿炳的眼珠裡那點黑黑深深的地方，她想從那黑點上把自個兒瞧得更清楚些，阿炳卻低下頭，手也離開她胳膊上的痕印，然後往旁邊挪了兩大步，「走吧！」阿炳閉著眼睛，仰著臉，冷冷地說。

她站在原地，剛才已快瞧清楚了自個兒擺在阿炳眼珠子裡黑點的整副臉，阿炳又挪開了，是不是也把他眼珠子裡小黑點圈著黑黑深深的地方連同她小巧的身影都收緊了不還她也不讓她看。

「阿炳。」她本能地靠近他，「阿炳。」她很想瞧他眼珠子裡那點地方瞧個仔細究竟的。

「你不要這樣，你不要靠過來。」突然阿炳弄出一副和阿定一般難看討厭的臉，「你自個兒回去，我，去找老定。」阿炳把拖鞋和空壺子擱在路旁草地上，警覺地投一眼好幾層耐人尋味的意思的眼光在她隆凸起來的肚皮子上，退了三四步，一個急轉，頭也不回地朝瀑布去。

「阿炳，我做了什麼，你為什麼和阿定一樣的嘴臉看我，我做了什麼。」

阿蓮辛苦地蹲下身子，把拖鞋穿上，濕濕緊緊的皮帶子捆得她腳踝透不過氣來，還有腳趾相互擠貼，彷彿要黏成醜惡的一排肉團子。

她蹲了好久，直想著阿炳，他逼近的臉孔，他瞳孔深深黑黑那點子上有一個很小很巧的白蓮，她竟躲在一個男人張大了眼睛瞧她的瞳孔裡，但是阿炳為什麼不讓她多看一會，不讓她仔細瞧那個停留在他黑黑深深的點子上的白蓮一會，他怕她嗎？他拔腿的那張臉一會光景變得好難看。

但是他帶著那黑點子裡的阿蓮走了，她要那個小巧的逗留在他瞳仁裡的白蓮，她要！她要！那是她的！那是她的！她要折回去向他要回來這麼一點點卻一張嘴臉整整齊齊不短一隻眼睛不缺一根毛髮的白蓮。

她穿著拖鞋抱著咖啡壺，嘴裡喊著阿炳的名字直朝瀑布奔過去。阿炳，那是我的！阿炳……阿炳……那是我的！那是我的！我要！還給我，阿炳，還給我！

她忘了胳膊上那五根指印的青痕，她忘了阿定在瀑布那兒不願再看到她。她心裡頭緊掛念著那小小巧巧的白蓮讓阿炳帶走了，那是她的為什麼會長在阿炳的黑點子裡那種黑黑深深的地方。

她心裡有一股瘋狂的念頭，她終於發現了可以屬於她的東西，而且那是唯一能夠屬於她的東西她必須跟阿炳要回來，一個完整無瑕的白蓮。

她在陽光投射的路上奔跑，穿著不透氣捆得她腳板兒緊緊的拖鞋，小腳趾有一陣破裂的疼痛直奪她心胸，腳底沁著熱悶悶的汗濕和鞋面的硬皮摩擦一番，按著路面踩下去每一步都掀起難以言喻的痛楚，她的額頭淌著大點豆汗，她底心的狂忞和每一步路引發的疼楚絞盤一團，絞得她跌跌撞撞像一頭老母鴨。

瀑布洪亮的奔瀉聲在路的盡頭朝她逼近，然後整座瀑布移向她，她奔向它，它也奔向她，直到某一截短得不能再短的距離她和它都停下來。

她攙著一棵野生的木瓜樹，兩隻眸子渴切地尋搜阿炳的影子，他不在上頭，她朝下邊尋搜，一塊黑藍泛著陽光的平面大磐石上躺著三條壁虎般的男人，只著一件背心和深色的泳褲。

「阿炳！」她喊了一聲，她不曉得除了阿定以外那兩個男人當中誰是阿炳，反正他們都差不多長得一般的尺寸，兩隻手覆著臉擋住直曬的陽光。

「阿炳！」她稍加力氣大起嗓門，瀑布聲反擊回來，她聽到她那聲阿炳竟拌在洪亮的瀑布聲裡含含糊糊地抖散，他們是不會聽見的。

「阿炳！阿定阿炳……」她朝著底下磐石上的三條壁虎喊，前邊的聲音這回是夠勁，先是阿定放下手兒，瞇起眼睛坐起來往上看，疲倦的眼神看清楚了阿蓮，猝然半橫半挑地豎起眉頭，怒目直盯著阿蓮，「你不是回去了嗎？還回來幹嘛，想挨打？」說著，兩個男人也坐了起來，穿藏青色的那個瘦小個子不就是阿炳嗎？

「阿炳！阿炳！」阿蓮揮著手，一會，覺得疼，渾身都傷著了似的害疼，又放下手。

阿定跳到水裡，上了岸，步下石級，陽光和汗的混雜味襲過來：「你找阿炳幹什麼？」兩隻手同時舉起來抓她的肩膀子：「你不照照鏡子你那副見不得人的模樣？你配嗎？我叫你回去躲在屋裡躲在被窩裡藏起來別讓我再看到你，你知道嗎？我想吐！我一看到你所有倒楣的事兒都會發生在我身上似的，你聽清楚了沒？」阿定一派流氓老大橫著皮肉毒辣地罵她：「我不打你，但是你得給我走，你聽清楚了沒，我說你——給——我——滾——回——去——別——再——讓——我——看——到——你——這——副——倒——楣——的——樣——子。」

「阿定……我要阿炳還我，那是我的東西……我要他還我。」阿蓮曉得阿定的脾氣，但是阿炳就在底下大磐石上。阿定的臉色愈來愈難看，阿蓮不知不覺地往後退了幾步，阿定一手閃電似的突擊過來，抓了她濕汗汗的髮一把，扯緊了將她拖過來。

「你還要不要臉，你看到男人就忘形了，你知不知羞？好！你不肯回去，我就這樣拖著你回去，像牽一頭不聽話的母牛一樣，把你頭上的髮扯光拔淨，走！」

「阿……定，疼……疼……放手，放我，疼死我了，阿炳拿我東西……那是我的東西，阿定……我要我的東西……疼，放手，阿定……疼啊……」

阿定把她拖過來又擺過去，擺過去又拖過來，一鬆手，她整個的趴倒在石路上，咖啡壺「格當卡啦浪」地滾過木瓜樹下落了邊直滾下去，敲響著脆脆的鐵皮聲，然後飄在水上。

阿炳和另一個男人也上來了，那個較阿炳年輕的拉著阿定一旁去。「嗳嗳，別這樣，她是你姐姐，夠了，夠了。」

「哼！」阿定衝一股氣往鼻孔出，掉頭和阿炳說了些話，三個人先後又走下石級，阿炳居最後，露出一個頭回望阿蓮，阿蓮感覺到那一瞥使他瞳孔裡的白蓮整個面臨毀滅，她看不到她。她已毀滅了嗎？怎麼她看不到她，那麼遠的眼睛一瞄即逝那裡頭包含了多大的敵意多具威力的一瞥，她感到渾身都是軟弱無力的滲著骨肉那陣陣痛，從腳跟腳板兒湧上來，收集了手臂和跌著的肚皮腫痛，所有的痛都聚在某一根神經衝刺上來。

她兩手支著地坐起來，疼痛難熬地站起來。

七分的打扮潰掉了，一分一分的減至原來的零，她整個人站起來的時候是一個尖頭尖尾的零。

她離開的時候瀑布也退得遠遠的，她不再聽到瀑布沖瀉的聲音，她沒剛才來的時候那般快樂，她曉得身上少了一樣東西但是又說不出那是什麼東西，她還是感覺到身上缺了一樣東西。

阿蓮她母親睡午覺睡得正熟的時候，逢著阿蓮一臉訕訕地攬了一大朵陰晦暗色淹進來。

「阿蓮，你怎麼回來了，阿定他們呢？」她母親從布簾子的縫隙瞧見了她，又沒聽見阿定和他朋友的聲音。

「我要沖個涼。」阿蓮自顧自地走進沖涼房。

「阿蓮，你怎麼了，一回來就要沖涼！」她母親懶懶地打了個哈欠，翻個身繼續她中斷的午睡。

阿蓮在沖涼房抓了一塊香皂拚命的往兩脅下擦，磨出一層又濃又厚的香皂泡沫，她低著頭拿水瓢子盛著一瓢一瓢的水沖洗肥皂沫，沖得手也累了，她聽到她母親在房裡頭罵，「你沖個什麼勁啊，井水都叫你那水瓢子舀乾了。」

阿蓮低著頭瞅那降低的水面，瞧見自己光赤著的身子頂了圓鼓鼓的大肚皮，肚臍眼也凸了出來，她哭了，從小聲的抽搐到大嗓門的號哭。

她母親不曉得她是怎麼一回事，從房裡出來，一壁喊她一壁敲著沖涼房門，鐵皮門敲得好響。

「阿蓮，你怎麼了，你在裡面幹什麼？」

阿蓮一句話都不說，一味哭號著，好傷心好難過的樣子，哭得她母親好生害怕，以為她被人欺負了，敲打鐵皮門的聲音愈猛愈大，「阿蓮你在裡邊幹什麼啊你，開開門？你快點開門。」

一陣敲打之後門打開了，拳頭落了空，差點敲到阿蓮，她一絲不掛地向著她母親，臉上掛著一行行的淚，還在哭著，「你怎麼不把衣服穿上，你衣服呢？」昏暗的沖涼房裡的地板上堆棄了濕成一團的裙子內衣褲。「才換上的衣服，真是的。」說著回身到房裡給她拿了巧克力色的尼龍長褲及一件無領無袖的蝴蝶花上衣和乾淨的內衣褲。

「你說你哭什麼來著？」她母親一件一件地遞給她穿上。「我不知道。」阿蓮拿哭喪的臉呆呆地望著她母親。

「洗把臉吧！哭成這副樣子又不說。」

她母親不當一回事地回房裡去睡覺。

## 6

五點多阿定回來了，阿炳和另一個男人在門外小雜貨卡車上沒進來，阿定跟他母親到房裡去拿錢，數一數八張紅色鈔票，收入褲袋裡，也沒在嘴上頭說什麼話，拍拍手就要走，他母親扯著他的袖子，有話跟他說。

「阿定，你等一等，我問你阿蓮怎麼先回來了，還哭哭啼啼的，你打了她。」

「誰叫她老跟著我，我就討厭她跟著來，你沒瞧她那模樣多丟人，改次教我看到她這樣跟著後頭我不饒她！」阿定咬緊牙根，恨不得把阿蓮那挺起大肚皮的影子咬得碎碎。

「她是你姐姐啊！還有，那個瘦黑小個子的男人名叫什麼的，我看得出他人老實忠厚，很牢靠，他成親了嗎？」她母親壓低嗓音，急促地問阿定。「哼！你是替她想啊，就算人家沒娶老婆光棍一個，你拿一千八百的去倒貼我敢說阿炳那傢伙他連看都不看一眼，她也二十八好幾了，老姑婆一個不打緊，人家一瞧她那隆個隆冬的肚皮子人家怎麼想，她不是那回事人家還是會往那回事上頭歪想！」阿定愈說愈大聲，他母親扯了他的袖子一把：「你說小聲一點行不行，叫你朋友在外頭聽見了。」

「媽，我說你就少讓她在外頭跑動，她那樣子有多難看，她不要面子我還要面子啊！你曉得阿張他剛才在瀑布那兒怎麼跟我說，他問我你姐姐是不是跟別人有了孩子，那傢伙心眼兒一歪就跟你歪到那上頭去，若不是看在他和我把兄弟似的，換了別人我不抓刀子捅他兩刀才怪。」

「阿定，阿蓮是你親姐姐你怎麼這般說話！」他母親推他出了房門，阿定走過小廳堂看到阿蓮站在門檻子上，靠著大門，左手繞到腰背穿在插在腰間的右手肱腕上，左腳踩在右腳背上。

「你在門口幹什麼？進去，聽到沒有，我說進去你耳聾了是不是？」阿定一瞅見她心裡就一股火。

「阿定，你要走了？」阿蓮避過一旁，她曉得阿定在房裡頭和母親吵吵鬧鬧的必然是一肚子火找她發。

「進去！不要站在這兒礙人進出方便的。」他睜大滾圓的眼珠子要射穿人的皮肉似的，一絲都不放鬆。

「阿蓮，到屋裡頭去！」她母親站在房門口喊她，她搞不清阿定和母親是怎麼一回事，都不讓她在大門口張望一會，她躲一旁進入屋裡頭去，阿定把大門兩扇拉攏合上，不久，小卡車發動引擎，吼了幾聲拖曳著難聽的聲音走了。

阿蓮站在後門口老遠的看著阿定駕駛的小卡車遠遠的駛出村外。

7

阿蓮一整天老站在前門檻子等人似的癡癡呆呆地望著那條從村外伸進來的路子。

「阿蓮，去買一斤咖啡和兩斤白糖。」她母親在廚房喊她，過了一會未見她進來，又喊了她，「阿蓮，阿蓮你死到哪裡去，去買一斤咖啡和兩斤白糖，阿蓮啊！」

阿蓮到廚房裡去，她母親一面搧著炭爐的炭火，臉閃過一邊避開劈啪亂跳的炭火花和濃煙，她母親瞧見她可進來了，放下大葉扇，忙透地探手入襟口袋裡掏出一張翠青色的五元鈔票放在她手心窩。「哪，去買一斤咖啡和兩斤白糖，去了就回來，別在外頭閒逗著，記得找回零錢哦！」

阿蓮點點頭，在兩手間把鈔票對摺成小方紙，左手捏緊，右手插著腰身走出小廳堂，大門膛開著，門外的陽光鮮辣辣地照耀著她臉膚上，她瞇起眼睛，吃力地瞧著到小雜貨店的路，雜貨店外停了一輛私家車，奶油色的車身和黑油色的車頂，阿蓮站在它旁邊，真想用手輕輕的摸一摸它，老生婆從店裡頭瞧見阿蓮站在那兒，怕她手腳不乾淨的亂摸一通，她走出來不客氣地指著阿蓮，「噯！你要買什麼，不要站在那裡，來店裡頭。」

阿蓮醒過來，又唯恐自己真個不小心摸了這漂亮的車子一把，忙將兩手放在肚皮肉上，走進店裡去。

「買什麼東西？」老生婆冷冷地問她，這村子就只有這麼一家雜貨店，阿蓮每一回都拿錢來買東西，每一回她的臉色就是這麼一副瞧不起人的拉長給人看。

「一斤咖啡，嗯……一斤咖啡，一斤白糖。」

阿蓮站在一罐糖果罐前，阿生婆一壁秤白糖一壁回頭盯她，怕她偷了罐子裡的糖果吃。

「四塊六毛五。」阿生婆眼梢子瞟上，無須打個算盤什麼的，阿蓮給了她五塊一張，她跑到店裡頭去和她女兒阿娥及一個瘦瘦高個子的陌生人談談笑笑一陣後才出來，看到阿蓮一手抱著咖啡粉一手抱著白糖還未離去：「你還要買別的嗎？」阿蓮低聲地看著手裡抱著的白糖和咖啡說：「老生婆，媽說要找零錢，你還沒找我。」

老生婆悄悄地罵了一句白癡蓮，悻悻然地找了三毛五：「阿蓮，你看到店外那輛車子沒？我阿娥下個月就要嫁人了，那輛車子將來也是她的呢！你跟你媽到時候來喝喜酒哦！」

「好的，我跟我媽說。」

阿蓮走出雜貨店，情不自禁地多看了這小汽車一眼，然後回家去。

老生婆朝店裡頭幸災樂禍地說：「阿娥，那個白癡蓮不曉得什麼時候才嫁出去瀑布村，真可憐，二十八歲了還沒婆家，也真難為她，面子上多不光彩，唉！夠可憐的。」

阿蓮回到家裡，她母親劈頭就問：「你又溜到哪裡去了啊你，買了多少錢？」

阿蓮把白糖咖啡放在她母親手上，打開掌心給她母親三毛五，她母親奇怪地：「這白糖怎麼這般少，我叫你買兩斤你買了多少？」阿蓮先不回答她母親這句話，她想起了更重要的事：「媽，老生婆告訴我叫我回來跟你說，阿娥下個月要嫁人，有車子的人家呢，她教我們去喝她的喜酒呢！」

「叫你阿爸去，我們不去！」她母親又記掛起白糖和咖啡：「我叫你買兩斤白糖你都買了多少，這麼一點？」

「一斤咖啡一斤白糖，老生婆找我三毛五啊！」

「不對，五元才買得一斤咖啡一斤白糖，她太吃人了，你啊，你連一斤咖啡一斤白糖的價錢都教人混掉，你吃那麼大真是的！白蝕米飯！你給我看著這鍋，不要讓湯滾出來，我去找老生婆理論，當我是好欺負的啊！」

阿蓮坐在炭爐旁，看著燒得猛極的炭火，心想著已經好久沒跟著她母親去吃喜酒了，那種喜氣洋洋熱熱鬧鬧的場面，阿娥她嫁的人家可是有頭有臉的呢！

為什麼家裡從來就不像別人家一樣辦一次喜酒吧？為什麼不呢？鍋裡的湯水可開了，跳滾滾地冒出一叢蒸氣，衝著阿蓮的臉，矇住她的眼睛，她閉起眼睛，什麼都看不見，蒸氣一叢一叢地冒上來，冒個不停……

她閉起眼睛，兩手忘神地撫摸著撐了好些年的肚皮肉，直想著什麼時候他們家也張羅喜宴請所有的瀑布村的人喝喜酒？什麼時候他們家也抱個白胖娃兒滿月那天忙著給每一個瀑布村的人家送紅蛋黃薑糯米飯，這一切的一切彷彿是很久很遠的事，模模糊糊的，連她閉起眼睛集中精神去憧憬也無法達到那美麗的幻境。

蒸氣繼續地一叢一叢的冒竄出來，冒個不停……

## 作者簡介

——商晚筠（1952-1995），原名黃莉莉，籍貫廣東普寧，出生於馬來西亞吉打州華玲鎮。臺灣大學外文系畢業，曾任馬來西亞《建國日報》副刊編輯、《文道》月刊總編輯及自由撰稿員、新加坡廣播局戲劇組編劇。曾獲聯合報小說獎、新加坡金獅獎、大馬王萬才青年文學獎等。著有小說集《癡女阿蓮》、《七色花水》、《跳蚤》。

1986

# 一屏錦重重的牽牛花

梁放

一幢浮腳木屋前，幾棵柑樹都長得碩壯茂盛，那棵不知何時才種下的番石榴，也纍纍地結了一樹沉甸的果子。這四分之一英畝的土地，略呈長方形，除了當中的屋子外，其他空地，顯然是每一寸都給充分利用了。梯旁那盆萬年青，修剪得當，一點也不顯堆垛與冗雜。

「阿姆。」劉麗珠看到那扇敞開的大門內，有位老婦人正坐在一口木箱上，戴著眼鏡，把頭挪後，十分專注地看著遠遠托在手指間的報紙。

徐伯母俯俯首，自鏡片後抬眼，遲疑片刻，終於忙不迭地走了出來：

「啊！麗珠。怪不得一早就有蝴蝶飛進屋子來。不是說明天才來的？」

「假期裡十分難買到船票，我看我就提早一天來到，急著要看看曉雲呢！」

「還早呢，現在才九點多，她信上是說要下午四點才到古晉的。」

徐伯母雖然已是花甲之年，身子依然硬朗，像有永遠用不完的精力似的。她的個子小，聲音卻又不成比例的宏亮，有股攝人的力量。麗珠的姐夫子捷就承繼徐伯母這兩方面的優點，無時無刻都顯得那麼精神奕奕。

麗珠把一手提著的大塑膠袋交給徐伯母。那裡頭是一隻豬腿，一斤麵線，兩瓶自釀的紅酒，還有一大包光餅，全是遠自詩巫帶來的。這回到訪，除了要看看姪女曉雲回國後的樣子外，明天還是徐伯伯的七十歲生日呢，這一點，她記得十分清楚。

「阿伯呢？」

「在房裡睡著了。」徐伯母用嘴嘟了嘟左側的一幅花布門簾，壓低聲音：「來，我們還是到後園去，可以一邊鋤地，一邊聊聊。我還剩下一點點就做完了。」

「阿伯還好吧？」麗珠放下行李。

「還不是老樣子！」

麗珠不再問下去。耳邊彷彿依稀，仍是一陣沉沉的跑步聲，踩著地上的落葉枯枝，在屋子邊響起，繼之，是那連延不休的槍聲。徐伯母要她幫忙把儲室裡一包包的胡椒疊成一個小小的城堡。當她抱著曉雲與徐伯母一同躲進去的時候，偏偏不見了徐伯伯。麗珠回頭在廳裡找到了他，發現徐伯伯竟瑟縮在祖先的神龕下，雙手摀住耳朵，口齒不清地流了一大灘口水。

在後園裡，徐伯母重拾那把擱在一棵紅毛丹樹下的鋤頭，鋤片經年累月地用著，比十幾二十年前已輕便了許多。麗珠第一眼就看到一片青蔥的蔬菜瓜果，這其中有一分地，顯然是早上才鋤的，還未完工。

麗珠向徐伯母要了鋤頭，輕輕一揮，就開始鋤動起來。徐伯母蹲著身子，雙手揉鬆泥巴，心裡不無感慨。麗珠這孩子，雖然夫家也是務農的，經濟並不見得寬裕，但每逢過年過節，多少還寄點錢來，難得一片孝心。這一回，她還把家裡的一切擱下，專程來湊份熱鬧。

泥巴自徐伯母手指縫中溜過。她想起兒媳麗珍，還有兒子子捷。

子捷是她唯一的兒子。她愛他，已不僅是母親天性裡對子女的那種愛，而是帶著更多的敬仰。

徐伯母不曾分析過自己為何那麼崇敬子捷，只知道子捷讀了許多書，告訴過她許多以前她從未思考過的問題。子捷與她之間，培育了他們生活中最基本的信念，那就是對醜惡的唾棄，對美好的要求。這麼些年來，徐伯母還一直堅守不渝。

「這一畦是種菜心的。」她告訴麗珠：「今年這時候雨水奇少，可以種得出來的，外邊還賣了好價錢呢！」

那一年年底，霪雨霏霏，山芭裡，哪怕是在排水良好的斜坡上，老種不活一根有葉蔬菜，叫人幹得一點也不起勁。後來她靈機一動，多種不怕雨水過勤的蕹菜和一些耐收的瓜類。後來，她還養了一些雞鴨。

那一回，正忙著給瓜菜施肥時，自小徑的那一頭，劉媽正捧著八個月的身孕，撞撞跌跌地向她跑來，一路叫喊。

聽劉媽這麼一喊，她心中明白了一大半。那些人昨夜來不成，一大清早的卻又出人意表地出現了。他們怎的偏不往另一方向走，又讓伍盛與子捷白費了一番心機。子捷昨夜夜裡還挨家沿戶警告：千萬別走那條小徑，那兒埋了地雷，危險。

沒等劉媽走近，她倏地把手上的工作丟下，把剛剛自不同人家園子裡收集的一簍瓜菜，一口氣提到井邊，七手八腳地用幾條麻繩把簍口網住，一股兒推進水裡，看著那簍子徐緩地沉下時，幾乎還感覺它帶了幾分造反意味。一回頭，劉媽已經逕自把捆在水桃樹下的雞鴨，十萬火急地用刀割解了綁，全部放走，整個人已累得不成樣子，靠坐在樹頭。

「幾個？」她用闊緣帽子搧風，走上前來。

「十來個！」劉媽仍是氣喘吁吁的。

啊呀，糟了，裡頭的人知道了沒有？子捷爸呢？這老頭子，每在這類似的時刻偏不見了人影。子捷是不是還留在屋後的涼棚裡寫鋼板？這孩子，三番幾次叫他謹慎點，不好在那些顯眼的地方做事，硬是不聽。伍盛為人就機警、聰明了許多，在沖涼房裡睡覺寫字，臨走還舀了一桶水，故意把地面沖濕，來來去去的，從不露任何蛛絲馬跡。

來了一大群闊步昂首的男人。

正鬧著，劉媽「啊喲」一聲，顯得十分痛楚地叫道。

劉媽呻吟著，看不出是因剛剛一場慌張的跑步，還是因為懼怕，汗水一時全湧冒了出來。

「你不是真的要生了吧？」她把頭湊近劉媽的耳邊。那個年代，小學生在學校裡還唱著一首短歌，其中有兩句是這樣唱的：什麼季節開什麼花呵，什麼時候該說什麼話。

劉媽仍攤坐在地上，汗水已濕透她的衣服，黑色的乾泥沙也已濡遍，濕漬還一直擴延著，空氣裡，一股腥味直散發開來。

去醫院的路上，她向劉媽說了許許多多，現在再也想不起來的話。兩個婦女一直緊緊地握著手。中途，她發覺劉媽突地把她的手握得更牢，身子連續幾下向上拱了拱，不消一分鐘，那隻手卻已放鬆。她機械地把劉媽濕漉漉的頭髮用手梳理，良久，才想起該把劉媽直瞪著的雙眼用手輕輕撫闔上。劉媽下身還淌著血，合不攏的雙腿間，黏搭搭毛茸茸的，是一個呈灰白色的小頭顱。

徐伯母看著麗珠仍在輕捷地揮著鋤頭，感覺卻是十分奇異的。二十多年前，常來幫她鋤地的是劉媽，今天卻是劉媽的女兒。劉媽，麗珍，麗珠，這母女三人，就像一直在她生活中似的，成了她身體的一部分，無法分割開來。

兩個女人，各沉在自己的思想裡，默不作聲。每一次呼吸，靜悄悄的，溶化在這岑寂，開始悶熱的陽光裡。

「啊，只顧做工，也沒問你要不要喝茶。屋子裡還有一些普洱。」

麗珠很快就把那床泥土弄好，把鋤頭擱在屋底下。她熟悉徐伯母的脾氣，知道這是一天工作的結束，工具一定要收拾好，明兒用時一找便著。麗珠熟練地幫著徐伯母，彷彿自己一直從沒離開過。就說這兒的生活節奏吧，自她一進門起，她一下子就已全部適應下來，而丈夫與孩子，他們一時全不在這一幅畫面上出現過。她喜歡與徐伯母一起工作，自覺有股母女間的溫情在工作中默默互相交流。今天，這感覺尤其強烈。

「也不知曉雲會變成什麼樣子啦？」

「看她寄來的相片，是胖了些。」

「曉雲也真的聰明好學，如果不是，哪那麼容易就得到獎學金出國了？她就像子捷哥，愛讀書！」

「還不是嗎？但那脾氣兒就像麗珍！……」徐伯母瞇著雙眼笑了起來。她一笑，臉上的皺褶一時都好像不見了。

但僅僅一剎那，徐伯母笑容徐徐收斂，皺紋向上一漾，全聚在眉峰。

「你怎麼了？」麗珠一時覺得有異。

「沒什麼。我在想，你媽當年身體若不是太過虛弱……」徐伯母嘴裡是這麼說，在心裡卻「該是肖牛肖虎的」數了一數，那嬰孩如果也活了下來，也該有廿四歲了。

那一天夜裡，她趁大夥兒一走，立刻秉著一盞油燈，逕自往柴房邊的雞蒔走，想點數一下那些雞隻是不是又少了一些。豈料她還未走近，已聽見有人抑制的抽泣聲，在柴房裡，她意外地發現劉媽裸著身子，仰躺在地上，眼裡噙著一潭淚水。她一驚，第一件事就想給劉媽把衣服穿上，但那一小堆衣物，早已給撕扯得一無是處。

五個月後，劉媽的身態是再也遮掩不住。那被恥辱折騰得不像人形的母親坐在菜圃邊，使勁搥著胸口，咬著下唇，哭得幾乎窒息了。那一叢叢的毒魚籐，舂搗一番，榨取的乳白色液體，散發一股莫名的惡臭，一向是菜農們天然的殺蟲劑。劉媽撲上前，猛地提起噴壺，但未曾喝下已給阻止。

麗珠聽徐伯母訴說往事，想著當晚若不是在阿娟的家待久了，母親不到處找她，那悲劇也絕對不會發生。可憐的母親，除了心理負擔，在臨去前的一刻，是如何承受那些屬於她記憶外，也不該是任何人來承受的痛苦。

屋子裡聽見一聲乾咳。

「阿伯也該醒了吧。」

「他夜裡都不好睡，老是做噩夢。還是讓他多躺一陣。他那個樣子，你又不是不知道。」

麗珠呷一口茶，突地想起什麼：

「我前些時候看見伍盛。」

「伍盛？」徐伯母一愣。那一場騷亂，伍盛竟還活了下來？伍盛是子捷的朋友，是他們的導師，當年還是大夥兒的英雄。

「聽說進去只不過坐了一年，很快就出來了，當時還有一份十分穩定的工作。」

徐伯母不語。麗珠思忖片刻，補充似的又加了兩句：

「原來伍盛一直是埋名隱姓的，他本姓鍾，鍾可為，而且當時已是留過洋的合格醫生。」

徐伯母不表意見，想起子捷那一次被炸後的傷勢，事後又不明就裡的給醫好的事，頓有所悟。她想了想，卻又搖了搖頭：

「這名字怪熟的。」

麗珠沒聽真，看了看徐伯母，知道老年人都偶爾會喃喃自語的，就像自己的家婆一樣，因而不追問。擎著一杯茶，向窗口走去。

越過窗外的番石榴樹樹梢，麗珠看見那條自幹路岔出轉入這地區的支路。那兒白晃晃的閃著正午的陽光，像場大火，灼疼了她的神經。當她指示計程車進入這支路時，自己也不免遲疑起來。雖然在這地區住了五年，但自三年前來過後，她一直未曾回來過。眼前的一切也似乎全變了樣，建築多了，路也添了好幾條，以前的碎石黃泥路面，都上了瀝青，光滑平坦，遮掩了小石頭上數也數不清的許多稜角。

她看著，發現路盡頭有道綠色屏風，定睛一看，是那一道籬笆上，蓊鬱鬱地給攀滿爬籐植物，有好幾處卻仍掩不住那倒置的兩腳叉，還有上頭一溜一圈繞著的刺鐵筋。

「那東西，還沒拆除嗎？」麗珠說著，身子不由一縮，這些硬刺，好像已刺向她，而且已下意識要捅破她那封蓋了幾百個世紀的老記憶。

「留著也不礙事。那上面都是牽牛花，每天早上起來，都可以看見紫色的一片。」

「是嗎？我進來時也沒發覺。」

這道籬笆，曾繞了這一大頃土地一周，只在東南面留個出口。

這兒的一切，真的今非昔比。電流，自來水，電話，全是以前夢想不到的奢侈。主要的，汽車，來往的人群，已可以四方八面地流入湧出。觸目所見竟還有錦重重的一屏牽牛花。它們每一回迎著晨旭的綻放，是不是也因曾有過一夜的怵惕？麗珠猛地憶及那些殷紅剔透的胡椒實。

「姐姐與子捷哥今天回來沒有？」那年她才十四歲，每一回到家裡，就要問問母親。

「沒有。」

她們住的小木屋，就建在胡椒園裡，原來住著他們一家四口，但是父親在麗珠三歲時去世了，姐姐一念完高中又跟子捷哥到處走動，屋子裡就只剩下母親與她了。

「是楊家三兄弟死了！」

「怎麼死了？」

「燒死了。園子裡的小屋子夜裡著火，他們全燒死了。」她說。那個胡椒成熟的時節，大家都像以往一般，在園裡搭了間臨時的小屋子，一邊看守著胡椒，也省卻來回家裡搬動的麻煩。夜裡，不知是不是因為劃根火柴抽枝草菸，還是點燈不小心，小屋子竟著了火，不可置信的，三個成年人，竟逃不出來。村子裡連夜瀰漫著怪異的燒烤味。翌日，合作社前擺放了部分燒焦了的屍首。四周圍站著一群來自外地的陌生人與上前觀看，紛紛議論著，卻又不敢張揚的村民。那可憐的母親，癱瘓了似的，不哭，也不說話，身邊是孩子們採擷的胡椒，因一場火烘熟，自麻袋裡流出漿液，像摻和了鮮血一般。

子捷哥的相片上了報紙，還有伍盛——那位不知何時起已在鄉村進出自若的年輕人。他剛在小村落出現時，就把區裡的人所喜愛看的書籍全給否定了，說那是灰色的，不健康的，喪了鬥志的讀物。她積極地加入伍盛一手策劃的讀書小組，著實也增進了一些知識，也提高自己語文的水平。她最喜歡的，還是在研討功課的時候，支著頭，靜靜看著伍盛那片薄薄的，微微向上翹著的上唇，一說起話來，一直沒把兩片嘴唇合攏過，唯恐不能把話一一說完似的。

「子捷與麗珍到底是怎麼一回事？」

「他們是愛人呀！我聽我媽說，以後要讓姐姐嫁給子捷哥的。」她滴溜溜地用柔柔的眼光看著伍盛的上唇，聲音不知怎的也突然嬌了起來，手裡撫弄一本農耕知識的書。

「哦，是嗎？這個時候搞男女關係，忘了使命，忘了任務，忘了理想！」

伍盛倏地把嘴巴閉緊，嚇得她的心差些兒就蹦出口腔，不由自主地就把書本闔上。

姐姐與姐夫走後的第二天大清晨，她卻在鎮上的一所白色建築物裡。長桌的另一邊，坐著一個和藹可親的中年人，操著一口十分流利的福州話問她：

「你要喝水嗎？」

她不響，渾身打顫。她一直怕穿制服的人。

但她的面前，還是放了一瓶咖啡似的冷飲，瓶口冒著細碎的小泡泡。本能地，她想抗拒，但一手觸及那瓶子，冰涼的，已不能自已的自吸水筒把那瓶黑水喝個精光。她沒喝過這玩意兒，覺得它十分可口順喉。在鄉下，即使是過年，也只喝橙汁汽水，哪來的這種黑水。

「這可口可樂好喝嗎？」

哦，是可口可樂。她又不響。可樂嗎？母親死了，姐姐姐夫走了，曉雲，徐伯伯與徐伯母，都生死未詳。她想著，把那吸水筒折了又折，眼淚簌簌而下。

「你有沒有朋友？」

她不甚明白那人為何要這麼問，腦子裡卻迅速地掠過伍盛的影子，先是耳根發燒，後來卻不能克制地哭泣。她擤了擤鼻子，又咳了幾聲，恨不得一股兒掩飾這所有見不得人的狼藉。

「一個也沒有？」

「沒有。泥土，胡椒，太陽，他們算不算朋友？」她撩起鬆寬的衣角，抹把臉，沒好氣的頂撞。人家哭得正傷心，你怎麼問得這麼無聊！

「你知道為什麼給叫來這裡嗎？」

「鬼知道。我剛要上椒園去，他們要我換衣服，叫我跟了來！」當著這些人，眼淚都流過了，什麼防線也沒有了。她一路口齒不清地數落著，溜嘴還說了幾句粗口。

「……他們也不知道羞恥，把我換下的衣服，裡裡外外看了又看，也不知道要看什麼。有什麼好看！……」她自覺十分委屈。有一位高大的青年，留著兩撇鬍子，牙齒白得發亮，他還用一支木棍挑著她那條煙囱式的舊碎花底褲，有意無意地朝她晃了晃，又撇了撇嘴角，差點沒把她羞死。

那中年人竟也笑軟了身子。

「他們只想看看你藏了什麼東西沒有？你曾不曾經幫過什麼人傳信？」

誰敢？你們也一點都不詳細。一批又一批的，來了又去，把路都踩滑了，怎不注意到路邊的那一些鏽罐子？還有那夾在樹椏上的石頭，它們都離路邊不過幾呎遠。以前，她幫過子捷哥給姐姐帶信，幾張紙寫得密密麻麻的。子捷哥的學問好，寫的盡是她看不懂的東西。有時也捎來一兩首詩，什麼星光，月亮與晚風，令人看不出所以然來。姐姐有回要她給子捷哥帶個火柴盒。她中途拆開來，裡頭竟是姐姐留了大半年才剪下的長指甲。儘管姐姐念了那麼多書，麗珠從沒料到，姐姐原來也有神經失常的時候，送指甲?!

「你姐姐姐夫呢？」

「走了。」

「去了哪裡？」

她心裡一沉。前一夜，突地一陣急促的拍門聲，姐夫立即潛入屋後，姐姐不知怎的也緊隨著。轉瞬間，兩個人已消失在厚墩墩的夜色裡。她一急，抱起正哭號的曉雲，不約而同地與給吵醒了的徐伯伯夫婦想走出來開門。隨即，腳步聲，槍聲，已急不容緩的在屋子四周圍響起。

「你知不知道他們去了哪裡？」

「不知道。」

是許許多多年之後，徐伯母才告訴她，原來麗珍他們當晚並未走遠，在後園裡的一口廢井裡泡浸了一夜。

在這幢白色的屋子裡，她自個兒住了一個大房間，除了不許踏出大門外，行動還算十分自由。她好奇地把屋子前前後後看遍了，等一切新奇化淡，有事沒事就抽著抽水馬桶，聽那嘩啦嘩啦的水聲取樂。那個中年人每天照例召見她一次，依舊和藹可親，問的也仍是問了千百萬遍的問題。

不知道。不知道。不知道。

「這裡好住嗎？他們有沒有欺負你？」他指了指守在大門口的兩個人。

「沒有。他們還買咖哩飯給我吃。這裡比山芭好多了。」

「山芭裡很苦嗎？」

「嗯。太陽也很曬。爸媽都死了，而且……」她突然煞住。那中年人一直對她表示關懷，使她也感到一些溫暖，一時間，她幾乎想把一切告訴他，告訴他自從姐姐與子捷哥走在一起後，母親和她過的是怎樣提心吊膽的日子。

「而且什麼？」

「而且也沒什麼好的可以吃。」她說，驚奇自己當時竟把另一句話那麼自自然然地就說了出來。陽光開始自朝西的窗口斜簽進屋裡來。

徐伯母坐著打盹，麗珠坐在另一邊，隨手把擱在一旁摺得十分整齊的報紙拿起來翻開，得悉通往故鄉的大路已在正式動工。幾年前，測量隊早已把那條路的保留地劃好，不偏不倚，直往那個亂葬坑切過。

「麗珠。」徐伯母忽然醒了過來，麗珠吃了一驚，還未答腔，徐伯母又繼續說：「你有沒有想過要回去？」

「暫時還沒有，等孩子大了再說。」

「十幾依格的坡地，好好再種植過，一樣可以種出成績來的。曉雲又是個女的，我看她也不稀罕那一點地方，你們如果會回去，也把我們那地方種上吧，免得放著可惜。」

「好吧。我也想過向你買下來的。孩子一個個大了，別的做不成，務農也不錯的。我和孩子的爸就這麼想。」

「那也是啊！就割給你吧，還說什麼買不買的話。」

「那怎麼可以呢。」

「可以的，你就像是我親生的一樣。」

麗珠不語。

「也不知那個地方有沒有人去祭拜，這些年來，我一直就放心不下。那麼多人一個坑……」徐伯母眼睛癡呆呆地望著大門口。

「我看有吧，許多人不早就搬回去了嗎？楊嬸一家也回去了，裡面也有她的小兒子。」

「過陣子，我想帶曉雲回去一趟，好給她父母燒點錢。還有也煮些菜去，子捷那孩子，最喜歡吃八珍鴨的了。」

麗珠靜聽著。這一句話，徐伯母已說過許多遍，但一直不成行。她一走，徐伯母怎麼辦？

「對了，麗珠啊，你從沒告訴我，他們是不是死得很難看？」

「不會……」

當她等著車輛發送時，屋前那個空地上，已有一部拆了篷的連羅華自街上遊行回來，車上赫然是兩具屍體。

「要不要看一看？」那個中年人走上前來。

男的仰躺著，向外垂的一隻袖子，乾硬了的血漿也撐不起原是虛空的內容。那個女的，頭側向一邊，臉色白得透明，長而鬈曲的睫毛下，那半閉著的雙眼，潺潺不停地流了兩道鮮紅的血水。

「不會……」麗珠似在嗚咽。這許許多多年以來，她總忘卻不了姐姐自眼睛流出的血漿……「不會，像睡覺一樣。」

徐伯母把身子舒展一番，安安靜靜地側著頭，閉目養神，不再說話。時鐘在牆上滴答答的響，一聲似一槌，直落麗珠的心上。

麗珠想著那條大路，以後車輛不就要從姐夫姐姐的胸口輾過？心中忽又給塞得滿滿的，彷彿車輛輾過的是她自己的胸口。

漸漸地，她自覺眼皮重了。眼前卻浮現漫天飛翔的鳥隻，她拚命地想驅趕，唯恐牠們在椒叢裡駐腳，專揀殷紅熟透的椒實吃。忽地，她又蹲著身子拾起一地的胡椒粒，這一小堆，那一小垛，都是小鳥們屙出來的，顆顆都那麼肥美渾圓。她拾了一大罐，死也不肯賣掉，哪怕是行情最好的日子。但是，偶然能用洗得透亮的瓶子裝著，送給下鄉來訪的親戚朋友，都會令她有說不出的開心……

「啊，這回可真是曉雲回來了！」是徐伯母的聲音。

麗珠猛地驚醒，小鳥不見了，胡椒粒也不見了。她睜開眼睛的一剎那，已看見徐伯母振奮地往門外衝去。

麗珠也隨即跟上前去。一位少女已自計程車開門走下，麗珠一時錯覺，還以為是另一段夢境的開始，夢裡，麗珍正笑吟吟地出現了。

曉雲喋喋地告訴婆婆與姨媽有關旅途上的事情，嘴角閃現兩個梨渦，油然教人想起她的父親來，曉雲的個子也不高，但也挺得直直的，像母親一樣。麗珠看著，眼淚又來了。

「公公呢？」

「噓，公公還在睡覺呢！」徐伯母說。

曉雲掀開那方門簾，往裡看了看，回頭向徐伯母與麗珠說道：

「公公好像老了許多！」

「傻孩子，人總會老的！」徐伯母說，看見麗珠上前又摟了曉雲一把，散發著一種不難理解的母愛：

「你們兩個聊聊吧，我進廚房去。」

麗珠與曉雲忙著把曉雲的行李搬進房裡。

「……我一下飛機時那種心情是十分難形容的，一路上，我發現，原來我多麼喜愛這裡，這兒的空氣與綠林，那沿著幹路而開的大紅花，阿姨，你知不知道這兒有多美，奇怪，我懷疑我三年在倫敦是怎樣過的！我一再告訴我自己，我回來了，我回來了，再也不走了！」

麗珠聽曉雲一口氣說完一堆話，也給渲染一份喜悅。

「當然，也再不可以走了！」

「是呀，我才不走呢。在外地生活，總有點不實際的感覺，我收拾我的房間時，除了幾本書外，對那些寒衣竟突然陌生起來，還有我有盆吊蘭，就掛在室內，一晃就伴了我二年多，但是，它也不屬於我的了。那兒到底不是我的家。這兒是，這兒是我的祖國！……」

在幫忙曉雲收拾東西時，麗珠今兒才真正發現到，曉雲也遺傳她父親愛讀書癖好。兩大箱行李中，有一箱半是書籍。其餘的才是衣物。曉雲抽出一本相簿，翻到其中一頁：

「阿姨，你看，這是去年拍的，你看到沒有，那上面的大字報，還是我寫的呢！」

麗珠看見了，是「爭取平等」幾個大字，寫得不好；但在一堆橫行文中，它最顯眼。

「報紙都上了頭條，還有電視也來拍新聞，這麼多大字報，就是這幾個字出鋒頭，那些英國同學，還爭著要拿它呢，哈……」

「到底是為了什麼事？」麗珠看著曉雲，腦海裡閃掠一場天翻地覆的激情，以及催淚彈與吶喊交成一片的暴動。她笑不出來了。

「那邊政府要漲外國學生的學費，大幅度的漲，弄得許多外國學生都迫於半途輟學，我們都不依，學生會就起來抗議，示威，還有許多講師也支持我們這個行動。我們寫傳單，演講……」

麗珠看著那兩片嘴唇不斷開合，再也沒聽進去。她繼續翻著那些相片，在最後的一頁上，是一幀發黃的陳年照片，麗珠把它捧近眼睛，詳詳細細地看了又看。

「麗珍。」

窗外，上弦月像向下撇的嘴巴，哭喪也似的。那低低沉沉的叫喚，給攪進濃釅的夜色裡。

麗珍忽地坐起身，逕自躡腳走到窗前。

當姐夫爬上窗戶進入房時，油燈下只見那張結疤了的臉，鼻子已走了樣，向一邊極度傾斜。他的左手也斷了，空蕩蕩的衣袖，不斷在輕輕晃蕩著。她們從沒想到姐夫竟在掃雷的意外中活了下來。

姐夫顯然不知道一年裡家裡發生過的許多事。姐姐一時更是百感交集，欲語還休，只俯著身子，一手推醒正在酣眠的曉雲。

曉雲揉著惺忪的雙眼，一骨碌坐了起來。少頃，她顯然給嚇著了，迅速把身子投進母親的懷裡。

姐夫向曉雲伸過手來。或是油燈上的火花跳躍，或是夜風輕拂，那笑臉竟一直像在搖晃著，幾乎要解散開來。曉雲立即把臉別開。

「曉雲，是爸爸呀！」姐姐輕聲說道。

曉雲用力甩開姐夫的手，最後索性掙脫母親的懷抱，跳下床，自個兒跑到她睡下的角落裡來。

「我看她只是怕生。」

「我是不是變得很醜了？連曉雲都怕了我。」姐夫坐在床沿。

姐姐用雙手把丈夫緊緊地環住，臉兒貼著丈夫的頭，是想起許多共有過的歡欣，還是禁不住要回味那最初的愛戀？那長長直直的膠林小徑，腳踏車上，姐夫載著姐姐，飛馳著欲穿過那深深的綠色拱洞。姐夫喜歡唱歌，姐姐也鬼馬地，一路大聲朗笑地附和：

跑馬溜溜的山上

一朵溜溜的雲喲

端端溜溜的照在

康定溜溜的城喲

……

同樣的一首歌，在昏黃的燈光下顫震著。

她側耳聽著，忽然覺得一陣鼻酸，忙把頭埋在枕頭下。

但她清晰地聽到有兩顆心，在同一個節拍裡跳躍著匯入歌聲裡……少頃，她聽見那陣心跳加強了，猛一翻身，發現曉雲不知何時已趨上前去，把小腦袋深埋在父親的懷裡，歌聲仍然繼續：

……

月亮彎彎

康定溜溜的城喲

……

歌聲裡，混著曉雲不斷的輕叫：是爸爸，爸爸……

「爸爸以前是不是像照片裡一樣好看的？」曉雲看麗珠一直凝視那張她父母早年合拍的相片，好奇地發問。

「哦，是的！」麗珠恍如大夢初醒。

「我好像記得……」

麗珠沒等曉雲說完，放下相簿，迴避什麼似的，逕自走出小房間。之後，她才知道該往廚房的方向走，好看看能否給徐伯母幫上什麼忙。

她走過徐伯伯的房間時，停下腳步，雖說徐伯伯已睡著了，她忽然覺得該看一看他。她掀開那布簾子，發現徐伯伯早已醒了，蜷縮在硬邦邦的木床上，感覺有人走近，立刻機警地坐起身子。

「阿伯。」麗珠叫了一聲，感到內疚。

徐伯伯看見門邊站著一個女人，打量片刻，嘴裡咕嚕一陣，繼而朝外叫了一聲：

「子捷媽，有客人來了。」聲音像一把正被揉碎的枯葉。

「阿伯，我是麗珠。」

「子捷媽，有客人來了。」徐伯伯沒答理，自顧自地下了床，也沒趿上床底的拖鞋，磕磕絆絆的，走出房門口。

麗珠閃一閃身子，看見老人自她身邊擦過。從老人的舉止，她一眼看得出，老人比以往退化了許多，個子也縮小了。老人穿了一條黑長褲與一件白色圓領汗衫，洗得潔白，支突著的肩胛骨，也因而更為明顯了。

「家裡人全去了哪裡了？麗珍也是，喜歡跟子捷到處野，連曉雲也不要了。子捷媽！」

曉雲聞聲自房裡也走了出來：

「公公，你醒了？」

「啊，你總算回來了？子捷呢？他回來沒有？告訴你婆婆，有客人來了。」

曉雲原地站著，腦子裡一片空白。

「公公一向是這樣的，阿姨，你別怕。」

一時間，麗珠覺得十分陌生。一向是這樣的嗎？曉雲，你知不知道，在這「一向」之前，已經歷了多少變化？

「公公，你還是回房再睡一會，好嗎？」

「好的，好的。麗珍，你聽我的話，別跟子捷走，曉雲夜裡老是哭……」老人一邊說，一邊十分聽話地讓曉雲牽進房裡。

「公公，什麼時候變成這個樣子的？」曉雲回頭向徐伯母問道。麗珠也聽見了，與徐伯母打個照面，徐伯母接著說：

「不記得了。」

廚房裡，三個女人，一邊不著邊際地聊著，一邊把手浸在盆子裡，用夾子拔去豬腿上的毛。

當曉雲托著盆子，到外頭倒水時，另外兩個女人卻沉寂下來。良久，徐伯母才開口：

「你早上提起個鍾可為，他不是醫生嗎？」

「是，但他沒行過醫，一直都沒有。」

「哦，鍾可為，是不是最近在東南區中選那一位？」

「是啊，就是他！」

「難怪當時我就覺得他有點面善。他胖了許多，不是嗎？看他在報上的照片……」

徐伯母與伍盛，在同一個時代裡，他們曾攜手鬥爭過。今天，政勢是怎麼一回事了？由以往的激進到溫和，再由溫和到向另一面伸展，徐伯母自覺自己離得大夥兒越來越遠了。

「他已不是以前的他了。」

「是嗎？人總會變的！」徐伯母說道。換著她自己，要她重新來過，她選擇子捷仍活著。人老了，許多年輕時候的理想與抱負，真的已做不了準。伍盛，他或許也沒錯。誰說這個時代的變遷不也要負一點責任？鬥志，伍盛還是一樣有的，只是已改變了方向而已。有人肯這樣做，有人不，這世界，就是這般離奇，事實上，時代委實也不同了。

曉雲托著那個盆子從後門進來時，一個不小心，把門邊的架子撞了一把，架子上的幾個空罐，一股兒全弄跌下來。那聲響，不由得麗珠與徐伯母也吃了一驚。旋即，廚房外傳來一陣急促的，細碎的，不勻稱的腳步聲，麗珠一抬眼，徐伯伯已站在門邊，渾身像瘧疾發作一般，不住在發抖。

「我聽到槍聲，子捷他們回來沒有？」徐伯伯一臉驚慌恐惶，嘶聲喊道。

「早就回來了！」徐伯母把眼睛閉上，半晌後才說。子捷，子捷，你回來沒有？僅那一領蓆子，你不覺得冷？子捷，媽一切都不要，只要你活著……你在哪裡？媽只想知道……

「我怕……」老伯臉上一陣痙攣，臉皮鬆垮垮的，像已不再貼在肉面上。他一直喃喃著，眨巴著殷紅的眼瞼，一開一闔間，彷彿可以聽到幾千萬顆沙石在裡頭不停地互相磨礪著。他緊捉住門框，雙腳仍打顫。腳下，順著大腿流下，是一泊黃濁濁的稀屎與尿液。

老人身上，也只有這麼些，還有一點點濕意。

一九八六年初稿

## 作者簡介

——梁放（1953-），原名梁光明，出生於砂拉越砂拉卓。華文小學畢業後即轉入英校，曾三度獲政府優秀生獎學金負笈吉隆坡、英國與蘇格蘭，獲土木工程學士與土壤力學碩士學位。二〇〇六年退休前，一直在砂拉越水利灌溉局任職。一九七〇年代開始文學創作，作品包括小說、散文、詩歌，曾獲砂拉越華族文學獎、馬華文學獎。著有短篇小說集《煙雨砂隆》、《瑪拉阿妲》、《臘月斜陽》，長篇小說《我曾聽到你在風中哭泣》，散文集《暖灰》、《舊雨》、《讀書天》、《遠山夢迴》、《流水。暮禽》。多篇作品被選入各種選集，被列為大學教材；部分小說作品亦譯成馬來文、日文與韓文。

1991 —— 群象（節選） —— 張貴興

1

男孩六歲。坐在菠蘿蜜樹下看守畜舍裡精神錯亂的祖父。畜舍後的湖泊長滿大萍，擬態著蔥綠的雨蛙。蛇。水鳥。蜻蜓。蝶。畜舍前是一座井，水質黝黑鋥亮。沉重。如金屬器。菠蘿蜜高大蓊鬱，樹蔭彷彿烏賊墨囊，籠罩畜舍、井和半箇湖泊。蜘蛛。蜈蚣。蠍。蟹。小蜥蜴出沒於這片朦朧。陰天時，男孩坐在菠蘿蜜樹下伸手不見五指，卻看見祖父兩顆瑩光菇般的小眼。畜舍不久前飼著兩頭肉豬。男孩早晚拎著兩罐油漆鐵桶，鐵桶內裝滿火山溶漿似的糟糠，酸甜苦辣，臭，吸引一群煙火似的紅翅大蒼蠅。男孩從湖裡撈起數百朵大萍摻入糟糠，用木條搗兩下。綠蛇跳出桶外，雨蛙繼續擬態，破翅之蝶撲楞。紅蠅翩翩如火星。如撩一盆火。逢週三和週六中午，男孩用一只小鐵桶從井裡汲水，提著鐵桶站在畜舍外或畜舍內幫二豬洗澡和清除豬屎。豬屎零零星星順流而下落入湖泊，過分滋潤了大萍和水藻。井水有一股淡淡的腥鹹腐臭，四季醃泡雞、鳥、貓、蠍、蜥蜴和嚙齒類動物。雨季時，井水彷彿被消毒淨身出奇清澈，井內香氣馝馞，吸引各種飛禽走獸歇爪飲水，落井，不消一月，分泌淡淡的腥鹹腐臭。除了權充豬的洗澡水和蔬菜植物的肥水，男孩一家人從不使用這水。施家共有三井，另二井鑿於浴室外和菜園，用作沐浴和灌溉。菜園和浴室外二井年代久遠，祖父落戶前即存在。當時二井破敗野草叢生，外觀如一朵枯死的大王花，附近並無人類遺跡，不知二井鑿於何時？何人所鑿？祖父和外祖父墾荒時首要事就是整繕二井。打撈雜物，挖深，添壁。發現一些瓦罐陶瓷碎片，數個完整的酒甕盤碟和青花瓷。器物上隱約有類似龍的獸紋。數個中國不知哪個朝代的錢幣。一具完整獸骨。熊？貘？山貓？犀牛？最後被土人證實是一頭幼象。飲水或路過時失足滑落。男孩想像圍繞井旁的大象如何焦躁頓足，長鼻子頻頻探入井底。也許不是井？是埋藏財物的坑洞。藏寶人或盜寶人匆匆取走財物，留下一批不值錢的累贅貨。祖父、外祖父試著增加深度和廣度，並無進一步發現，造成二井今日之齜牙咧嘴寬大深邃。二老井生態因此迥異於畜舍旁新井。井壁附著厚厚的青苔，長著藻類、蕈類、羊齒和攀爬植物，近水處常有青蛙和鬥魚花椰菜似的卵巢。雨季來臨時，位處低窪的施家漫成澤國，舊主去新主來，井內生態不變，從野地游入數尾換氣如巨石落水的怪魚。那聲音發自深夜時常使男孩誤以為又有動物失足落井。男孩奇怪那些大魚在井內以何為食，直到有一天看見牠們跳得一公尺多高，嚼食密布井壁的蕈類和嫩葉，甚至攫食井壁上爬行的蜥蜴和棲息井欄上的小型鳥類。祖母和母親垂下井內冰凍的瓜果常被啄得剩下數塊皮瓤。男孩和兄長以蚯蚓為餌垂釣，上釣之魚一出水即以利刃嚙斷釣索。下次雨季再來臨時，大魚已悠閒悠哉游回野地。據說二井整繕之初，偶有一個珠光寶氣的清朝女人坐在井欄上編絞繩。外祖父說她賣絞繩過活，所得之錢悉數購買首飾。直到一頭大魚從井裡躍出咬斷她的纖纖十指，那女人才揹著一簍貨離去。去了哪裡？沒人知道。小時候二老常警告男孩等人勿靠近井邊。「像你這顆小蘿蔔頭，大魚一口就咬了去。」但男孩和兄長無數次徘徊井旁，垂釣，用彈弓射井壁上的兩棲動物。

養豬是男孩出生後第一份差事。沒事幹時，男孩躺在豬舍鋅鐵皮屋頂上凝視潮濕而閃閃發光的樹蔭，彷彿凝視星空，又彷彿躺在樹杪上日曬雨淋、風吹雲拂，清醒而清楚地分辨各種雜食、肉食、草食禽類叫聲。咕咕咕。咕咕咕。灌木叢之大番鵲憂悒而充滿愛情。哄哄。隆隆。河灘上之灣鱷膘滿肉肥。不知來自何處的象群奔走聲和攻擊號角。……男孩二歲時即能分辨這些聲音。說他聽到象群是不切實的。象群只有在他出生那天曾經掠食菜園，將施家菜園踐踏成低窪國，逢雨成澇。有人說不是象群，是野豬群。那日是一九五四年十二月二十日，東北季候風捎來大雨，連續氾濫一星期，把傳說中象群之足跡和破壞又不留痕跡破壞一次。

祖母準備了繩索和棍棒對付即將鴉片癮發作的祖父，但眨眼三個月過去了，祖父雖然渙散邋遢，兩眼炯炯有神閃爍著瑩光菇的毒光，彷彿掠食一頓後挖穴避旱的蟾蜍。家中已無任何雜什可供祖父變賣，祖母帶領她的菜刀隊伍走訪大鑼鎮的賭徒鴉片鬼。祖母屢屢警告，任何人若以金錢接濟祖父，將遭到她和子孫組成的菜刀隊伍的砍殺。菜刀隊伍共六人：男孩、四位兄長、祖母。武器除了菜刀，還有番刀、鐮刀、斧頭，因長久斫擊，外在模樣已大致全毀，血漬斑斑，紅光瀲灩，彷彿剛從爐火掏出一批兵器之囫圇魂魄。祖母帶領菜刀隊伍捕殺擅入家園的猴、豬、狗、大蜥蜴，鄉閭間頗有名氣。男孩和兄長把這種殺戮當遊戲，並不很認真執行。他們擔心祖母被大蜥蜴像母雞食之，被野狗像野墳刨之，被野豬獠牙像南瓜戳之。儘管祖母殺氣騰騰迎敵時，入侵者早已鳥獸散。她在芒草叢追殺婆羅洲猩猩時，男孩和兄長常認不出誰是祖母，誰是數百萬年前的祖先。削不到瓜棚豆架上的食蟹猴。……雨季後某夜，星光如水光，天空如潮水，大哥踩著草地上的露水，窸窣嘩啦，追蹤祖父來到鎮上的華人墓園。墓園傍著一條山路，綿延數公里，埋葬了近十萬華人。祖父站在一座墓碑後，掄鐵鏟刨墳。大哥趴在十公尺外，聽見祖父餓殍般缺水缺肉瀕臨死亡的呼吸，看見祖父兩隻瑩光菇小眼，嗅到祖父樹皮蔬菜根荄充滿鐵質的氣味。祖父漸漸消失在自己掘出的洞穴，不久又翻爬出來，手裡多了一個類似剝掉外皮的椰子殼。祖父重新整理墳地，比挖掘更耗時。毫無瑕疵整繕完後，祖父在墓碑前跪下叩了一個響頭，拿起鐵鏟和椰子殼迅速離去。大哥手軟腳酥，摸索了一陣才跟上祖父。他趴在墳地上聽見祖父用鐵鏟掀棺發出磣牙的金屬聲時，在一個大姑娘墳頭上忍不住撒了一泡尿。祖父時而快走，時而慢跑，一小時後走進英國商人克利斯汀賃租的高腳木屋。

祖母和她的菜刀隊伍將祖父反手捆綁菠蘿蜜樹上。菠蘿蜜樹身多癤多瘤，密密麻麻硌著祖父瘦背，痛得祖父哀聲求饒。祖母此時已把祖父視為擅闖家園的獸類，聽見祖父叫聲摻雜著一絲抱怨或抗議，就拿菜刀背隨便往祖父身上削一下，削出許多闇紅紫赭蜈蚣般的肉疙瘩，從前她是這麼對付用指甲捽人頭髮掀人臉頰的婆羅洲猩猩。「你這個死人……你害我們跟著你不得好死……」男孩和兄長離開時，聽見祖母獸言獸語，從井裡汲水往祖父潑去彷彿撲一場無止無境的炎夏野火。祖父因為逃躲祖母和菜刀隊伍追捕，在沼澤地、雨林、墳地逡巡了五天，如果他知道回家會遭受這種待遇，也許他願意繼續和癩皮狗為伍，他的模樣和氣味鐵定得到認同。英國商人克利斯汀低價蒐購象牙，犀牛角、犀鳥頭骨、獸皮、珍奇異獸、土人長屋中的中國唐代、宋代和明代瓷器，走私到歐洲和美洲，傳說他年輕時曾在美國南方販賣黑奴。此君近日接下一歐洲醫學學會訂單，向他訂購一百具亞洲人骷髏頭。克利斯汀已貯集了八十三具。

祖母在菠蘿蜜樹下陪伴了祖父三個月又二十一天。第十二天祖母在子孫協助下，用數十塊板條加蓋於破敗的豬舍，造了一座牢固的小城堡。男孩和兄長在地板上挖了一個土洞，鑿一條小溝渠把土洞浚通到湖泊，祖父大小便就順著這條溝渠載浮載沉流向湖泊，偶有攀木魚從湖泊逆流而上，搶吃祖父新鮮熱辣的糞便。糞中偶有長約二十公分的十二指腸蟲，惹得攀木魚鬣開鰭張幾乎刺傷祖父屁股。魚嘴太小，無法一口嚥下小指粗活蹦亂跳的十二指腸蟲，只有一口一口啄，捉弄得蟲兒柔腸寸斷。祖父有時候在坑洞裡大便，有時候沒有。常傍著牆旮旯，用散漫充滿瑩光菇毒光的眼神從牆縫覷人或覷向空無一物。他從菠蘿蜜樹身上移居過來時，毒癮發得正旺，但他沒有機會做出反抗，祖母用菜刀背搗了一下頭蓋骨，讓他像死人被扛進畜舍。祖父很快醒過來，兩眼紅腫而翳滿眼眵，眼角淌著淚水，鼻子淌著涕洟，嘴角淌著黃膿，頭髮淌著冷汗，鳥面鵠形，仙風道骨，彷彿就要羽化昇天，那不停抽搐的喉核使他看起來像一隻滑稽的鵜鶘。三個月又二十一天後，祖母生了一場大病，照顧祖父的重擔落到男孩肩上。這是男孩繼養豬後第二份工作。「你像養豬一樣養著他。」祖母躺在床上對男孩說。

祖父喜歡活吃蟹。用舌頭舔淨腹臍上的泡沫，拗斷一隻螯，放到嘴裡嗦或喀嗤嚙碎。有時候把體形較小的蟹塞到嘴裡，齒顎未曾啟動，就咕嚕數聲吞進去。男孩覺得那隻小蟹還在祖父肚子裡橫行霸道。男孩在畜舍外抓到蟹就從牆縫扔進去，看著祖父滋滋有聲啃吃，彷彿啃吃千年瓷器。男孩有一次扔進一隻死青蛙。吃青蛙幾乎和吃蟹相似。祖父用拇食二指掣住青蛙前腳，彷彿它們是一對螯。吃下兩隻蛙腳後，用食指試圖捭開蛙肚，像捭開蟹腹臍。男孩又扔進一隻半死不活青蚱蜢，祖父重複吃蟹動作。畜舍裡的小蜥蜴、小老鼠、蠍和倒掛簷外的果蝠讓祖父啃得滋滋咂咂。男孩終於認同祖母把祖父當豬養了。他像豬一樣替祖父洗澡。沒事幹時，他爬到菠蘿蜜樹上遙望雨林和灌木叢，更用心聆聽大番鵲鳴叫，灣鱷膘滿肉肥的哄哄隆隆，在想像和現實交錯進行的象群奔走聲。二月後，祖母回到畜舍照顧祖父。十天後，祖父破門而出，從此無影無蹤。祖母和祖父在同一天失蹤。

一星期後，男孩坐在菠蘿蜜樹上遙望雨林，當他視線下垂時，看見井裡漂浮著兩粒像海龜蛋的卵狀物，無數狗牙般的小魚在水底下啄咬那卵狀物，把卵狀物從左逐到右，從右逐到左。偶爾冒出一隻牛角般的大魚把卵狀物扯到井底。卵狀物被狗牙牛角撕咬得稀糊，彷彿濃痰、脂肪、魚膘、雉的肉垂。男孩看得興致勃勃，朝井中啐了一口唾沫。黑幽幽的井底浮現一物。起初男孩以為是某種浮光掠影或菠蘿蜜倒影，注意力仍停留卵狀物上。物體繼續往上漂，慢如物種進化，底片顯影。男孩將注意力集中物體時，物體還在往上漂，又似乎往下沉。男孩後來終於注意到無數狗牙牛角拉扯衝撞如蟻，協助物體往上漂。漂到水上時，任由狗牙牛角撕咬，那物體再也沉不下去。祖母屍體。腫脹的臉孔兩個肉窟窿。兩粒卵狀物是祖母被狗牙牛角剝離眼眶的眼珠子。祖父，兇手？謎。男孩懷著內疚蛛絲馬跡組織祖母死因。老祖母大病初癒，他有一百一千個理由繼續看守祖父。

男孩十四歲時，兩座潮濕而隨時會潰散的木棺從內陸被六個揚子江隊員運送到男孩家裡。男孩小舅率領北加里曼丹人民軍在雨林裡和政府軍對抗時，在一座土人長屋外看到已封棺兩年的祖父棺木。長屋屋長於祖母死去那年收留過一位神智不清的中國老人，死時因無親人認領，根據土人習俗不能開棺拾骨下葬。小舅粗略求證，確信老人就是男孩祖父。破棺後，小舅看到祖父栩栩如生宛約失蹤前，兩眼如黑暗中的螢光菇發著毒光，臂膊如苦瓜，白髮長及腹下彷彿魚刺，指甲蜷曲如蔓鬚。封棺時，土人以樹脂、石蠟、黏土裹得棺木密不透風，湊巧形成真空狀態。小舅拾骨不成，乾脆將整座棺木運走。男孩二哥在小舅屬下擔任小隊長，負責運棺。途中運棺隊伍遭土人伏擊，男孩二哥被砍得七零八落，首級被梢去領賞。游擊隊員告訴男孩母親：北加里曼丹人民軍領導人將不惜代價奪回男孩二哥首級，讓這位對砂拉越共產黨卓有貢獻的英雄全屍下葬。男孩不敢正視木棺裡的二哥。母親跪在木棺前捫搎二哥，捫搎許久，才捫搎出一個人樣，只有那五臟六肺，她或許是太傷心，或許是不認識，模糊摞回去，擲上去。男孩在夢裡看見無頭二哥試圖用手調整內臟，但糊來糊去，糊不出一個結構。二哥向男孩招手，示意他幫忙。

男孩七歲。趴在菠蘿蜜樹上觀察芒草叢、灌木叢、沼澤地，尋找大番鵲巢穴。男孩從四歲開始就夢想有一天捧著一雙肥肥壯壯的大番鵲寶寶交給母親。大番鵲寶寶是上等藥物。數隻寶寶用米酒或洋酒醃泡一段時日後，酒可內用或外敷，對風濕等宿疾大有助益。商人和中藥店高價蒐購。一對剛出毛的大番鵲寶寶約可賣到十到二十五元叻幣。男孩父親的木匠月薪不過三百多塊。尋找大番鵲寶寶成了孩子們貼補家用的熱門差事，大人偶爾也插一手。男孩四歲就趴在菠蘿蜜、榴槤樹、椰子樹和屋頂上觀察大番鵲求偶築巢成家，對其習性瞭若指掌。最早發現巢穴的，只須在巢穴附近芒草或樹幹上繫一塊寫上自己大名的紅綢，就宣示了巢穴的合法擁有權。男孩尋遍圖書館，最後從小學校長邵安老師家裡借了一本人體內臟解剖圖。男孩牢牢記住各種內臟模樣和位置。

這是男孩出生後第三份工作。男孩趴在樹幹上的姿勢像大山貓，頭髮像夜鴞聳著兩隻觜角，眼神如食猴鷹，模倣三種掠食大番鵲的獸類。芒草葳蕤，灌木叢籠蔥，雨林纏綿、酷熱，但水分充足，男孩猜測所有獸類都出來覓食了。看見兩三種，聽見十數種。羽毛爛漫，鱗甲猙獰。沉默，喧鬧。用聲音、氣味劃分勢力範圍。男孩無聊時像果蝠倒掛樹上，倒掛到頭暈腦脹，四肢癱瘓，產生一種無法恢復正常形狀的恐怖感。從一枝蕩到另一枝，發出噢噢的怪聲。在這種高度中，男孩更清晰聽見河岸上的鱷嗥。牠們像拖拉機行走泥沼，像朽木隨波逐流。吐出水氣，聚成雲，氤氳縹緲，在陽光下形成數道彩虹，一公里外可以看到。

五隻大番鵲叫聲此起彼落，但男孩只目視到二隻。一隻站在椰子樹上奓拉翅膀做日光浴，尾羽氉氉叫聲嘹亮。一隻棲息灌木叢易容為枯枝，叫聲含糊羞澀。三天後，幾乎在看見大番鵲銜第一根草造巢時，男孩在一根芒草捆上寫著自己名字的紅綢。紅綢在風中獵獵飄揚，他的小名彷彿某個大將軍名號，經一番鏖戰後占領了一塊小小野地。從此這數撮芒草，這一小塊野地，就是男孩的了，天王老子也搶不走。男孩心滿意足回到樹上，繼續觀察大番鵲銜第二根、第三根……草。尋找第二個新巢。發誓將剩下的十數塊紅綢統統捆在野地上。

男孩兩歲多時第一次看鱷吐出的彩虹在一片紅樹林後閃爍，隨著勃滃水氣游走，色澤羸弱紅紫不分彷彿一群浮躁的紅蝗。

「大哥，那是什麼？」男孩抱著鬥雞，坐在腳踏車後座。男孩大哥喘吁吁踩著腳踏車趕往鬥雞場。

「鱷。」大哥簡潔說。

「不像。」男孩說。「鱷魚像鯨魚一樣吐水氣？彎過去看看。」

「傻的。」大哥說。「別靠近那些傢伙。」

「我不怕。」

「會吃人的。」

「我在陸上，牠在水裡。牠吃不到我。」

「被鱷吃的東西，百分之八十活在陸上。」

彷彿呼應大哥，鱷魚發出一串吼聲。吼聲濕氣淋漓。彷彿雷聲穿過烏雲，彷彿響自河底深處。

三天後男孩檢查巢穴。寫著男孩名字的紅綢連同芒草被連根搴走了，傍著巢穴的芒草捆著一塊更大的紅綢，潦草寫著三字：余家同。

「小舅，你鳥巢夠多了，幹嘛搶我的？」

「仕才，聽我說。」余家同兩手搭在男孩肩上。「人民黨正在全力爭取執政權，針對人民的共產思想扎根也如火如荼進行著，需要很大一筆錢，這野地上的大番鵲都是我余家同的。我送你兩尾雄鬥魚吧？」

男孩不再尋巢穴，但依舊懷念大番鵲充滿愛情的叫聲。一夕間芒草和灌木叢紮滿寫著余家同三字的紅綢，後來余家同三字也省了，只粗率捆一塊赭紅如血的大紅綢。男孩稍後才知道那一片妖冶的豔紅所代表的意義。

男孩看見小舅一位叫王大達的同學從巢穴中抓起一隻大番鵲寶寶，折斷一足，再把寶寶置入巢中。寶寶氣若游絲，哭聲響徹野地。

「你做什麼？」

「你不知道？」王大達走向下一個施暴對象。「雛鳥斷了腿，母鳥就會吃一種藥草，反芻出來塗在斷腿上，癒合後，藥草精髓深透到雛鳥氣血，釀成藥酒後療效一流。這種雛鳥才賣到高價錢。」

男孩怔怔看著王大達咕噠折斷一腿。

「一切為革命。」王大達臨走時說。

男孩滿八歲。接下出生後第四份工作……。

男孩六歲。坐在邵安老師家裡上華文課。所有學生中，他年紀最小。邵家在大鑼中華公學旁側，或者說就在校園內。一座年代久遠的高腳木屋，狀如一個大大、脆脆的蟹殼。客廳寬如籃球場，西側全是窗戶，其餘三側牆壁擺滿華文書籍和中國字畫。屋內酷熱，白天只靠太陽供給光源，幽暗得像牢籠。太陽出沒於厚實如山巖的雲層後，屋內忽明忽暗，彷彿湖底。兩座電風扇像割草機嘎嘎運轉，螺旋槳如火舌，搧出的熱氣舔得大家坐立難安，但並不心浮氣躁，聚精會神聆聽邵老師講學。學生中有大鑼中華公學教師，男孩兄長和小舅，其餘都是二十到三十的青年。共四十多人。最多時達六十多人。桌椅是學生從家裡帶來，或利用家裡多餘木材刨製，有的椅子搖搖晃晃彷彿騎木馬，有的桌面彷彿砧板。除了男孩和四哥年紀太小實在聽不大懂邵老師的艱澀課程，其餘都人手一本筆記本和一枝鉛筆。邵老師每週六和週日下午二到五點免費講授中國文化史，課程龐雜，從甲骨文到詩經，從李時珍到魯迅。上課時沒講義也沒範圍，興之所致，學生也喜歡這種上課方式。

邵老師晃頭晃腦，字正腔圓朗讀韓愈〈祭鱷魚文〉，逐字講解。「……鱷魚之狀，龍頭虎爪，蟹目鼉鱗。齒大如鋸，尾長數丈。芒刺成鉤，上有膠黏。潛伏水濱，人畜近則以尾擊之而食。」邵老師背後，也是學生親手刨製的黑板上用粉筆如老枝新葉，如奇花異卉寫著：

> 鱷，獸中最大者。龍頭、馬尾、虎爪。長四丈善走，以人為食。
>
> ——《物類相感志》

> 鱷魚長二丈餘，有四足，似鼉。喙長三尺，甚利齒。虎及鹿渡水，鱷擊之皆中斷。
>
> ——《異物誌》

南海有鱷魚，似鼉。

——《博物志》

鼉，水蟲，似蜥蜴，長丈許，皮可為鼓。

——《說文》

鼉龍……形如龍，聲甚可畏，長一丈者，能吐氣成雲致雨。

——《本草綱目》

鱷，大如船，有腳，類龍。

——《真臘風土記》

龍，鱗蟲之長。

——《說文》

龍，生于水，被五色而游，故神。欲小則化如蠶蠋，欲大則藏于天下。欲上則凌于雲氣，欲下則入于深淵。

——《管子．水地篇》

邵老師解說完〈祭鱷魚文〉，口沫橫飛逐一闡釋黑板上的引文，不時拿起粉筆在引文旁側寫下一列註解，直到整個黑板填滿邵老師「怒猊抉石，渴驥奔泉」的字跡。邵老師的粉筆字一如他的毛筆、鋼筆字，筋脈氣血俱全。不看內容，光看字跡，就叫學生熱血沸騰，擱筆訝嘆。他們在筆記本上一筆一劃描摹邵老師之字。山，嶙峋。水，粼粼。鳥，朦朧。風，瀟瀟。山崖上一簇彫草。一線飛瀑。一殘葉。一枒。學生在黑板上看到了王羲之、蘇東坡、大滌子。字中有畫，畫中有字。邵老師好不容易講完引文，男孩和四哥快要睡著了。

「鱷，尤其灣鱷，是兩億多年前爬行動物時代殘留到現在之古爬行獸類。灣鱷是鱷屬獸類中體形最大之一種。鱷，熱帶獸類，除了少數可以棲息溫暖地區，大部分生活在熱帶。……」

男孩和四哥眼睛一亮。聽得下去了。

「古氣象學家云：夏商以前，中國中原地區氣候恰似亞熱帶，尤其黃河中下游沖積扇中原一帶布滿沼澤水鄉，溫熱多雨，莽林密集，有利草食和肉食獸類生長，提供了鱷類最佳生存條件。考古學家從河南殷墟出土之獸類骨骼中發現大象、犀牛、竹鼠等熱帶生物。充分證據顯示，灣鱷在上古時代大量分布中國南海、東海、渤海沿海到江淮黃河中下游流域。山西汾水流域出土過大量鱷化石。這種古生物學發現可以印證在中國許多玉器、瓷器、青銅器、石磬、鐘鼓、帛畫等鱷魚圖文上，為什麼鱷大量鑄銘在這些器物上？」

一隻灰白如一縷煙，血脈清晰可見的壁虎嗖一聲竄到黑板上，在那些撇捺勾勒中鑽進鑽出。化身其中數字。替其中數字添數筆。停在一無字處自成一字。

「……山西石樓出土之商代銅觥上可從一組龍形紋樣辨識出二巨鱷。鱷之圖象一為俯視，一為側視。此地還出土過鱷魚皮鞍製之商代樂鼓。一商代大石磬之龍裝飾圖案，實際是一鱷。鱷以龍之形象大量出現在禮、樂器上。鱷可以感受氣壓變化而預知陰雨。下雨前，鱷吼叫不休。如雷。如鼓。召來大雨。在中國神話和人民心目中是雷神。雨神。鼓神。音樂之神。山海經曰，」邵老師用板擦拭出一角，邊說邊寫下一段引文。「雷澤有雷神。龍身而人頭。以尾鼓其腹而歌。……中國早有屠龍、豢龍、獵龍、食龍。蛟龍食人。龍涎者，乃鱷食人時臭腺分泌之口液，如鹽狀，乾澀後如晶狀顆粒。……夏商時中原氣候生態丕變。寒冷。乾旱常現。湖澤乾涸。鱷銳減，最後絕跡華北。只遺一種體形較小之鼉——也就是現在之謂揚子鱷，活躍於長江中下游。秦漢以降。中原愈趨寒冷。鼉也瀕臨絕種。只留下大量鱷之傳說。漸次被神話瓜代，成為龍原始形象。龍之神秘化。生物化。乃鱷之世俗化。因此——」男孩聽見邵老師放大數倍音量。「中原之龍，乃可怕的。食人之巨鱷……」

學生埋首筆記本上滋滋滋抄寫。筆芯和紙張摩擦聲淹沒了外面遊樂場上小朋友的歡笑。邵老師喝一口茶，談起龍在中國文化的象徵意義。學生隨聽隨寫，筆記本上的字如莽叢生長，幾乎蔓延桌上。寫得滿滿仍不滿意，不時添字加註，彷彿放生獸類。植樹。種花。

家裡凡值錢什物全被祖父父親變賣。賭輩常到家中討債。販賣孫女君怡這一念頭深植祖父心中。君怡失蹤那晚，男孩大哥、二哥、三哥、余家同各騎腳踏車分數路尋遍大鑼鎮，清晨二時在碼頭即將出海的一艘漁船上找到君怡。君怡一歲多，聽祖父說出海看鯨和豚，不肯上岸。余家同教大哥仕農飼養鬥雞，賣給鬥雞之徒。仕農的鬥雞是本地野雞和菲律賓野雞交配種，兇殘如鱷龜。羽毛剛豐，來不及訓練就被買走。男孩覺得大哥一輩子只學會飼養鬥雞。家同任土人買辦，二哥仕書當助手兼跟屁蟲，學家同超低價向笨笨又不懂算術的土人購農畜，高價賣給狡猾的華裔。低價向華商購五金，超高價賣給土人。一週跑腿費可買半隻鬥雞。家同介紹三哥仕文到一家洋人俱樂部當小弟。狩獵時，四哥仕商替家同揹獵槍或一些不太吃重的東西，捎一二珍禽異獸賣給英國商人克利斯汀。男孩太小了。家同拍胸膛保證，俟男孩七歲，一定介紹工作。

「我想當戲院工人。」

「錢很少的。」家同說。「還要掃廁所、清大便、抽水馬桶常故障，很辛苦的。」

「我做得來。可以看免費電影，真棒。我喜歡看日本的怪獸片。」

「日本。哼？」

家同讓仕商揹獵槍，夥同仕農、仕文、仕書、男孩、母親走向李家。河水黲黃，滂渤滿溢，岸上野草青蔥，紅綠藍黑蜻蜓穿梭，雨燕交織，蛙聲彷彿震碎五臟六肺。李家世踞一角桃花源，地靈人不傑，代代雞鳴狗盜。男孩母親早上數鴨，少三十隻。倣鴨子嘎嘎叫，找遍大鑼，斷定李家水塘一百多隻鴨子中，其中三十隻是她的。李家放六犬逐客。

「你們施家鴨和他家鴨有什麼不一樣？」李炎帶著三個兒子和余家同等人走入鴨寮，指著百多隻戲水鴨子。「屁股上有烙印？」

「我姐姐認識自己飼的鴨子。」余家同打量李家豬舍、雞舍。

「嘎嘎。嘎嘎。」男孩母親只會發這鴨聲。鴨子搖頭晃腦覷著她。數十隻離水，欲靠近。

「嘎嘎！嘎嘎！」李炎大叫數聲，更多鴨子離水，欲靠近。李家三兒笑聲扎耳。

余家同從仕商手裡接過獵槍，不怎麼瞄，就把楊桃樹下你儂我儂的一隻小公雞和小母雞打得肚破腸流，羽花亂墜。余家同又一顆霰彈上膛，瞄準豬舍旁被槍聲嚇得滿臉驚惶的一群火雞。

「喂。喂。喂。小余，你，你瘋了？」李炎和三兒子失去了笑容。

窸窸窣窣。滋滋嘎嘎。唧唧嗡嗡。彷彿隔著一段距離互通聲息，像吼猴、竹雞，拉開嗓子聊天。細聲絮語被蟲獸流水咀嚼得屍骨不存。他們必須發出鋼鐵般鏗鏘之聲，才能在黑暗雨林中辨別自己的存在。男孩揹著小水壺，腰掛小番刀，頭戴草帽，腳趿學校穿的白布鞋，外加一套換洗衣服，和一群揹著帳棚、糧食、番刀、獵槍、各種雜什的大哥哥迷迷糊糊走入雨林。男孩七歲，上小學之前一個月，在余家同率領下和兄長、家同死黨二十多人深入雨林連續狩獵二十一天。余家同邊走邊看著手裡的指南針。大自然釋放出各種危險信息，但隊伍像螞蟻兵團前仆後繼，穿過荊蔓密叢，越過土岰丘陵。山崖。沼澤。河川。湖泊。流沙。雨林在番刀劈斬下，在手腳踢攘和踐踏下，流出綠色紫色橙色透明色的濃稠汁液，裂開容納二十多人的傷口。吱吱咂咂。吱吱咂咂。大自然痛苦委屈呻吟著。隊伍感覺到大自然的脆弱和強韌。他們踩在濕肥黝黑的泥土上，手舞足蹈平衡身體。枝椏藤蔓隨他們攙扶，但他們非長臂猿，也非山貓，舐墨攫紙的書生手血跡斑斑。蚊蚋山蛭如風沙撲來。預防性的藥水噴劑悉數失效。隊伍從喧嘩淪為細聲低語，最後完全沉默。彷彿豪華油輪沉入海底。二十多雙眼睛緊緊盯著兩腳即將踩下去的地方。估計這一腳須付出多少力道。是緊是鬆。踩實。或輕踮。停下來時，獲了特赦似的抬頭望天，羨慕豬尾猴在雨林中的旅行能力。轉身回顧。被無情撕開的傷口癒合速度驚人，沿途做下的記號幾乎散失。雨林守護神化成溫柔怪獸，尾隨隊伍，舐傷，銜草刨土掩飾人跡。綠青的植物和冶豔的花卉看多了，陰鬚纍纍的如蔓。如荄。肢參差無數，正被雨林同化。獠牙長毛的，有掠食活口的衝動。走一步，連根拔起雨林的多情啜吻。雨林鴨般的唇齒刨耳。水鳥般的長喙掏耳屎。雨林的母性使他們產生許多綺想、幻象。伊乳房像熟爛野果等他們去擷。去吮。私處如櫻桃，皮滑瓤嫩。如豬籠草裝滿蜜水。陰莖化成無眼無毛香腸狀的鼴鼠，在布滿腐植質的雨林土壤中扒穴覓巢。晚上男孩看見帳棚外一批黑影躲在蔓叢中將精液射入肥沃的黑土。

　　男孩現在希望夜晚速至，隊伍就可以紮營休息。他的手腳長出紅斑，額頭上布滿赤痣黑瘤。趕不上起床號，趕不上隊伍，在一棵無花果樹上嘔吐，癱在一棵老絲棉樹下。男孩躺在絲棉樹凸起如象鼻的紫褐色根鬚上，彷彿老絲棉樹準備用根鬚將他刨入胯下埋葬。第十二天，男孩高燒，在余家同背上度過了白日。男孩捫搎二哥胸腔，撿起一塊腎，擫到正常位置。濕腎化成三葉蟲化石。二哥遞給男孩一塊石狀物。雨林出土的石斧。

窸窸窣窣。滋滋嘎嘎。唧唧嗡嗡。男孩趴在余家同背上，腦波記錄著無數聲音。嘩嘩啦啦。大雨像剛剝下的大山貓皮披住男孩。血還熱辣辣的，渾身刺痛。淅淅瀝瀝。小雨像羊齒植物長在男孩身上，根鬚綿密伸入體內，吸，殘存的養分，讓他五臟六肺乾癟難受。奓開眼瞼，視線像卵生雛物破殼而出，陽光強烈得讓他馬上闔上眼瞼。齒槽裡的牙像蜂巢裡的幼蟲。無力嚼比液體更堅硬的食物。食道像輸尿管。手腳柔得像女人胸部布滿乳腺。……

從余家同背上掉入一個深壑。隊伍沒有察覺，繼續前進。試著呼叫，爬出去。聲音被山壁封鎖，回音驚人。山壁陡峭，攀爬無望。渾身乏力，躺在谷底。山壁像棺蓋慢慢契合。崖口忽然響起一道尖銳聲，彷彿數十個喇叭同時吹一個攻擊號角。一個柔軟巨大筒狀物從崖口伸下來，對著他嗅。揞他的額頭。揉他的肚子。鬆鬆的。彷彿用荷葉盛露水，將他捲著，摟著。那東西濕潤，有彈性，像胎盤。將他從谷底提上來，放回余家同背上。男孩朦朧看見那東西身形龐大，四肢如塔，薄薄的大耳像鯨鰭，長長的鼻子呈漏斗狀垂到地上，如夏日一股悄悄的龍捲風。群聚如礁。

那東西臨走前從鼻子灑出一道水氣，香醇清涼，如一帖藥劑，淋在男孩身上。男孩渾身舒爽。

喀喀唧唧。窸窸窣窣。嘟嘟咕咕。晚上男孩躺在帳棚裡，聽見外面圍坐營火四周的大哥哥議論，說至酣處，語調陡然拉高，如死囚刑前呼喚口號。爭辯，嘆息，憤慨，激情。朗讀，歌唱，沉默。夜鶯鳴叫優美哀傷，不管公母，一律洋溢共築愛巢孵育兒女的渴望。青蛙不管雌雄，爭先發出爆竹般的嘓嘓嗶嗶。貓頭鷹叫聲如海牛，夜梟如江豚。也許是附近江河裡的海牛和江豚鳴叫？男孩汗流浹背，發出數下呻吟。走到帳棚外撒下一泡熱尿。尿水淅淅瀝瀝，砸在泥土上彷彿沸水澆在冷鍋上。他抬頭看到一角星空，數粒星星在樹葉簇擁下有明有暗，彷彿果子有生有熟。頭重腳輕，天旋地轉。太陽穴的疼痛使他全身麻木。回到帳棚躺下。帳棚外大哥哥繼續咕咕嘟嘟，蛙嘴蟬舌爭論永遠爭論不完的議題。男孩翻來覆去不能入眠，反覆聽見大哥哥提起三個偉人，偉人說過之語，偉人建立之不朽事業，偉人之點點滴滴，淅淅瀝瀝，忽有忽無，如泌尿病人撒尿。邵老師講授中國文化史時總會騰出時間介紹三偉人。教室後牆壁上也掛著三人玉照。偉人委屈瑟縮一角，五官黯淡模糊如陰天之雲脈，嵐中之山脊，黑板上未拭盡之殘筆，有隨時消失之可能。掛得偷偷摸摸，有時候連續掛一、二星期，有時候連續一、二星期不見蹤影，彷彿寺廟佛像被請出去禳災。男孩知道其中二人來自俄國，一人來自中國。姓馬的像一斷腿之捕鯨船長，姓列的像一殺熊的大獒，姓毛的像一屠蛟之玉面戰神。三人呈現邵老師家中的照片雖然漫漶，那晚卻栩栩如生滿臉霞光飄浮在營火和大哥哥頭上，垂首凝視一群聒譟不休的小夥子。

狩獵隊伍走出雨林前一天，男孩終於高燒退盡。

「哥，獵到什麼？」

男孩看到鐵籠裡裝著色彩斑斕的鳥，奇形怪狀的猴。松鼠。貂。貛。小山貓。野豬和鼠鹿已被果腹。獵物稀少，不像二十多人辛苦二十多日的成績。

「是我礙著了你們嗎？」男孩看著小舅。

「不，」余家同笑著摸了摸男孩的頭。「傻的。」

走出雨林途中，男孩聽見余家同等人聊起此行的真正目的。

「小弟，你錯過了一次難得的機會……」四哥向男孩炫耀。

男孩從他們談話中想起那天從谷底將他救上來的龐大安靜獸類。狩獵隊伍的真正目的是在尋找傳說中已在婆羅洲繁衍和縱橫數百年的一支象群。象群約五、六十隻，也有人說約八、九十隻，因無正式記載，確實數字闕如。象群經獵人和土人數百年掠殺，數目急遽下降。十七世紀一位英國探險家遺留砂拉越博物館的手札上記錄著象群全盛時高達三百多隻。

「小弟，別難過，」二哥安慰男孩。「反正我們也沒看到什麼。」

男孩病體初癒精神飽滿，像一隻小狐猴睜大濕潤的雙眼聆聽大哥哥談論象群和數天前的旅程。雨林的鳥類叫得響徹雲霄，遮蓋了其他獸類吼叫，籠子裡數十隻鳥卻安詳得像標本。男孩每多看牠們一眼，就覺得牠們色澤灰暗了些。籠中哺乳獸類或縮成絨球，或上竄下跳，眼眸各有不同色彩和不同色彩的恐懼。嬌小身形顯示牠們還未斷乳。家庭被破壞。親人永別。父母被屠殺。……筆直高大的熱帶巨樹屢次阻擋去路。有的並排而立彷彿柵欄。有的彷彿山壁驀然卡住去路。有的要他們像蟲蟻進出巨大的根荄。有的早已枯死或被閃電殛斃，但樹骸宛如斷垣殘壁發揮著抵禦作用。有的數棵樹骸齊集一處如崩塌的城垛。有的樹腰只有他們腿粗，勢單力薄，獨自一樹擋在眼前，頗有萬夫莫敵之氣概。男孩跳前跳後，看那位大哥哥，說得豐富就蹦跳跟著。根據考古學家從未在婆羅洲發現象化石顯示，活躍此地的亞洲象是非洲象後裔。數百年前婆羅洲活躍著上千支象群，經獵殺後，只殘餘數十支，約二、三隻至五、六隻，十隻以上的象群近年已不常被人看到。土人或動物學家偶爾在叢林裡看見一隻老象，如無期徒刑犯囚於莽叢一隅等死。數隻禿鷹般的牛背鷺棲於象背上翻啄皺壁中的寄生蟲。乍見人類，攻擊，或竄逃，神經質地。裝模作樣的攻擊或實際逃亡中，老象隨即遍體鱗傷，甚至栽於沼澤泥淖。求救聲令人毛聳顱裂。數百年前，象王朝統領全島時，即使離群獨居的公象也會得到象群支援吧。……余家同扛著獵槍和渾身彈藥逡巡雨林時，一隻老公象也沒看過，但聽過無數次那支幾乎是碩果僅存數目龐大象群傳說。彷彿聽到牠們神秘的叫聲。嗅到牠們獨特的氣味。看到牠們踐踏雨林的大腳印。用鼻子掇樹葉，用象牙刨樹皮和土地，用腦袋撞翻樹木的痕跡。追蹤守候總是徒勞無功。

即使土人，實際目睹這支象群的人寥寥無幾。牠們的來歷和數百年生活形態有時候聽起來很神奇，有時候親切真實如家中土狗。公元三二六年，印度國王普魯斯以二百大象作戰騎，載著弓箭手在海達斯比河畔抵禦亞歷山大。普魯斯後來以其中六隻戰象贈送汶萊國王作為兩國友好象徵，汶萊國王回送無數珍禽異獸。國王不忍囚禁戰象，放生婆羅洲雨林。六象形影不離，迅速繁衍成一支龐大象群，縱橫至今。……鄭和南下時在非洲東岸運回的貢物中有數隻祥獅瑞象，錦豹靈犀，神鹿翠鳥，天馬白猿，路經婆羅洲，以多餘的數頭巨象交換當地孔雀珍珠雞斑貓等鳥獸。巨象野性難馴，被本地人放生雨林，繁衍成一支獨來獨往的團體。環境和食物使牠們數百年來進化得比非洲祖先稍小。密集濕潤的雨林河泊使耳朵的散熱作用變得不那麼重要。耳朵比祖先小。印度戰象也罷，非洲野象也罷，或來自什麼地方的什麼象也罷，這是一支充滿智慧和強烈排外的團體。掛在鼻子旁的碩大象牙成了誘人財富。十七世紀末，一支英國狩獵隊伍進行了一次大屠殺。一百多顆蟋蟀大小子彈，擊倒一百二十六頭公象。十八世紀初，一支荷蘭狩獵隊伍進行了第二次大屠殺，射死九十多頭公象。其他小型獵殺不計其數。本世紀初仍出現不少狩獵隊伍持續追殺這支象群。殺象的藉口是：破壞雨林生態。踐踏人類家園、農作物。但已沒有狩獵隊伍見過牠們。滅絕？沒人願意相信。專家以為，歷經人類數百年追殺，象群早已習得各種保護家族和逃躲人類的智慧，耳濡目染代代相傳，使牠們在雨林中像隱士與世隔絕。人類只聞其名，不見其影。只在此山中，雲深不知處。粗茶淡飯，吟詩頌風月。一隻母象老而彌堅，高齡一百，引領這支實際數目不詳的象群。地球上最沉默的動物。危急時，才會發出尖銳如攻擊號角的叫聲。利用腳底下的肉趾，不疾不徐行走雨林中。不發出一絲震動或聲響。食物豐饒時，能克制貪婪和原始需求量，不製造大破壞和過多痕跡。不再推倒大樹。不再刨大洞找礦物鹽。不再盡情在河泊裡戲水，只是安靜浸泡，不再調皮地在泥淖中打滾一下午，只是滾一趟身子，披一層防止蟲蚋的泥巴。不再把樹林啃成草原，讓草食動物多一個覓食地。不再隨地挖掘小湖泊，讓鳥獸多一個飲水處。選擇雨天遷徙。盡量行走淺灘，即使行走雨林，也不再開拓路徑讓野豬羌鹿使用。糞便拉入河川湖泊，不再嘉惠樹林。不在一個地方待三天以上。遷徙途徑詭譎神秘。同一途徑須經三、五年後才走第二趟。遷徙時各有一頭母象守護兩翼。二年輕公象殿後。休憩時輪流站崗。立著睡覺。

「是囉，什麼也沒看到，」大哥也安慰男孩。「只看到一堆骨。」

狩獵隊伍在一個乾涸湖泊發現大量象骸，在男孩發高燒後第三天。雨過天晴。一道彩虹掛在雨林上。鷹鴞類食肉飛禽盤旋天上，一橫一豎的，彷彿一群孑孓。象骨變成野兔。松鼠。老鼠。蛇。蜥蜴的巢。二十多隻大象頭蓋骨朝向湖中央，後面是潰散一地的脊椎骨和腿骨，祭拜似的圍住枯湖，骸骨的整齊彷彿透過人工擺布。如骸巢。頭蓋骨殘留著狗瞳孔大小的彈孔。如塌陷的乳頭。飲水時被人射殺。湖外圍散布更多骨骼，七零八落，部分半埋野地，其中似乎摻雜著其他獸類骸骨。從骨骼分布顯示，大象正朝湖泊四周前進。如果是逃躲，象群通常方向統一。莫非是攻擊四周的獵手？

一象之完整骨骸掛垂於一棵大樹離地四公尺多枝幹上，爬滿蔓藤青苔，文鳥從頭蓋骨飛進飛出。彷彿史前大鳥骨骸，傳說中長了翅膀的飛天神象。四周的茂盛樹葉形成天然陵墓。灰白樹身如碑。葬象之樹少說已生長一百多年。

象骸身形龐大，沒有象牙。偶有幾隻小象屍骨。少數骨骸離湖畔甚遠，顯然被獸類啃吃過。

「大獵殺。」余家同看著手裡的指南針和小冊子。「大豐收。英國人幹的。」

大夥在骸骨中躑躅徘徊，來回踅走。手指插入彈孔，嘖嘖稱奇。撐開手掌揲量某塊骨長度。煞有其事以尺測量和記錄。以手摩挲，以物敲擊，以腳踢踹。

「這是一公一母吧？看那個模樣，被殺前正在做那件事。」

「這小象躺在母象胸前，像在吃奶。」

「殺母象？又沒牙。」

「這象更慘。顱骨上挨了五顆子彈。」

拍照。東拍拍。西拍拍。團體照。只有男孩沒有和象骸合照。男孩燒退前一直處於昏睡狀態。鷹落在象骸上，散開雙翅踽踽獨行。舉起獵槍，射擊躲在骨骸中的松鼠。野兔。大蜥蜴。穿山甲。骨骸迸裂，碎成塊狀，粉狀。大型骨骼依舊堅硬，只被射出數個小孔。血液灑在白骨上，獵物掙扎哀號，陳屍象骸中。「夠了，夠了。」余家同向天空連續開了數槍，才止住掠殺。晚上在象骸附近紮營，烤食捕殺到的獸類。營火燐燐，野味飄散野地。磷火點點，忽藍忽綠，悠悠遊蕩。沒星月，樹叢影影綽綽，枝椏淋漓，象骸盡致，鬼旺人衰。大夥不敢獨自到野地大小便，一字排開尿屎拉在象骸上。營火旁三三兩兩縮成一堆，嚼蜥蜴肉，喝蛇湯，吞鳥蛋，歌頌獨腿船長。獵熊之獒。玉面戰神。一小象骨骸噶噶喇喇走向營火，用顱骨搡人，叫聲似笑似哭。一個魁梧傢伙走到小象旁，提起脊椎骨，抓開顱骨。骨骸下趴著一個三十歲大哥哥陳思發。

「阿發，嚇死人了！」

「把這隻乳象烤來吃。」

陳思發激起玩興，各提手電筒到象骸上玩捉迷藏。仕農，仕書，仕文也去了。仕商留在帳棚裡照顧男孩。他沒這個膽。像小老鼠一骨碌鑽入象骸。手電筒光芒在崢嶢的白骨堆中忽閃忽滅。象屁股射出一道臭氣沖天的白光。眼眶裡發出兩道寒光。芒草叢裡無數青光。喀嗤斷了數根骨，嘩啦塌下一堆骨，忽忽丟出數根骨，咯咚落下數根骨。用腿骨搏鬥。摞成一個怪異的巢，一個舒適的窩。手被卡住，腰被夾住，腳被搭住，肚子被按住，背被壓住，頭被鎖住，生殖器被喀住。愈掙扎愈痛，愈緊。彼此幫忙脫困。脫了數塊皮，傷了數塊肉。清點人數，少了一人。陳思發，扮小象的傢伙。亂七八糟埋在一堆象骸最底層。戳一戳，沒有反應。一根一塊移走象骨，左揉右搓，搶活過來。「這批象骨從來沒有被人發現過，」臨睡前余家同說。「回去不可亂說，這是尋找象群的一個重要線索。」

如旅鼠匿毬果，男孩心裡匿著一個秘密。從被大象拯救的夢境中，男孩天真推測，隊伍曾經很接近象群，但被機靈象群輕易遁去。因為沒有看到象骸，回程時問了很多問題。

「有象墳嗎？象死前都去哪裡。」

「沒有。」余家同說。「愚夫愚婦的傳說。」

「也許有也不一定。」大哥說。

「是啊。」余家同附和著說。「有更好。」
「只要追蹤象群就找得到，」王大達說。「想想看，多少象牙！」
「唉。」余家同嘆一口氣，聲如乞腥之貓。「我只要獵到一對象牙就滿足了。」

## 作者簡介

——張貴興（1956-），祖籍廣東龍川，出生於砂拉越。一九七六年中學畢業後來臺求學，臺灣師範大學英語系畢業後於中學任教，現已退休。曾獲時報文學獎小說優等獎、中篇小說獎、中央日報出版與閱讀好書獎、時報文學推薦獎、開卷好書獎、時報文學百萬小說獎決選讀者票選獎、聯合報讀書人最佳書獎等。著有短篇小說集《伏虎》、《柯珊的兒女》、《沙龍祖母》，長篇小說《賽蓮之歌》、《薛理陽大夫》、《頑皮家族》、《群象》、《猴杯》、《我思念的長眠中的南國公主》、《野豬渡河》。

# 雨雪霏霏，四牡騑騑

李永平

她是我的傳說中一隻漂飛在紅塵都市中的小紅雀。

踢躂，踢躂，她老是拖著她那雙塑膠小涼鞋，獨自個東張西望，穿梭在臺北鬧市街頭那一座接一座燈火高燒、百戲紛陳的舞臺間，尋尋覓覓，兩隻眼瞳只顧睜得又黑又圓，彷彿正在探索什麼新奇事，可又流露出一臉子的無邪和迷惘，踢踢躂，踢踢躂躂。

「丫頭，妳為什麼那樣好奇呀？」

「我也不知道。」猛一甩頭，她晃了晃她頸脖上那一蓬野草般四下怒張的短髮絲，伸出五根手爪，狠狠刮掉腮幫上沾著的煙塵，使勁揉了揉滿布眼睛的血絲，兩隻黑眼瞳子忽然狡黠一亮：「我喜歡看戲！街上到處都是戲，免費的，不必花兩百塊錢買門票，不看白不看。連臺好戲一齣接連一齣上演，武打戲呀苦情戲呀四川變臉戲呀警匪槍戰戲呀，還有飛車追逐戰，不騙你的，我在臺北市走上一整天，戲看都看不完，所以就常常一個人溜出來遊逛迌迌啦。」

噗哧，她突然放鬆緊繃著的腮幫兒，齜起兩排皎潔的小白牙，搖甩著一頭亂髮格格笑，樂不可支。她名叫朱鴒──「鶺鴒鳥的鴒，可不是歌星金燕玲的玲哦！」小姑娘冰雪聰明，早熟，愛漂流。

多年前我有幸結識朱鴒，一大一小兩個人攜手打造一樁奇妙的緣。那時我在臺北某大學外文系教書，每天傍晚放學回宿舍，總是看見一個小小女生，孤單單，蹲坐在市立古亭小學門口臺階上，身旁擱著書包，雙手摟住膝頭，仰著臉子瞇起眼瞳絞起眉心，呆呆瞅望著城西淡水河口海峽中那一輪載浮載沉的猩紅太陽，好久好久，都不願返回巷弄中的家，只顧癡癡想著自己的心事。「丫頭，妳又獨自坐在校門口發呆了！天黑囉，該回家陪妳老爸吃晚飯了。」大夢初醒，朱鴒揉揉眼睛倏地跳起身來，長長伸個大懶腰，蹦蹬蹦蹬一溜煙跑下臺階，摔摔手，撣撣身上穿的白衣小藍裙，彎下腰身，畢恭畢敬朝向那一臉慈祥佇立校門口北望神州的蔣公，三鞠躬，然後揹起書囊，走進華燈初上車潮大起的羅斯福路。走著走著她忽然回過頭來，招招手，迎著落日綻開一臉子笑靨：「走！我帶你上街去看戲。」黃昏滿城眨亮起的一簇簇霓虹中，只見一蓬髮絲，飛撩在街頭乍亮的水銀路燈下，晚風瑟瑟。

然而有一天，她卻突然不見了。從此，她再也沒蹲坐在古亭小學校門口臺階上，怔怔眺望夕陽。丫頭，妳曾經是我的嚮導，妳把我帶進這座百戲紛陳讓妳著迷的都市，而今妳卻獨個兒悄悄溜走，把我孤零零扔在這裡，害我坐困愁城。

我開始浪跡紅塵中，尋找朱鴒，在迂迴幽深的巷弄，在車潮洶湧、小學生們放學後四處流竄的大街，在那繁燈似錦笙歌處處、只見一蓬一蓬黑嫩髮絲飛蕩出沒的臺北城，在城心那一窟霓虹深處……多少個年頭了，如今若是找到了朱鴒，我只想對她說一句話：「丫頭，別來無恙？」

●

「朱鴒，讓我說一說我的初戀故事好不好？丫頭莫笑，我是跟妳講真實的。她叫田玉娘，我的小學同班同學，年紀跟妳差不多。好像每個人的初戀情人都是小學同班同學，奇怪。妳說其實一點都不奇怪？妳怎知道？妳今年才幾歲？哈，小姑娘臉飛紅啦！反正讀小學時，我天天都巴望看見她穿著白衣黑裙——那是我們華文學校的女生制服——肩膀後拖著兩根辮子，手裡拎著飯盒，大清早獨個兒穿梭走過校門口那長長兩排露珠閃閃的芭蕉樹，邊走，邊東張西望，尋尋覓覓走進校門來。丫頭啊，我永遠忘不了，她那雙辮梢上拴著兩蕊子紅絲線，一晃一晃，不住搖盪在南洋那白花花大日頭底下的模樣。大清早，鬼趕似地我飛跑到學校，氣喘吁吁，整個人瑟縮在校門口日影裡，悄悄伸出脖子，望著那一路甩著花辮梢、搖曳著小腰肢慢慢遊逛過來的田玉娘。我那兩隻眼睛直眺望得——妳說癡了？對！丫頭妳了解。

「那時我們家住在南中國海一個名叫『婆羅洲』的島嶼。島上有個英國殖民地叫『砂拉越』。我們家八兄弟姐妹就在砂拉越首府古晉城上學。我個頭高，老師叫我坐最後一排。不瞞妳說，我上課不甚專心，三不五時就偷偷聳出脖子，癡癡呆呆盯住講臺下那雙小花辮。田玉娘仰起臉兒專心聽講，可老師一轉身在黑板上寫字，她就猛一摔辮梢上紮著的那兩根紅頭繩，望到窗外，好久好久只顧絞起眉心，怔怔想著自己的心事。那一霎，我的心變成了一顆玻璃球，突地彈跳起來，摔落在水泥地板上，碎了。朱鴒丫頭，妳又乜斜起眼睛瞅著我，抿住嘴唇噗哧噗哧偷笑！玻璃球的比喻有點不倫不類，我曉得，可這是我那時心裡真正的感受呀。就這樣我每天癡癡守望著田玉娘的辮子，守望得眼皮都生繭了，終於熬到新學期開始啦。這年我們班上有五十四個學生（男生二十九個，女生二十五個），男生女生分兩邊排排坐，楚河漢界壁壘分明，就偏偏多出一個男生和一個女生，找不到伴兒。好心的葉月明老師——這位女老師，後來聽說跟隨她丈夫，在我們學校教高年級公民課的何存厚老師，進入森林打游擊，當上臨時革命政府新聞部長，沒多久就被英軍打死了，得年二十八歲——就是這位年輕的級任老師，安排我和田玉娘坐在教室中央，共用一張書桌。我永遠思念葉月明老師，真的，倒不是因為她撮合我和田玉娘兩個，我才說她好心。丫頭妳說『撮合』這兩個字很難聽？唉，妳別盡挑我的語病呀。後來聽說葉月明老師陣亡了，我們全校學生都哭，半夜偷偷燒金紙祭拜她和師丈，男生都宣誓，長大後要加入游擊隊，殺英軍替老師報仇。後來有些同學念完中學，真的就結夥進入森林，可那時節英軍已經撤退，砂拉越獨立了，莫名其妙變成馬來西亞聯邦的一個『州』。這是後話，將來再跟妳講。我為何沒跟同學一起進入森林？我選擇來臺灣念大學，但我一直討厭英國人，朋友們都稱我為反英分子。反正，葉月明老師進入森林後，我們班換了級任老師，但我還是跟田玉娘坐在一塊。田玉娘最愛洗澡，每天總要洗上兩三回。南洋大熱天，別人身上從早到晚總是汗黏黏、臭腥腥，她的身子卻帶著清清涼涼一股香皂味兒。每天上課，端坐在田玉娘身邊，我就忍不住悄悄聳起鼻子，神遊太虛，只顧吸嗅著那一縷一縷從田玉娘身上飄漫出的肥皂清香——朱鴒，我告訴妳，那是天堂耶！

「那陣子好久沒下雨了，南洋的大日頭火辣辣當空照，中午休息，同學們都躲到學校旁橡膠林裡一邊納涼一邊吃便當。田玉娘忽然走過來，悄悄伸出她的小指頭，勾了勾我的小指頭，央求我陪伴她進入森林，尋找葉月明老師和師丈，因為她昨夜做了個夢，夢見葉老師血淋淋披頭散髮，手裡握著一支卡賓槍，打赤腳，跌跌撞撞，獨自個在森林裡四下奔跑逃竄。

「於是，禮拜六中午放學後，我們兩個就揹著書包悄悄鑽出學校後門，沿著橡膠林裡一條廢鐵道，走到河邊。那條河在婆羅洲西北部，叫砂拉越河，地圖上找得到的。我們站在河畔放眼一瞧，但見河流盡頭白燦燦天光下矗立著一座高山，馬當山，山後面就是荷蘭屬婆羅洲，現在的印尼加里曼丹省。我父親當年走私黃金，常常穿越這座大山，進出荷蘭和英國地界。我頂記得三歲那年春節，大年除夕，半夜我被叫醒，睜開眼睛一瞧，看見我爸帶著滿臉鬍鬚，笑嘻嘻扠著腰站在我床邊。我爸看見我醒來就解開外衣的鈕釦，掀開內衣，露出腰上纏繞著的十幾條亮晶晶沉甸甸的黃金。我父親是個浪子。我天生也是個浪子！這是命。從小住在古晉城，一抬頭就望見馬當山，一條大青蛇似的昂起頭顱蟠蜷在天邊，山下莽莽蒼蒼好一片叢林，大白天赤日頭下鬼氣森森。大人們說，那兒就是游擊隊出沒的地方。小時我最喜歡爬到學校屋頂天臺上，眺望雨中的馬當山。大晴天，南洋的天空藍得讓人心碎——朱鴒，妳了解我的心情嗎？妳真的了解？好——忽然眼睛一花，我看見叢林裡颼地冒出一條閃電，窸窣窸窣眨亮眨亮，活像一隻金黃色大蜈蚣，只管扭擺著腰肢，張牙舞爪一路攀爬上天頂。我昂起脖子瞇起眼睛，只見太陽下凝聚一簇雪白電光，好久好久，停駐在馬當山巔那一穹窿藍天白雲中，一動不動。叢林裡的鳥叫聲霎時安靜下來。鳥兒們全都鑽出林子，成排棲停在樹梢頭，汗湫湫抖簌著五彩斑斕的翅膀，一窩一窩挨挨擠擠，個個睜著眼珠子愣瞪著天頂那一簇電光。悄沒聲，整座森林的飛禽走獸全都拱起肩膀，縮住頭顱，紛紛伸長頸脖，豎起耳朵靜靜等待雷聲。電光終於消失，天空突然沉黯，山下的叢林剎那變得黑漆漆一團。大夥兒焦急地守望了好一會，空窿，空窿，雷聲終於漫天遍野迸響了開來。下雨囉，霹靂啪啦一片，把操場上的小學生們一古腦兒驅趕到屋簷底下來。這場雨下得可凶猛！就像變魔術似地，偌大的婆羅洲森林登時消失得無影無蹤，天地間只剩下白茫茫一片水氣。可沒多久，還不到半個鐘頭，森林又在日頭下露臉啦。雨停囉。從城中屋頂天臺上眺望，只見一排一排樹木綠油油閃爍著水珠，層層疊疊一路伸展到天邊山腳下。

馬當山，水藍藍，倏地又浮現在我們眼前，遠遠看起來好似海中一座仙山，搖啊搖，只管蕩漾在山腳叢林蒸漫起的一籠籠煙嵐水霧中，勾引我們這群孩子。就這麼樣，丫頭，我小時最愛佇立學校屋頂上，呆呆眺望雨後的馬當山，心裡琢磨著撰寫一部長篇小說，書名就叫《婆羅洲森林寶藏》，講的是日本陸軍大將『馬來亞之虎』山下奉文的故事。情節很複雜，改天妳帶我上街遊逛時，我再跟妳細細的講吧。

「雨中的婆羅洲叢林！後來我浪跡在外，它成了我心中永遠的牽掛。

「可那陣子，婆羅洲接連兩個月沒下雨了。渾黃渾黃，平日波濤滾滾的砂拉越河，如今變成了一條奄奄一息的大黃蟒蛇，氣喘吁吁，從馬當山中逃竄出來，蠕啊蠕，鑽過毒日頭下河畔一座火光閃閃的森林，一路抽抽搐搐，爬進古晉港口，那亮晶晶冰藍藍的南中國海中。禮拜六中午好不容易熬到放學了，我信守承諾，帶領田玉娘，我的小學同班同座女同學，瞞著雙方家長和老師們，結伴蹺家啦。娃兒兩個躡手躡腳鑽出學校後面那座橡膠林，頂著一顆大太陽，沿著砂拉越河一路走進山裡，尋找游擊隊和我們最敬愛的葉月明老師。

「起先，我抬頭挺胸，氣昂昂雄糾糾甩著雙手行走在前頭——我是男生喔！可是越走離河岸越遠，四下不見一戶人家，連椰林裡馬來人的甘榜村莊也消失了，我心裡就開始發毛，雙手依舊甩個不停，腳步卻越來越沉重，到後來不知怎的，忽然就變成田玉娘抬頭挺胸行走在我前面啦。朱鴒，請妳不要用那種似笑非笑的詭異眼光看我，行嗎？男生偶爾也會感到害怕。我為什麼老老實實告訴妳，那時我心裡害怕呢？因為妳太聰明太機靈了，一顆心生了七八個竅（人家的心都只有一個竅），什麼事都逃不過妳那兩隻烏亮亮的眼瞳子，所以，有些糗事不如乾脆自己先招認，免得被妳這小丫頭逼問出來，那可就難堪囉。反正走著走著，漸漸就變成田玉娘走在前頭了。她瞇起眼睛，東張西望尋尋覓覓，邊走邊甩著辮子上拴著的兩根紅頭繩，帶領我這個男生，一步探索一步，走進那迷宮樣的熱帶叢林。

「兩個月沒下雨，林子裡熱氣蒸騰，彷彿有一群山妖手裡捧著一大包火柴，蹦跳在樹木間，颼颼颼，在每一片葉子底下劃一根火柴。丫頭，妳閉上眼睛想像一下叢林裡幾千萬片樹葉，密密麻麻，忽然全都點著了火，霹靂啪啦日頭下熊熊燃燒。這下妳感受到叢林裡那股熱氣了吧？連老鼠都熱得受不住，成群結隊兜圈子，拖著長長一條尾巴，只顧在林子裡不停躥來躥去，活像一群小孩在遊樂場騎旋轉木馬，繞圈圈走天涯——熱帶叢林老鼠長得又大又肥，我看見好幾隻比貓兒還壯，不騙妳。河邊的沼澤早就被太陽蒸乾，變成一窟窿一窟窿死水，水面漂蕩著千百隻甲蟲，肚腩朝天鼓起，抽搐搐只顧蹬著腳。螃蟹平日潛伏在沼澤裡，死人樣好幾天一動不動，這會兒忽然全都活起來，濺潑潑成群從爛泥巴中鑽出，一隻接引一隻，沿著樹幹拚命往上攀爬，急急慌慌逃避地上的熱氣。蜘蛛最興奮了。老天爺不肯下雨，牠們就趁這個機會從事藝術創作，競相在枝葉間編織一座一座綺麗雄偉的城堡。大白晝日頭下，妳若從那一張張鬼氣森森、斑斕燦爛的蜘蛛網後面眺望出去，丫頭，妳就會看到，整座叢林霎時間彷彿戴上了千百張爪哇面具，五顏六色奇形怪狀，美極了，就是有點恐怖，好像一大群山妖躲藏在樹叢中，伸出脖子齜牙咧嘴擠眉弄眼，直瞪著妳瞧呢。

「朱鴒，瞧妳張著嘴巴愣愣瞪瞪，聽呆啦？可我講的都是事實——我是在那個地方出生長大的！田玉娘也是在婆羅洲出生長大，但這是我們生平第一次進入原始叢林，儘管我們的家和學校就在森林旁邊，一抬頭就望見馬當山。我們兩個人邊走邊尋找游擊隊，一路上緊緊捏住鼻子，閉起嘴，躲避那滿地死魚散發出的惡臭。熱帶叢林密不通風，晌午的陽光閃閃忽忽，穿透枝葉灑照下來。迸迸濺濺，我踩著一窪窪爛泥巴，追隨田玉娘那小小的身子，白癡樣睜著汗濛濛兩隻眼睛，盯住她耳脖後兩根飄忽樹林中的小花辮，亦步亦趨。朱鴒，妳知道亦步亦趨是什麼意思吧？對呀，就像一個跟屁蟲，老是黏貼著人家的屁股，趕都趕不走——其實田玉娘她自己心裡早就慌了，只是臉上裝著不害怕，因為如果兩個人都害怕，那就完啦，肯定會雙雙死在婆羅洲荒山裡，身上的皮肉被老鼠和天堂鳥啃光，只剩一副白骨，爬滿螞蟻和螃蟹。所以，我知道她心裡害怕卻咬緊牙關，假裝一點都不害怕。田玉娘！那時她年紀跟妳差不多，朱鴒丫頭。一路上她只顧弓著身子，使勁往樹叢裡鑽，不時還得抽空回過頭來，撩一撩汗湫湫的辮子，抹一抹腮幫上沾著的爛泥巴，淚光中，咧開兩排小白牙笑嘻嘻鼓勵我，莫氣餒哦。就這樣，兩個小學生結伴走進了游擊隊出沒的森林，尋找他們的葉月明老師和師丈。不停地走了一整個下午，每次抬頭就望見馬當山，藍幽幽倏隱倏現，無聲無息聳立在天邊。夕陽照射下，山巔彷彿突然被山妖潑上一灘鮮血，紅得嚇人。傍晚落霞滿天，我們來到森林中一塊小小的空地，看見一座墳墓。

「墓碑上，青苔斑斑。

「田玉娘踮著腳尖走過去，凝起眼睛，不聲不響佇立墳前，好像在想著什麼心事，兩隻手兒只管緊緊捏住胸前那雙小花辮。怔怔瞅望了一會，她忽然弓下腰身，撿起地上一根枯黑樹枝，使勁刮掉墓碑上覆蓋的苔蘚。我趕忙湊上眼睛，仔細一瞧，看見那塊石板上刻著幾行字：楊氏什麼孺人之墓，道光二十年立。南洋客家婦女墳上都刻有『孺人』這個稱謂，所以我從小就認得這兩個字。可是，道光二十年，那究竟是什麼時候呢？這座墳墓看起來挺殘破荒涼，應該是很久以前立的吧。朱鴿，瞧妳聽我講這樁童年往事，聽得兩隻眼睛一瞪一瞪的，好像有滿肚子的疑問。妳心裡一定在思索：南洋森林裡怎會有這樣一座孤零零、冷清清的中國墳墓呢？楊氏又是誰？一個唐山客家女子怎會流落在婆羅洲？她是怎麼死的？她有沒有親人？這一連串問題妳問我，我卻又去問誰呢？直到今天，跟隨妳在臺北街頭遊逛，我心裡還記掛著南洋深山的這座古墓，可是想破了頭，也還沒想出一個合情合理的答案來。這塊墓地離河邊很遠，方圓好幾里內並沒有人家呀。

「雙手合十，田玉娘弓著腰站在青苔古墓前，默默祈禱，忽然眼圈一紅，撲簌簌流下兩行眼淚來。她抓起辮子往肩後一摔，拂拂身上那件邋遢的小白衣小黑裙，回身招招手，扯住我的衣袖，雙雙跪下來，撿起地上一把枯樹枝，當作香，舉到頭頂上誠誠敬敬向楊氏夫人拜三拜。淚汪汪，她仰起臉龐眺望天空，嘴裡喃喃唸唸不知祝禱什麼：『天公伯，請你老人家低下些頭來，聽我禱告……』

「天黑了，我們兩個人蜷縮著身子抱住膝頭，肩並肩，蹲坐在墓碑前那座祭壇上，不敢闔眼睛。天久不下雨，叢林裡黑漆漆熱蒸蒸。半夜山中突然雷電大作，風暴來臨了。我們已經有兩個月沒看見過閃電啦。每天早晨起床上學，一抬眼就望見那顆白晃晃的大日頭高掛天頂。這會兒半夜黑天，馬當山巔倏地冒出一條閃電，張牙舞爪，活像一隻斑斕燦爛的白色大蜈蚣，簌落簌落一路扭擺著腰肢，飛爬上天頂，停駐好一會，猛然扯起嗓門吼叫兩聲，空窿空窿。叢林裡的飛禽走獸全都被喚醒了。大夥兒眨著眼睛，屏著氣，拱起肩膀伸出脖子豎直耳朵，等待著。電光閃爍中，我們看見幾十隻天堂鳥拖著五顏六色的長尾巴，繽繽紛紛從林子裡飛撲出來，棲停樹梢頭，鬼眼般睜著一雙一雙骨碌骨碌的瞳子，直瞪著我和田玉娘。螃蟹成群結隊鑽出泥沼，沒頭沒腦急急慌慌，滿地亂爬。古墓四周那排椰子樹一齊彎下腰來，迎向山巔一簇電光，搖甩起樹頂一蓬椰葉，癲癲狂狂，乍看好似一群婆羅洲原住民達雅克族姑娘，扭著水蛇腰，甩著一頭黑瀑瀑的長髮絲，聚集在閃電下，向她們的神靈拜舞。最初，我們感到又害怕又興奮，可是那一整夜，閃電只管窸窣不停，把黑夜的叢林照耀得比白天的城市還明亮。偌大的森林萬千棵樹木，一下子全都被陰森森白燦燦的電光淹沒了。好久好久，我們這兩個娃兒手牽手、肩並肩蹲坐在一棟雪白水晶宮中，仰起臉龐，不住眨巴著眼睛，呆呆眺望頭頂上那一大窩糾纏嗥叫的白蜈蚣。朱鴒妳瞧，那幾十隻肥大的蜈蚣，一隻追逐一隻，飛爬在滿天星星的懷抱中，只顧交尾戲耍，卻沒給人們帶來期盼了兩個月的雨水。山腳下四野悄沒人聲，游擊隊不知躲到哪裡去了。馬當山兀自聳立在白雪雪一片樹海中，黑魆魆。

「一整夜天地間雷電交加，空窿空窿就是不下雨。

「就這樣，兩個小娃兒互相依偎著，廝守在森林中孤零零一座墳墓旁。田玉娘瑟縮著小小的身子，笑咪咪，眼中噙著淚，從裙袋裡伸出一隻手來，捏住她胸前那雙飛颺在雷電風暴中的小花辮，把它當作扇子，只顧幫我搧涼，她自己額頭上卻冒出好幾顆豆大的汗珠兒。我瞅著她，她瞅著我。閃電下只見她臉上兩蓬子睫毛，淚濛濛，一眨一眨，閃爍著無比溫柔卻又十分深沉奇異的光彩。她那滿眼睛的話，終究沒說出口。我挨靠在她身邊，癡癡瞅望著她的眼瞳子。兩顆心突突跳。田玉娘幽幽嘆了口氣，伸出一根手指頭撥了撥我的眼皮，噗哧一聲，抿住嘴唇笑了。天頂的電光一蓬蓬煙火般不住潑灑下來，迸濺在她那張雪白的瓜子臉龐上。天將亮，叢林沼澤蒸騰起了瘴氣。田玉娘咬著牙，哈啾，猛一嗆，縮起肩膀子悄悄打起哆嗦來。心一抖，我伸出一隻胳臂攬住田玉娘的腰肢，悄悄聳出鼻子，嗅她身上的氣味，吸她腋下芬芬芳芳散發出的肥皂清香，不知不覺，頭一歪，就把自己那張臉龐枕在她肩膀上，闔起眼皮睡著啦。

「一覺醒來，天頂上那一大窩白蜈蚣早就消失了，太陽又露臉啦，紅灩灩的一輪懸吊樹梢頭，直向我們倆潑照下來，比昨天早晨的那顆日頭還要毒熱、還要扎眼哪。我們含淚撿起一把枯樹枝，並肩跪在墳前拜三拜，辭別楊氏夫人，繼續趕路，沿著砂拉越河朝向馬當山進發，尋找游擊隊和葉月明老師。瞧！翠藍馬當山漂浮在白花花叢林熱浪中，倏隱倏現忽左忽右，宛如一個渾身塗抹著藍色油彩的山妖，齜牙咧嘴擠眉弄眼只顧逗弄我們。飢腸轆轆，我們又在沼澤裡闖蕩一個早晨，尋尋覓覓東張西望，游擊隊沒找著，卻在河邊遇見一群拉子婦——拉子，就是婆羅洲原住民達雅克族。日正當中，幾十個女人嘰嘰喳喳蹲在河裡洗澡，渾身赤條條，只在腰下繫一條紗籠，突然看見兩個髒兮兮穿著小學制服的支那小孩，蓬頭垢面，從樹叢中鑽出來，嚇得倏地從水裡站起身。哇，ㄚ頭，一整排幾十隻巧克力色的大奶子，乳頭兒滴答著水珠，顫顫巍巍不住晃盪在南洋的大日頭下。我和田玉娘手牽手並肩站在河邊，伸長脖子看呆啦。

「那天我們倆就在拉子村的長屋度過一夜。

「隔天早晨，兩個英軍開著吉普車，趕到長屋來，又好氣又好笑，把我們這兩個逃家、結伴在叢林裡流浪的中國小孩給押上車，送回古晉城。

「我又回到學校讀書，可一連好幾天旁邊那個座位卻空著。一天早晨上華語課，田玉娘的爸爸紅腫著兩隻眼睛，忽然跑來學校，報告級任老師：田玉娘前些時在長屋染上猩紅熱，昨天夜裡病死了。出殯那天，全班同學排列成一縱隊，送田玉娘，一直送到城外野地上的南洋客屬公會墳地。我帶頭走在那口小小的棺材後面，一路睜著眼睛，仰起臉，恨恨瞪住頭頂上那顆毒熱的大日頭，心裡只是不甘。我不信田玉娘就這樣死掉了。不知怎的，我心裡早就認定，田玉娘羽化成了仙子。ㄚ頭妳看她，一晃一晃搖盪著她辮子上拴著的兩蕊子紅絲線，笑嘻嘻飛升回東海中的仙山去啦。那天在田玉娘新墳前，我咬著牙對太陽發誓，長大後，我一定要去田玉娘投生的地方，把她找回來。」

●

臺北。秋光滿城。

鏘。鏘。鏘。七個憲兵，頂著銀盔蹬著鐵釘皮靴，一縱隊翹起臀子，繃著臉孔不聲不響迎向旭日，漫步穿踱過十字路口紅燈下的斑馬線。鬧市街頭，漩渦般驀地洶湧起一濤濤小藍裙：幾百個小女生揹著紅書囊，一手按住頭上的黃帽兒，一手抓起裙襬子，飛撲過城中八線大道羅斯福路。綠燈乍亮。張牙舞爪對峙紅燈下的兩條火龍，那千百輛小貨車大卡車轎車摩托車，猛一聲嗥叫，噴吐出滾滾黑煙，籠罩住斑馬線上蹦蹬奔逃的成群娃兒，衝闖過十字路口。東一叢西一蓬，滿街黑嫩髮絲飄舞。漫天煙塵中只見幾百朵笑靨，汗湫湫地，綻放在晨早時分城頭那一輪紅日下。瞧，一個小女生吃吃笑，綻開腮幫上水梨樣兩隻小酒渦，樂不可支，只管搖晃著耳鬢上一毬毬烏黑髮鬈子，忽然回過頭來，招招手。瞧，一個小女生打扮成男生樣，扠著腰站在街口，甩著她那頭削薄了的短髮絲，齜著她那兩顆乳白小門牙，左顧右盼洋洋自得。瞧，一個小女生拎著一瓶豆漿，提著兩紙袋燒餅油條，笑嘻嘻瞇攏起眼睛，仰起她那張挺清秀的小瓜子臉，東張西望尋尋覓覓，穿梭在滿城流竄的小學生中，連跑帶跳走了過來。咦？她那兩根小花辮拴著一雙紅頭繩，日頭下晃啊晃……瞧，一個鄉下姑娘模樣的女學生，肩後濕漉漉拖著一把枯黃的長髮絲，滿臉風塵，怔怔眺望大街，兩隻漆黑眼瞳子孤寂地閃爍著幽冷光彩，忽然眼一亮，看到了那雙飛蕩在晨風中的小花瓣，黝黑的小臉龐登時泛起一片紅霞，白蓮般，綻開嘴裡兩排皎潔的小白牙兒。瞧，心事重重，一個小女生低著頭，只顧捏弄著胸前懸掛的綠玉墜子，獨自徜徉大街上，邊走邊沉思，彷彿神遊物外，不時伸出手來，捉住臉頰上兩綹子繚亂的髮絲，狠狠掃撥到耳朵後。城頭太陽潑照下，只見她那兩隻眼瞳中的光彩，深澄，遙迢，好似浩瀚宇宙中一星失落的幽光。瞧，神采飛颺一臉桀驁，一個小女生昂揚起她那張姣白的小圓臉，聳著滿頭濃亮的黑髮絲，四下睥睨張望，大模大樣闖過十字路口的紅燈，猛回頭，睜起兩隻森冷黑瞳子，瞅住身後亦步亦趨追隨她的那位西裝革履、手提公事包的中年男子，撇撇嘴，打鼻子裡嗤笑出兩聲：「變態！」

鏜。鏜。鏜。滿街遊走的小學生豎起耳朵聽了聽，倏地拔起腿來，奔跑出十字路口，湧上長長的紅磚人行道，晨曦裡，飛撲向車潮中乍然響起的一串鐘聲。娃兒們笑，一個追逐一個，賽跑般飛奔過水泥圍牆上紅豔豔漆著的斗大標語——三民主義統一中國，建設寶島反攻大陸——蹦蹬蹦蹬蹦蹬，大夥兒猛然煞住腳步，脫帽，立正，朝向那手握籐杖身穿中山裝笑咪咪佇立校門口的蔣公，三鞠躬，一轉身，飛奔進羅斯福路古亭小學大門。黃沙滾滾花木蔥蘢，操場上飛颼起幾十雙小花瓣，蕩漾起千百朵小藍裙。橐。橐。橐。校門外，那七個憲兵穿著筆挺的美式制服，一縱隊擺臂扭腰，睜著眼睛蹬著皮靴，不瞅不睬，夢遊似地自顧自遊走在大街上，轉眼間，消失在晨早時分臺北市滿城蒸漫起的紅塵中。

上課囉。

麗日下成群黃鶯出谷似的，滿校園此起彼落，綻響起千百條清嫩的小嗓子：

「起立，立正，敬禮！老——師——早——」
「同學們早！」
鬧市車潮中驀地傳出琅琅讀書聲。

●

雨雪霏霏
四牡騑騑

第一次看見丫頭時，她弓著身子低著頭，手裡捏住一支粉筆，蹲在古亭小學門口水泥臺階上，獨個兒寫著這八個字。

「老師教的字？」他走過來湊上眼睛一瞧。她沒答腔，只搖搖頭。他又問道：「書本上看到的囉？」她甩起脖子上一蓬短髮絲，使勁搖頭。不瞅不睬，她一逕低著頭，睜著兩隻幽黑眼瞳子，迎著校門口潑灑進來的晚霞，一橫一豎一撇一捺，用粉筆使勁刻畫八個方塊字，那股專注勁兒就如同一位正在操刀創作的雕刻家。他呆了呆，悄悄在她身旁蹲下來，瞅著水泥地上那八個氣象萬千卻又充滿稚氣的大字，反覆吟哦兩遍：「雨雪霏霏，四牡騑騑。這是《詩經・小雅》的兩句詩！妳懂得它的意思嗎？」

「我可以猜呀。」

「哦？雨——雪——霏——霏。霏霏是什麼意思？」

「一看就知道啊。」猛一睜眼睛，小姑娘揚起她那張風塵僕僕的小瓜子臉兒，伸出一隻胳臂，直直指著臺北的天空，兀自蹲在地上鄙夷地睨著他：「瞧！滿天雨雪紛紛揚揚下個不停。聽！大雪中一群馬兒踢躂踢躂奔跑不停，風蕭蕭馬嘶嘶。你問我怎麼看出來？騑字旁邊不是有個馬字嗎？霏霏，大雪下個不住；騑騑，馬兒跑個不停。雨雪霏霏四牡騑騑。可是，四牡——」眼瞳一轉，她歪起臉兒絞起眉心，望著校門口夕陽下羅斯福路上那一街行色匆匆的歸人，只顧苦苦思索起來：「可是奇怪啊，為什麼四頭土牛像馬兒那樣奔跑在雪地上呢？」

「哦，那是牡字，雄的動物。四牡就是——」

「猜到了！」她倏地伸出一根手指頭，制止他說下去。「聽到沒？」她豎起耳朵，傾聽那向晚時分嘩喇嘩喇臺北市滿城洶湧起的車潮聲：「踢躂踢躂，四匹駿馬並肩奔跑在紛紛飛飛的雨雪中，踢躂——踢躂——風蕭蕭馬嘶嘶——」目光一柔，她瞇起眼瞳子，眺望城西淡水河口那一灘瘀血般的彩霞，好半天不作聲，彷彿神遊物外，忽然回過頭來幽幽嘆息一聲：「騑騑四牡霏霏雨雪，唉。」

「多蒼茫、多燕趙的意象！」沒來由地，他這個南洋浪子也跟著這位臺灣小姑娘感嘆起來。「那是《詩經》的中國世界啊，丫頭。」

「你管我叫丫頭？」肩膀子猛一顫，她慢吞吞抬起頭來，眼睜睜打量他，滿瞳子的狐疑：「我爸也叫我丫頭。」

「妳爸一定很疼妳囉？妳住哪？放學了天黑了，同學們和老師都回家了，整個校園空蕩蕩黑魆魆，丫頭，妳怎麼一個人揹著書包蹲在校門口寫字？」

「嗯。」

「妳有心事不想說嗎？」

眼一黯，她摔掉手裡拈著的粉筆，伸出手來，狠狠抹掉她那滿頭臉沾著的煙塵。深秋，落日蕭瑟。小女生身上只穿著一件土黃包卡其長袖上衣和一條黑布裙子，獨自個，蹲坐在校門口水泥臺階上，攏起裙襬，雙手抱住兩隻膝頭，凝起眼睛眺望暮靄蒼茫炊煙四起的大街，癡癡呆呆，好像在想著什麼心事。滿城霞光篩下來，潑照她那張髮絲飛撩的小臉子，神情說不出的孤寂。華燈初上。好久，丫頭才舉起手掌來擦掉臉頰上的淚痕，忽然伸出胳臂，指著校門外羅斯福路上，那滿街一蕾一蕾春花般爭相綻放的霓虹：「你看招牌上的那些字！一個個方塊字可不就像一幅幅圖畫？春神酒店、樂馬賓館、湘咖啡、敘心園玉女池三溫暖娜嬛書屋吉本料理、曼珠沙華精品、夢十七……」猛回頭，落日下她那兩隻幽黑眼瞳子清靈靈一轉，瞅住他：「你知道中國字一共有幾個嗎？萬把個？告訴你吧，我家那部國語字典收的單字總共有一萬兩千六百四十九個。」

「妳數過了？丫頭。」

「早就數過啦。」

「沒事妳數字典的字做什麼？」

「好奇。」

「哦，好奇！天哪。」

「我從小喜歡看字典上排列的一個個四四方方的中國字！老師說《辭海》收的單字有兩萬個，改天我找一部《辭海》翻翻看。」丫頭瞪著他，一臉嚴肅：「雨雪霏霏四牡騑騑，一個中國字若是一幅小小的圖畫，兩萬個中國字就是兩萬幅小圖畫，合起來不就是一幅大圖畫嗎？全世界最大、最美、最古老的一幅畫呢。」

「這幅巨畫的名字就叫做『中國』，對不對？」

「我不知道。」丫頭抿起嘴唇吃吃笑。「可我告訴你，每天黃昏，天一黑，臺北市滿城燈火全亮起來，千支萬盞霓虹招牌閃閃爍爍，看起來就像一個特大的萬花筒，不，像一個特大的盤絲洞！洞裡隱藏著幾千幾萬幅神秘圖畫。所以──」夕陽下臉一揚，丫頭甩了甩她頭上那一蓬子刀切般齊耳的短髮絲：「所以呢，放學後我就不想回家！我喜歡一個人上街去剃頭。」

「剃頭？」

「你不認識這兩個字嗎？」丫頭睇了他兩眼，滿臉詫異。她撿起粉筆，在水泥地上寫下兩個古怪的中國字：辵辵。「你沒看過這兩個字？有一首歌你聽過嗎？漂泊的辵辵人。」也不等他回答，小姑娘就絞起眉心，裝出一臉淒苦的表情，翹起臀子高高蹲在學校門口臺階上，眺望著城頭滾滾彤雲，猛一跺腳，扯起嗓門自顧自厲聲唱起來：「漂泊辵辵人，漂泊辵辵人，辵辵人，因何你那目眶紅，是不是你的心沉重，後悔走入黑暗巷──」太陽西沉。黃昏號角滿城此起彼落。嗚呦嗚呦，全市各級學校降旗號一片迴響聲中，夜幕緩緩垂落。城心燈火大亮，萬千盞霓虹映照著西天一抹殘霞，睞啊睞，眨啊眨，宛如成群豔婦盛裝走出家門，結伴上街勾引男子。轉眼間城中四處彷彿放起一蓬一蓬煙火，只見朵朵花燈次第綻亮，走馬燈也似漫天兜旋，睨睇著河口海峽那一輪載浮載沉的落日，似笑非笑。燈火高燒下，大街小巷家家店鋪競相妝扮起門面來，彷彿一群等待開鑼的戲子，紛紛搽上臙脂塗上粉彩，倚門招徠。天就要黑囉！羅斯福路上開始湧現人潮。滿街霓虹招牌，千百個妖嬌中國字，一蕊蕊閃爍在城頭一瓢初升的水月下，好似千百張斑斕燦爛的戲臺臉譜，光影裡，瞬息變幻，蠱惑著那成群放學後揹起書包遊走街頭的小學生。

矗立東海一嶼的臺北城，在這夜幕低垂時分，幻化成了一座粉雕玉琢百戲紛陳的大舞臺，月下街上萬頭鑽動，人人翹首企待鑼聲綻響，好戲登場。

冷暖人生若眠夢
不免怨嘆
坦迌人
不好擱再心茫茫
漂泊坦迌人
漂泊坦迌人

丫頭那一聲聲怨嘆伴隨一句句叮嚀的歌聲，哀婉地、清嫩地，好久好久只管迴蕩在黃昏滿城洶湧起的車潮人潮中。

他聽呆了。

「喂，唱完啦！」丫頭拍了拍心口，轉過臉來悄悄伸手扯了扯他的衣袖：「這首〈漂泊的坦迌人〉好不好聽啊？」

「好聽！記得剛從婆羅洲來臺灣的時候，冬天下著冷雨，我獨個兒走在臺北街上，常常聽到唱片行播放這首歌，走著聽著，就會覺得心酸酸，可是不太懂歌詞的意思，只是感到很淒涼。」他望著眼前這個蓬頭垢面一臉笑靨的小女孩，心一動，羞澀地笑了笑。丫頭凝起眼瞳子瞅著他的眼睛，忽然伸手握住他的手腕，牽著他在校門口蹲下來，指著水泥地上，她剛才寫的那兩個稚嫩豪放的粉筆大字：「迌——迌——你看這兩個字旁邊有個『辶』，那是什麼意思？走走停停，對不對？逍遙、遊逛、遛達、迌迌……」

「一個人在太陽下或月光中走走停停，四處遊逛漂泊。」

「流浪！」她點點頭。「迌迌——這兩個字美不美？一個人孤零零在外面漂泊流浪，白天頂著大太陽，晚上踏著月光，多逍遙自在，可又多麼的淒涼。」

「丫頭啊！」他嘆口氣。

「嗯？」

「妳太聰明了。」他霍地站起身，弓下腰來，伸手撥開她腮幫上兩叢亂髮，抹掉她鼻尖上綴著的兩顆晶瑩的汗珠，好半晌只管瞅住她那雙清亮的眼瞳：「妳這個小姑娘一顆心生了七八個竅——別人的心有幾個竅？一個！頂多三個竅，就像我——偏偏妳又是那麼好奇，就像愛麗絲。妳知不知道愛麗絲只有七歲，比妳還小，可是非常聰明，一顆心有六七個竅，天生又那麼早熟、那麼好奇，喜歡胡思亂想，到處迌迌遊逛，否則就不會有《愛麗絲漫遊仙境》這本好書囉。相信我，不是每一個女孩子都可以做愛麗絲！丫頭，妳不要抿住嘴巴噗哧噗哧偷笑。我是跟妳講真的，不是故意誇讚妳，只是……」

「只是什麼呢？」丫頭趕忙整肅起臉容，問道。

「放學後，妳一個小姑娘在外遊蕩不回家，到處亂逛亂鑽亂瞧，這年頭妖魔鬼怪滿街走，就像愛麗絲漫遊的那個仙境！只是愛麗絲出得來，而妳這丫頭……」

「你不必擔心我會死掉！」眼圈一紅，小姑娘扭轉過脖子，颼地摔開臉去，呆呆眺望漫天暮靄炊煙中，那蒼蒼茫茫五顏六色一城燦亮起的妖嬌中國字，好半天才回頭，沉聲說：「我常一個人迌迌遊逛，我爸、我媽和我大姐都不知道，每次都神不知鬼不覺，三更半夜平平安安摸回家。」

「嗳，我怎能不擔心？誰叫我們這一大一小一男一女兩個人，天南地北湊合在一塊，相識臺北街頭。」

「朋友一場！也算有緣呀。」破涕為笑，丫頭咧開她嘴裡兩排皎潔的小白牙兒，乜起眼睛睨了他兩眼。他怔了怔，也忍不住笑起來。「小姑娘愛漂流！」他嘆口氣，指著天空那一群拍著翅膀、濺潑著落霞、嘰嘰喳喳飛蕩在臺北街頭的麻雀，回頭瞅住她說：「丫頭，妳是一隻漂泊的小鳥。」

「迌迌小鳥！謝謝。」兩隻眼瞳烏溜溜一轉：「我名叫朱鴒。」

「朱鴒，妳那麼愛遊逛，我就帶妳去迌迌吧。」

「去哪裡玩？」

「臺北古晉婆羅洲南洋東海中國世界。」

「去做什麼呢？光是遊逛嗎？」

「找人。」

「找誰？」

「找朱鴒妳啊，丫頭。」

猛一怔，朱鴒摔掉手裡捏著的粉筆，站起身來，拂拂身上的土黃卡其襯衫和黑布裙子，拎起書包，瞇起眼睛格格一笑，朝向那手握籐杖佇立校門口凝望羅斯福路紅塵大街的蔣公，深深三鞠躬。夜風中，只見小姑娘滿頭髮絲飛舞。

「雨雪霏霏四牡騑騑！咱們倆結伴迢迢去。」

## 作者簡介

——李永平（1947-2017），出生於英屬婆羅洲砂拉越邦古晉市。中學畢業後來臺就學，臺灣大學外文系畢業後，留系擔任助教，並任《中外文學》執行編輯。後赴美深造，獲美國紐約州立大學比較文學碩士、聖路易華盛頓大學比較文學博士。曾任教於中山大學外文系、東吳大學英文系、東華大學英美語文學系創作與英語文學研究所。二〇〇九年退休，受聘為東華大學榮譽教授。曾獲國家文藝獎、全球華文文學星雲獎貢獻獎、臺大傑出校友，以及廣東中山杯全球華人文學獎大獎。著有《婆羅洲之子》、《拉子婦》、《吉陵春秋》、《海東青：臺北的一則寓言》、《朱鴒漫遊仙境》、《雨雪霏霏：婆羅洲童年記事》、《大河盡頭》（上下卷）、《朱鴒書》、《月河三部曲》、《新俠女圖》。另有多部譯作。《吉陵春秋》曾獲二十世紀中文小說一百強、時報文學推薦獎、聯合報小說獎。《海東青》獲聯合報讀書人年度最佳書獎。《大河盡頭》（上卷：溯流）獲中國時報開卷十大好書、亞洲週刊全球十大中文小說、紅樓夢獎決審團獎。《大河盡頭》（下卷：山）獲亞洲週刊全球十大中文小說、臺北書展大獎、行政院新聞局金鼎獎。大陸版《大河盡頭》上下卷獲鳳凰網年度中國十大好書獎。

1999

## 旱魃

潘雨桐

「你可得睜大眼睛，連眨一眨都不可以。」

娃希達用手臂撐著身子，抬著頭，從半開的窗子望出去。

「你也得要有耐心，要安靜，不可以有一點的噪音，屏住呼吸——不要眨眼睛。」

半開的窗子是昨夜打開的，實在是太悶熱了，整個房間都蒸騰著一股酸腐潮濕的泥污味，從床底下的裸地冒了出來。娃希達的男人就躺在一邊，光裸的身子只穿了一條陳舊的內褲，岔著腿，腹部一起一伏的，半張著口，還在呼嚕呼嚕的睡死在那裡。

娃希達想把男人叫醒，可以幫一幫眼，但又覺得他這個人浮浮躁躁，不是說了連一點噪音都不可有嗎？而他這個人一早起來就要抽菸，還把菸蒂隨手亂丟，上個月貯油庫失火，在昏黃的天色裡燒得半天通紅，說不定還真是他的粗心大意惹的禍。那個管工氣得叫罵了幾天，說是要揪出那個惹禍的人來殺頭，要不然就丟到大河裡去餵鯊魚。

傳言河水鯊魚大得像一艘潛水艇，她聽了半信半疑，果真有那麼大的河水鯊魚嗎？偶爾走過菜市場，那檔鄉親當助手的魚檔就常把鯊魚隨意的擺到鑲瓷的檔臺上，張著新月般的嘴，了不起也不過三兩尺長，吃人？吃人？她倒是買了幾次鯊魚肉回來燒鹹菜，味道不好，腥，賤魚。可是，那個管工說話的當真模樣，可就不得不留心這條大河了。這條大河什麼都有，河水是從天上直瀉下來的。

娃希達不敢眨眼睛。

河面一片濛濛的白。

「河水會慢慢的旋轉，慢慢的旋轉，越轉越快，然後旋成一個大漩渦，周遭的水草和雜物全都會被旋了進去——你真的不要眨眼睛。」

娃希達撐著身子的手臂有點酸麻，她咬咬牙，慢慢的坐了起來，看了身邊的男人一眼，一樣的睡死。她伸手過去，輕輕的把窗子全推開。窗外已皇皇的亮。

一股辛焦的機油味瀰漫著，就在窗下，堆了好幾個機油罐。那天管工氣咻咻的拿了名單大吵大叫，咒著捉不到那個放火的人去餵鯊魚，算是那個人走鴻運，邊走邊咒，把所有抽菸的工人都趕到河邊那棟棄置的工寮去。

工寮在河邊孤零零的站著，也不知道棄置了多久，藤蔓一層一層的從浮腳木柱圈了上去，有的還爬上了寮頂。娃希達繞著工寮走一圈，一邊已經打了地板的房間一下子就給幾個單身工人佔了去，而她的男人還愣在那裡抽菸，一口一口的，待得吐出最後一口煙推門進去，這哪裡是房間？裸地上放張木板床，一坐上去還晃呵晃的，要是到了夜裡男人煩躁一些豈不垮了下來？她吐了一口唾液，在男人臂上狠狠的掐了一把，也不管人家疼不疼，又掐一把。

「漩渦中央很快就會騰起水柱，直沖直沖，開始的時候沒什麼力道，但轉眼之間，就可直逼過去，站在河邊的山鬼就這麼喝水。河水都給喝光了，哪能不乾不淺？」

河上沒有動靜。

娃希達有點失望，阿露癲了，亂說。

河水在東北季候風停止後便安穩了下來，從上游直沖而下的原木少了，偶爾的一根兩根，也是平平穩穩的，慢慢的往岸邊試探虛實，想找個地方安歇下來，直到有一天清晨在渡頭遙望，才發現河岸邊怎麼橫七豎八的擱了那麼多原木。

無聲無息，河水消瘦了下去。

阿露說河水是給山裡的旱魃吸了去，不信？就在天亮未亮之際瞅著，不要眨眼睛——你要是看不見是你的眼睛不乾淨，不戒葷不戒心。

娃希達有點淡淡的失落，抓不住個把柄，低下頭來，看見男人那副睡相，心裡莫名的升起一股怨氣，轉身就狠狠的在他腿窩處踢了一腳。男人乍的驚醒，伸手從下身一撈，空了，看見娃希達坐在一邊：「幹什麼？」

「不去死？」

「幹什麼幹什麼？」

「河水快乾了。」

「河水快乾了。」

「哦——」男人一骨碌坐了起來，抬頭往窗外望：「神經病！」

「討厭。」男人一揮手，又躺了下去：「乾就乾，關我什麼事？」

「你再到樹林裡去砍樹山鬼就吃了你。」

男人睡不下去了，慢慢的張開眼睛，但身子還是一動不動的躺著。房間很小，木板床靠在一邊，另一邊的木架上擱著幾個手提袋，張著口，隨身用的衣物也沒全拿出來，拖拖拉拉似的，好像隨時都可以一塞而回拎了就走。也真的可以拎了就走，工地的工程進展不順利，管工又挑剔，誰待得住？

「吃什麼？」

「什麼吃什麼？還賴在這裡——」

「我說不進樹林砍樹吃什麼？」

「你是男人。」娃希達攏了攏頭髮，悉數往後一收，從窗臺的橫木上拿了一根橡皮筋一摺一轉，一把焦枯的頭髮已束在腦後。她靜默了一會，斜瞄了男人一眼，側過身子把掛在窗格邊的外套撈過來往身上一披：「不死去。」

「一天到晚的咒人。」

「那就拿點本事出來。」

男人背過身去，面向著房門口。門後放了一把他從運木材卡車司機買來的手提電鋸。那已經是兩三年前的事了，他從夜市場逛出來，經過後巷一排運木材卡車放置場，那個司機如同鬼魅一樣，一閃就從卡車後衝出來，擋了去路。他還以為是山賊剪徑，怎麼會搬到夜市場外上演呢？待他看得真切，也沒有濃眉大眼箕張的髯子，倒是一臉的猥瑣，道骨仙風的哈了哈腰，指了指卡車間格裡的手提電鋸：「看看。」「什麼牌子？」「史黛爾，最好用。」「你的？」「當然是我的，我不偷不搶，一等的公民，老天——」「好好好，老天知道，不用發誓。」「看看。」「多少？」司機伸出手指，他也伸出手指。重複，再伸出手指。「好，就這樣。」他把手提電鋸帶回山裡，還沒鋸倒一棵樹就壞了。

他拆了，檢查，都是拼湊的零件。算什麼名牌史黛爾嘛！騙人！還要發誓？準是在山溝裡偷來的。

娃希達跳下床，扣了扣外套，房間一開就邁了出去。

一股亮光投了進來。

男人又翻了一個身，這回是背著光對著板壁，一格一格的空隙，可以看見藤蔓青蔥的橫攀過去。這樣的景觀幾乎每一個工地都一樣，工寮是臨時搭建的，工程一完成，所有的工人就撤走了，留下搬空了的框架，任由藤蔓滋長攀爬。他瞇了眼睛，想從板壁的空隙處往上瞧，卻什麼也看不到。其實也不必看了，越過早溪，一上斜坡就是雨林的切口，拖拉機已經清埋好一條工作棧道銜接切口。切口邊緣都是一些雜木，大多是軟質樹種，而名貴的質材早在多年以前都給人盜伐了。幾棵伯公樹高高的矗立在那裡，幾個人都合抱不來，蜿蜒的板根近人胸高。仰天望去，陽光直透下來，成了篩金的華蓋。管工哼呵哼的在樹冠下繞走了不知多少回，爾後走過去踢踢板根：「拿點本事出來！」他不答理，走到另一邊去鋸一棵闊葉雜木。「我和你說話。」管工指了指伯公樹。「我不鋸伯公樹。」「拿點本事出來！」「我不鋸伯公樹，這是規矩。」「我就是規矩，加糧。」「礙得了誰？」「辦公樓就從我腳下建上來，這一片山坡都要切割整齊。」「我只是電鋸手。」「清除地上的樹木是你的工作。」他抬頭仰望，金光四射，巨樹劃過白雲，白雲悠悠而逝。

「本事？我會沒有本事？」男人坐了起來，一手拿過掛在板壁處的長褲穿了，再胡亂的穿上襯衫，摸了摸口袋，皺了皺眉，衝著房門外直喊：「我的香菸呢？」

房門外靜靜的。

男人趿了趿鞋走到房門外。

娃希達正蹲在土灶前生火。

天色明亮。

河岸外不遠處的矮樹林上面罩著一片霧白，工寮邊的裸地張著裂口，正等待著一場甘雨風露。

「又是一個熱死人的天氣。」男人自言自語，又摸了摸口袋，才想起昨晚上床前已抽了最後一根，隨手往窗外一扔的香菸盒就在腳邊：「要砍伯公樹就得加糧！」

「沒有米了，拿錢來。」

「你只會要錢。」

「我一個人吃了？我一個人吞了？」

「一天到晚都是錢錢錢。」

娃希達用竹筒呼嚕呼嚕的吹著土灶裡的柴火，一閃一閃，忽而爆出一團火光。她站了起來拎起放在一旁的一個大水壺，「拓」的一聲往土灶上一擱，沉著臉：「兒子是我一個人的嗎？要吃要穿要上學，你沒有份？」

男人氣鼓鼓的，拉起襯衫下襬抹了一下臉，慢慢的往河邊的渡頭走去。

太陽已從河對岸的矮樹林後冒升上來，白亮，矮樹林上的一片霧白消散了，蒼綠的矮樹林襯著潔淨的藍天，沒有一絲風，偶爾有一兩隻翅風霍霍的犀鳥冒騰上來。

男人蹲在渡頭上。

「河水快乾了。」

渡頭的原木柱一天天的往上長，終至完全脫離水面，瘦瘦的支撐在那裡，像一頭伸長了脖子的長頸鹿，終年都是伸長脖子伸到河裡不停的喝水，要把整條河的水都喝光。然後就心滿意足的回到雨林裡去。只是，而今水還沒喝完，身軀卻變成了一座骨架，森森的站死在河床的一隅。

男人煩躁起來，一下一下的擊打著原木柱子，倒扣在旁邊的水桶生了鏽，黃黃的，一根麻繩也是黃黃的繫著水桶。打不上水來洗臉了，也不知道要等到什麼時候才又翻滾到水裡去。

幾隻花斑的水鳥落到河床上，行行走走，尾巴一翹一翹的，忽而又騰起飛到河的另一邊濘泥上。河水慢慢的流著，往日的澎湃氣勢不見了。河水慢慢的流著，似在尋找上一季拍岸時遺落的水聲。

男人踢了一下倒扣的水桶。河水快乾了？阿露在散布妖言，自從她到那個什麼研究站打零工回來就變了，到處說早魃早上濛濛天的時候就來河邊喝水，把河水都喝乾了，誰信了誰信了？真是妖言惑眾——娃希達卻相信！

「癲人！」

陽光開始咬人。

男人快步的從渡頭走回工寮，娃希達已換了一身乾淨的衣服坐在土灶旁喝咖啡，手裡還拿了一塊蘇打餅乾一下一下的啃著，一副香甜的樣子。她吃什麼都滋味十足，這樣的女人溫柔好養，他第一眼在偷渡的機動木船上看見她就有這樣的感覺。而感覺有時候卻是——她一狠起來，可以把男人給掐死。

「又要出去？」

娃希達拍了拍手上的蘇打餅乾屑，端起咖啡喝了一口：「苦！」

「不放糖？」

「你買了糖了？」

男人望了望土灶旁木架上的幾個瓶瓶罐罐，也分不清楚哪一個是糖罐子：「早不說。」

「等一下阿露就會過來。」

「又要和她出去？」

「是呵，人家又沒惹你，老是看人家不順眼。我們要去銀行。」

「你最好不要和她在一起。那個女人，老是說些顛三倒四的話，山鬼天濛濛就到河邊喝水，走的時候還會留下一朵血紅的山花。她以為她是誰？還幫著那個什麼研究站的人說話，不可以砍樹，不可以殺人猿，不可以捕大頭鳥，不可以捉河裡的鯊魚——最好讓河裡的鯊魚吃了她，癲人！」

「你神經病——人家念過佛，會寫字，又會記帳，你會什麼？」

「我，我會賺錢養你，我這就找管工去。」男人霍地走開，氣呼呼的吼著：「鋸伯公樹，加糧！」

「你還沒給我錢。」

「就會要錢。」

「要不然我和阿露去銀行幹什麼？不用匯錢回去？」

男人回到房裡，在一個手提袋裡亂翻亂搜，掏了幾張皺皺的鈔票出來，數了一下，轉身出去就往土灶上一拍：「拿去！」

「就這些？」

「我又不開銀行。」

男人拎了手提電鋸沿著旱溪往雨林裡走去，溪床鋪滿了小圓石，一個個的光潔圓滑，不知道經過多少年的水磨滾動才有今天的光華。旱溪轉到樹林後，就給幾棵傾倒的大樹擋死了。幾個巨大的坑洞遺落在那裡。阿露說那是旱魃的腳印，沿著大河的樹林都給砍光了，山裡沒有水，旱魃就踩著旱溪直奔到大河來喝水，喝飽了水，在回去樹林之前，就在那裡留下憤怒的腳印。

「真是妖言！」

男人對著伯公樹審察下鋸口的方位，而管工卻從一塊大板根後閃了出來，鬼魅一樣。

「我就知道你會來，就這幾棵，說了，另外加糧。」

男人不說話，依然在審察下鋸口的方位。

管工哼呵哼的打個轉，朝著旱溪走過去，一輛四輪驅動的車子開過來，沒篷沒蓋。他加快腳步趕上車子。車子噴著黑煙，掉轉頭，朝另一個山區而去。

陽光高照，大地成了烤爐。

幾棵高大的伯公樹從山邊散下來，悠閒舒適，一直到旱溪邊就止了步。挺直的樹幹光潔溜滑，在陽光下閃著亮光。樹幹末端枝椏散開，疏密有致，張成一傘半圓的華蓋，一個連接一個，從山邊翻滾而下，也從旱溪翻騰而上，在陽光下，灑著千點萬點金光。

男人選好方位，手提電鋸便嘎嘎的吃著板根，從最外緣開始，樹幹仍然強行支持。可是越吃越深，樹冠便自不安，千點萬點金光也自紛飛四散，在雨林邊與旱溪過處流轉，終至崩潰——一邊的枝椏凌空墜落。

男人撲倒在地上，手提電鋸死在一邊。

新鋸的板根柔白的層面泛著雪光，在亮白的陽光下結成一朵血紅的山花。

——一九九九年五月閏閣

## 作者簡介

——潘雨桐（1937-），本名潘貴昌，祖籍廣東梅縣，出生於馬來亞森美蘭州。臺灣中興大學農學院畢業，美國奧克拉荷馬州立大學遺傳育種學博士。曾任新加坡原產局原產員、臺灣中興大學園藝系副教授，服務於馬來西亞農業界後退休。曾獲兩屆聯合報文學獎短篇小說獎及中篇小說獎、馬來西亞光華日報小說獎、兩屆花踪文學獎小說推薦獎、兩屆新加坡南洋商報金獅獎散文獎。著有小說集《因風飛過薔薇》、《昨夜星辰》、《靜水大雪》、《野店》、《河岸傳說》等。

# 別再提起

賀淑芳

我的大舅父去世的時候，舅母堅持要為他做完法事。二十年以後，我再度見到那個為我舅父打齋的喃嘸佬。（註❶）他的樣貌衰老得多了，但打齋的方法還是老樣子。他的左腕上掛著一個小雲鑼，手指夾著一對赤板打拍子，右手掛鈴，手上還抓著小錘子偶爾敲一下雲鑼，偶爾執牛角，吹號招魂。（噴吶號角響起，我們開始出殯了。）

喃嘸佬除下道袍歇息，走過來坐在我身旁休息。他並沒有認出我來，因為二十年前我還是一個孩子。不過他看見了我的舅母之後就馬上認出她來了。他們四目交投，並不交談，彼此像分開重逢後的情人一樣無話可說。我在一旁看得分明。你要相信我的話，我不得不把這個故事在二十年以後才告訴你，因為當年我還是一個小孩，你不會相信一個小孩講的故事。可是現在我長大了。無論如何，這是一個成年人處理他童年回憶的方法。在當時人人熱血沸騰，然而事過境遷以後，幾乎沒有人願意面對過去。回憶會斑駁、甚至會被羞恥感篡改，所以我會盡可能詳細的把當時的情況告訴你，你有權利質疑故事的真實性，至於我，我可以坦然的告訴你，我所說的保證是我所記得的。

二十年前，一群顧香火的棺材佬、（註❷）喃嘸佬和眾家屬面對面分坐在長桌兩邊，外婆巍巍然站立起來發言：「法律抱的是死人的卵葩，就是沒顧到活人的心。」當時，宗教局的代表，即兩個華裔端哈芝（註❸）坐在長桌的另一端沉默不語。林議員坐在長桌的另一端不停摸著額頭上的一顆痣，看起來既可憐又噁心。

當一個人去世，醫院收回死者的身分證。假如死者的名字後面跟隨著敏阿都拉，當局便知道那是第一代皈依回教的信徒。宗教局代表便會在當地警察和衛生官員的陪同下抵達葬禮現場，和死者的家屬談判。

談判進行時，我和妹妹正在一旁把糖果結上紅繩，旁邊的玻璃罐裡，已經堆滿了結紅繩的糖果。二舅父一拳打在桌面上，杯子一震，咖啡濺到桌上來，舅母的臉煞白。（三年以後，我跟舅父提起這件事，他說：怎麼可能？我記得那時騎機車摔下來受了傷，手痛得不得了，怎麼可能還拍桌子呼呼喝喝的？）

「他不是回教徒。」舅母的聲音顫抖得厲害。「他講過要換名字。我陪他去了註冊局三次。第一次去時是六年前。最後一次去是上個星期，註冊局要他去向回教局申請。」

「只要身分證上的名字沒換，就沒人相信他不是回教徒。即使已經下葬，他們也會把屍體挖出來。太太，你想怎麼辦？」喃嘸佬這麼說。（二十年以後，他說，他怎麼可能插嘴說話？我們是第三者，永遠不會插手於喪家和宗教局之間。）

舅母執意要為舅父打齋，問喃嘸佬是否還可以繼續辦下去。喃嘸佬點點頭。後來他繼續在空棺材前面開壇打齋了兩天。（有嗎？他懷疑的問，屍體都被搶走了幹嘛還要打齋這麼多天？至多一天罷了。）

外面停下一輛警察車，四個警察走進來。端哈芝站起身在額前合掌揚聲問候。記者舉起相機咔嚓咔嚓的拍照。警察走到棺材前面，林議員張開雙臂，要他等一等，他的嘴巴翕合得很快，不停地在說些什麼。舅母號啕大哭。（八年後，當年的林議員即現在的部長在回憶錄裡解釋，死者的意願應該被尊重，他當時努力勸導家屬應該接受事實。）

警察轉頭看著哈芝，哈芝把文件交給律師，律師點點頭。家屬都在搖頭。有什麼辦法呢。爸爸：誰叫華人這樣貪小便宜，要申請廉價屋呀、德士利申（註❹）呀，統統以為姓敏阿都拉就好辦事。有什麼冬瓜豆腐，用白布一包就去了。有些人改信了回教，到死都不敢告訴家人。男人每天在外頭，妻子怎知道他在幹什麼。

我的先生不是回教徒。舅母哭著說。（多年來我沒有再聽舅母提起過這件事。舅父留下來的東西一點一點的送走，後來她也搬走了。她不能再住原來的屋子，因為那間屋子屬於舅父的名字，舅父是回教徒，舅母就不能繼承他的遺產，包括那間屋子。她後來就搬到表哥的家裡住了。）

太太，我很抱歉令你這麼傷心。這份宗教局發出的文件是有效的公文，證明死者已經皈依阿拉為唯一的真主。這公文有法律的效力。死者是回教徒一事無庸質疑。人證、物證都在。你丈夫的第二妻子沒有來，因為我們認為要她出現在這裡不論對誰都是太大的打擊，但是你們不是回教徒，你們不能辦理一個回教徒的葬禮。屍體必須從棺材裡搬出來，交回給你丈夫的第二妻子，只有回教徒才可以幫另一個回教徒殮葬。（舅母還曾住過我家一年。那一年她不曾提起過舅父的名字。）

棺材佬正忙著收拾金銀紙燭，一個記者拍了他的一張照片，惹得他火冒三丈。他怒叱記者不如拍他自己的卵葩屁股洞更好。記者連忙向他揮手道歉。（我後來在報紙上找到這張照片，旁邊的描述是：傳統喪禮逐漸沒落　唯有老人獨守長夜　淒淒慘慘戚戚。）

棺材佬說他前一天晚上見鬼。凌晨兩點時他見到一個男子蹲在五號房門前一動也不動。棺材佬彷彿聽見他說他沒有門進去。他說他找不到自己的名字。他踏步向前，他看見自己的腳步穿過男子的影子。他似乎看見男子的影子在消失前做了一個讓他費解的動作。他做了一個抹屁股的動作。他吃了一驚，想收回腳步已經來不及。他彷彿踩了個空，卻發現自己正蹲在廁所的馬桶上大便，一條很大條的糞便擠出來。他穿上褲子走回房間，看見同伴瞪大眼睛看著他。

棺材佬問同伴：「我剛才去了哪裡？」

「你不是去屙屎嗎？」

小說家：亡靈似乎有事情想告訴他，但是嘗試了幾次，絕望的發現他們之間似乎沒有對話的可能。假如能夠，每個亡靈都想敘述自己的一生。他們千方百計闖進生者的夢裡，想要被聆聽，像從前在生時一樣，可以展示自己的傷痛和迷亂。但是敘述的話語被生者的種種煩惱和欲望堵住了，終於不得其門而入。所以生者常常不知道事情的真相，迷惑積壓久了，就變成哀傷。（舅母每天在客廳的一角縫製被單或抹腳布，有時哎啞咿啞的逗弄我的外甥女，也就是她的孫女。她一歲的時候，舅母每天餵她吃稀粥，彷彿她用下巴吃東西似的，湯匙老是在她的下巴刮來刮去。她一歲半的時候，舅母又每天跟在她背後走，兩隻手伸長垂下來彷彿人猿。）

棺材佬開棺的時候，喃嘸佬在一邊剛剛說聲要往生者好好安息，好好的去，自由自在，舅母和表哥表姐就大哭起來。我媽媽也哭得肝腸寸斷，至少我爸爸是這麼說的。棺材佬扛起大舅父的屍體，一陣淡淡的異味飄上來。（有點像外甥女叫嗯嗯時的味道。）喃嘸佬的手指扣著赤板，口中咿啞啊啞的唱著，彼到花開見到佛，無邊煩惱海，無量智慧花。去去來來去去來。（以上經文是二十年後的今天我自喃嘸佬的經文書裡抄出來的。）

兩個警察走過來，一個接過了屍體的頭，另一個托腳。冷不防舅母撲過來，把捧頭的那個警察一把推開。後者驚愕的望著她，她的眼淚鼻涕在臉上糊成一片。有人舉起相機對著她的臉拍照，其他記者也忙不迭的按快門。一時間停殮房裡鎂光燈閃爍不停。（十年後，一個記者帶著舊報紙想要專訪她，她看了照片一眼就說：你找其他人吧，我不認識這個人。我沒有空。我很忙。你這個人怎麼這樣蠻不講理？然後她大力的摔上門。）

警察過來扯她，她大聲嗚哇哇地叫。誰也聽不清楚她在叫些什麼，叫聲像許多又粗又短的錘子敲在門上。二舅衝過來撞開警察。另外兩個警察從他的脅下伸出手想架著他離開，二舅忿怒得呵呵嚎叫。外婆奔過來拉著大舅父的手臂。一個哈芝過來抓著大舅父的大腿，另一個警察抓著大舅父的另一隻腳。林議員被推擠在外，可是他卻在努力擠進去，他張開手臂，像一隻跳過雞寮的公雞尋找落腳的地點。我挖了鼻屎塗在他的褲腳上。他抱起我，眼睛閃著淚光讓記者拍照。

我假如還是個小孩的話，你一定不會相信我的話。可是我現在長大了，而且正在白紙黑字地寫下來，你最好相信：那具屍體即我的大舅父，他開始大便了。糞便從屍體的下體湧出。到底從褲管湧出來，還是從褲頭湧出來，這點我並不清楚。我只知道隨著警察、哈芝、外婆和舅母的拉扯，糞便先是一團一團、然後一截一截的掉在地上和棺材裡，糞便的味道瀰漫整個殮房。（驗屍醫生受訪時表示：死亡意味著從大腦到全身每個細胞都死亡。大腸或許會因為細菌的代謝過程所發出的氣體而爆破，但是僅有萬分之一的機會會因此而大便。）

相機直接表示了它的興趣，有人走得很靠近糞便，在大概不超過一尺的距離拍下那堆糞便。然後有另一個人在稍遠的地方拍那個人如何拍糞便。也有的人站到更後面，拍一個人如何拍四個人爭奪屍體之下四濺的糞便。媽媽看得呆了，一時忘了哭泣。爸爸：你看，這些照片第二天將會出現在報章的頭版，一定比文字更吸引人。（在事件變成新聞的翌日，每個人探索各種解釋的可能，並找到了一些法醫學家、宗教師、社會學家和民俗學家來辯論。在一日之間，它膨脹成一連串驕傲與尊嚴、聖潔與污穢的爭辯。經過三天之後，報館接到一封晦澀的通知信，裡面充滿不明確的警告，暗示他們低調處理此事。因此，在一個星期之內，這則新聞萎縮成地方版的小新聞。在人們的腦袋還來不及接受這個突然陷入虛空的狀態前，報館找到了另一則事件，使前一則事件順利的淡出人們的記憶。）

前面的人開始後退。每個人開始往後移，是因為他們見到糞便開始從一截一截，變成像稀粥一樣的半液體物，這種半液體物飛濺的範圍無疑比一截一截的糞便更廣。糞便飛濺在哈芝的手上，也飛濺在喃嘸佬的道袍上、警察的制服上、林議員的皮鞋上、攝影機的鏡頭上、遺孀的衣襬上以及他娘親的腳上，是糞便的降臨使到他們驚醒。（報紙上完全沒有人被糞沾污的照片，刊登這種照片，最好徹底了解誹謗法令的內容。）

屍體最後終於大便完畢，並以一個響屁作為結束。當時宗教局告訴家屬，回教徒的糞便必須埋葬在回教徒的墳場裡。舅母憤恨的說，這堆糞便是由兩個信奉道教的女人煮出來的三餐所變成的。爸爸、媽媽、二舅舅和阿姨們都紛紛拍掌，最後宗教局的人同意這堆糞便該由家屬埋葬在原來的墳墓裡。（我們現在每年還到舅舅的墳墓拜拜和掃墓。小時候我問過媽媽：裡面是不是舅舅的大便？她就大力的拍我的頭，小孩子不要亂講話。不管怎樣，舅母的靈柩送到這裡來了，待會就要把她葬在舅舅的墳墓裡，我很快就知道空棺材裡面是不是有大便了。）

註❶：為死者打齋超度的道士，廣東話。
註❷：喪事從業員的總稱，廣東話。
註❸：曾經到麥加朝聖歸來的回教徒，馬來話。
註❹：准證，馬來話。

## 作者簡介

——賀淑芳（1970-），出生於馬來西亞吉打州。政治大學中文所碩士，新加坡南洋理工大學中文所博士。曾任工程師和報章副刊專題記者，曾於馬來西亞霹靂州金寶拉曼大學中文系執教。曾獲時報文學獎、聯合報文學獎等。著有小說集《迷宮毯子》、《湖面如鏡》。獲得國藝會馬華文學長篇補助，目前在金寶寫作。

# 和光同塵

2003

張草

為了表示他堅毅的決心，他決定乘電梯上去。

大概正好是上班時段吧，大廈裡沒人和他一塊等候升降機，他也正好不希望有人，他要保留那種絕望的孤獨感。

他進入空蕩蕩的升降機，按了最高一層。

當門合上時，他忽然害怕起來。

因為此時此刻，他意識到，塵世已與他無瓜葛了。

他開始有些懷念。

升降機內的空氣十分沉悶，四壁傳來機械運轉的低吟聲，似乎是為他送行的安靈頌。

會有人中途截停升降機嗎？

沒有。

升降機筆直的上升。

啊，沒人來阻止我嗎？他想。

升降機停下來了，升降機門悄悄地打開，催促他出去。

頂樓到了。

他步出升降機，推開頂機的大門。

大門似是久未被人擾動，發出尖銳的抗議聲。

哦，寒風。

寒風從門外侵入，穿透他的汗孔，推動他的肩膀，使他包裹在大衣下的身體哆嗦起來，使他忽生悔念。

不行，不能再失敗了，他已經有過太多次的失敗了。

當他毅然踏出大門時，心中竟有些許自傲，因為他很少如此堅定而快速的下決定。

寒風吹吧，反正我心早已寒透，寒得脆了、碎了。

他迎向風，放開身後的大門，任它去。

大門被風吹得巨聲關上時，他還是嚇了一跳。

頂樓遼闊，白色的水泥地披上了一層青苔，有的還長出一株株小草。

角落堆了一些破舊的傢俬，還有老舊的花盆，包著一株黑朽的植物殭體。

他接受了這些充滿頹廢和死亡的景象。

他從大衣內袋裡取出遺書。

為了避免遺書被吹走，他用一個花盆壓著。

別了吧！他想。

他用手按著矮牆，一腳跨上。

似乎是最後的勸阻，寒風突然加強，將大衣往後猛扯，企圖將他拉回去。

他閉上眼。

不，不能再遲疑了。

他不想往下看，他知道往下看是什麼景象。

他知道車子將猶如爬動的白蟻，構成一幅令人讚嘆的細密畫。

他知道行人將猶如浮動的游塵，在這污濁的城市間穿梭，庸庸碌碌，生老病死。

別了！真的要別了！

他飛身而出。

啊！

他的內心不禁一陣歡呼。

四肢毫無外物的刺激，由束縛中完全釋放，身體凌空的感受，是何其自在！

他從未如此自在！

他掠過一個念頭：「不知道曉霜看見我這個姿態，會不會發出美的讚嘆？」

他想，如果有人拍下照片，在他飛翔的美姿後方，會是一大片蔚藍天空的背景，沒有一絲污穢的雲彩。

他只在半空停頓了很短很短的時間，手錶上的秒針尚未移動一格。

他開始墜落。

在這一瞬間，他莫名的憶起自由落體公式，聯考時背過的……在加速度之下，手錶的時間會不會變慢？

空氣開始摩擦他的身體，身體周遭的溫度疾速下降，好冷，好冷！

不該選這個時節的，現在是冬天呢！

他驚異地發現，自己竟沒有恐懼，雖然在高速下墜，卻是在他嚮往已久的自由滋味下墜落。

他在死亡的前一刻才模模糊糊的享受到一絲自由。

但他並沒有享受太久。

嚴冷已漸轉為熾熱，空氣的劇烈摩擦產生強大的熱量，高熱無情地猛撲上他消瘦的臉龐。

他很難受，很難受。

好熱……我難道來到了地獄嗎？

他的心在狂叫，在吶喊，企圖挽回一丁點兒希望。

哦不！

他的腦子似乎被絞扭著，一股一股的灰白浪濤衝擊他的記憶，眼前一片混亂，視線中蓋上了瘋亂的花紋。

他的手腳似乎失去了感覺，脫離了他的軀體……不，是縮回了他的體內，在體內無意識的游動，撫摸那顆受創的心，那傷透了的五臟六腑。

他整個人融成了一團，飄游在臺北混濁的上空。

好久好久，灰晦的四周迸現了一道亮光。

他的腦子毫無意識，他不再思考，不再顧慮任何事情。

他通過了亮光。

聽說在這種時刻，應該會有安詳的感覺，應該會有輕悅的樂音響起。

但他在耳旁只聽見風聲，彷如叢叢細針在飛快掠過。

亮光過去了，被拋在身後。

啊！原來是這裡，好懷念的地方。

他的心裡不禁湧起了一絲溫暖。

他靠在教室走廊的矮牆上，眺望著樓下的操場。

操場上，只見曉霜的背影，正隨著她輕快的步伐，緩緩擺動，兩根辮子迷人的左右搖著。

他想像著她的表情，不知今日的她是喜悅或哀愁，或是已被一日的課業折騰得十分疲累了？

「曉霜……」他的心中在暗暗呼喚著，四肢淨是暖意。

不，他不能分心，大學聯考已近了。

他不能分心。

他幻想著美好的未來……考上大學，就可以再和曉霜在一起了。

現在只是暫時分開而已。

暫時的。

夏天的風，在孤高的老樹下盤旋著，擁著一片片的碎紙，跳著寂寞的舞。

碎紙在被人殘酷的撕裂之前，是一封訣別的信。

不知在哪一片碎紙上，還沾有他的淚水。

曉霜，真如寒天的霜雪，在夏天消失得無影無蹤。

哦，但願只是一場噩夢。

睜開眼時，一切將只是幻覺。

於是，他睜開眼睛。

他看見白色的天花板，耀眼的日光燈管正好奇地映照著他。

他的腦後頂了一個高高的枕頭，枕頭硬邦邦的，還散發出一股消毒藥水的氣味。

他發現天花板有一塊油漆剝落了，露出一些灰沉沉的水泥。

有一隻瘦弱的壁虎正伏在牆和天花板的邊緣，抱著微弱的期望，凝神在等待著什麼。

有人說話了：「他醒了。」

他看見父親和母親焦急地走上前來。

一向嚴肅的父親，那張常常拉緊的臉早已被淚水潤濕，痛心地看著他。母親更是不停地哀叫他的名字，分不清是哭還是笑。

他身上似乎壓了什麼東西，使他的呼吸有些急促。

那是一個人。

那人抬起頭了。

是曉霜！

她在抱著他，輕撫他在棉被下的軀體。

她的淚水沾濕了被子，即使蓋了一層棉被、穿了一層衣服，他仍能感到淚水的溫熱。

他感到左手手臂一緊，忙轉頭一瞧，原來是護士在量血量。

醫生不知何時也出現了，告訴他父母說，他已脫離危險期了，沒事了。

這是病房吧？

病房好暖……

這位醫生，戴著金絲眼鏡，肥厚的臉頰上，有一塊淡紅的胎記，依稀記得在何處見過……是了！

不正是小時候常見的那位？

每有傷風感冒，媽媽便緊張兮兮地幫忙請假，帶他去看醫生，看的正是這位。

他想起那冰冷的聽診器，壓在他肋骨上的那種壓迫感，把那股冷冷的感覺透入心中，送至不斷流動的血液中。

沒關係，這一切都沒關係了。

因為曉霜回來了。

那封被支解的訣別信，也該被露水沾濕，被化入土中，成為大自然的一部分，成為消逝的記憶了吧？

他發現自己在笑。

他回到他熟悉的寢室。

一個他曾經和書本、功課奮戰的地方，一個他曾經做過無數好夢的地方，一個他差點兒忘了曾是幼時玩耍的地方。

啊，為什麼一切都如此懷念？

他希望不再有壓力，不再需要一面背公式一面入睡。
未來的日子是可期待的！
當他知道他成功進入他所要進的科系後，便立刻打電話告訴曉霜。
一切都如此美滿。
他在炎夏漸漸退隱之前，真正踏入了他心儀已久的大學，正式以大學生的身分上第一堂課。
充滿未知的大學生活，一切都那麼令人充滿期待。
當他看見他的同系同學之後，更是著實的吃了一驚！
他們都是他認識的！
有他的小學同學、他的中學同學、高中同學、補習班同學、以前同一社團的同學……
這些人以前都曾和他有過一段好時光。
老天真沒虧待他！
那一天很快便結束了，他覺得精神十分振奮，細胞們似是全餵飽了興奮劑。
他乘公車回家。
公車上只有他和司機。
司機在收聽路況報告。他一面聽著廣播小姐在報告，一面看著司機疲憊的背影。
他看見司機前方的儀器板上放了一個保溫杯，杯子正冒出懶懶的白煙。
他還看見旁邊放了一個裝檳榔的小盒子。
突然他想看看司機是不是正在嚼檳榔。

他看不見。

他聽見廣播在報告車禍，他怔了一下，因為車禍發生的地點在他家附近。

聽說是兩部車子不守交通號誌。

這一切真熟悉。

他歪頸想了想，發現自己正感到困惑。

因為這一切十分熟悉！

他開始不安起來。

猶如一隻多事的蜻蜓，在如鏡的水面上點了一點，引起一波又一波的漣漪。

他覺得身上每一個毛孔都在癢。

公車停下來的那一刻，他趕忙下車，跑回家。

不安感愈來愈擴大。

不安已經溢出了他的心，他全身的血液慌亂地流著，他的手指不由自主地跳動，似乎想緊握什麼東西。

他衝進寢室，打開書包。

書包裡是他的高中課本。

他翻開課本，裡面全是白紙。

不安凝聚成恐懼，將他的心一點一點剝落。

自從出院後，這個世界便似乎失去了平衡。

出院……
我為什麼住院？
他感到喉嚨忽然脹了起來，猶如一塊不知名的息肉，阻礙他的呼吸。
不……不……不能去想！
不能想！
他張開嘴巴，因為鼻子已經忘記了呼吸的方法，他彷如夏天的狗，大口貪婪地吞噬著空氣。
他想叫。
但如果他喊叫，他便沒法子呼吸了。
他很難受，他的眼淚已經流到下巴，有的還逗留在上唇緣，流不下去，他嗅到一股鹹味。
「媽媽……媽媽……」他喊著。
大門砰一聲打開，他母親神色慌張地跑進來。
他很高興，剎那便感到全身湧現了力量。
「媽……」他一頭栽進母親懷裡，放聲痛快大哭。
他母親撫著他不斷抽搐的背，用那有著關愛的溫熱額頭摩擦他的頭。
他忘情地撒嬌，彷彿又回到兒時。
「小乖乖，又作惡夢了嗎？」
他猛然抬頭。
他正坐在一張小小的床上，穿著貼有熊寶寶印花的睡衣，五顏六色的小被單蓋到他的腰下。

顯然的，他剛醒來。

而且是被惡夢驚醒的。

房裡的書櫃不見了，取而代之的是擺滿了絨毛娃娃、組合機器人的小木架。

「寶貝，又夢見什麼啦？」

他茫然，不知所措。

他竟夢見自己長大了！

回到了現實，才知道自己只不過是個小孩！

想到此，胸口的壓力頓時洩盡，逃入空氣之中。

他想起母親曾拉著他的小手，對她的朋友說：「這孩子的想像力很強，以後搞不好會成什麼大事業。」

語畢，兩個女人相顧大笑，他則害羞的躲去母親裙後。

「沒事了，沒事……」母親在他被冷汗潤濕的小額上吻了一下，照顧他躺下。

母親離去之前，轉頭問他：「還怕嗎？要不要熄燈？」

他遲疑了一會，決定搖頭。

母親出去了，門被輕輕的帶上。

他張著那雙疲倦的眼，盯著天花板上的日光燈管。

記得在夢中，他也曾這麼做。

為什麼會有這種怪夢呢？

記得在幼稚園，跟小蘭肩並肩坐著聊天，聊的是長大後的願望。

小蘭長得十分可愛。

圓圓的臉蛋，老是透出少許紅暈，又大又黑的眼珠子充滿了靈氣。

當小蘭的眼睛望到他身上時，他便會感到整個軀體失去重心，被包圍在一片柔和的光芒之中。

小蘭說，以後要當空中小姐，可以天天免費乘飛機。

他舔著嘴唇，惡作劇的說：「那我以後養你好了！」

小蘭用她小巧的手掌輕輕打他：「人家是問你以後的志願嘛！」

「不管以後是做什麼，我的志願都是養你……」

他窩在被窩中，回憶這幾天前的談話。

可是……

這句話是對小蘭說的嗎？

不，不，是曉霜才是。

曉霜？

曉霜是誰？

這名字聽起來真耳熟。

這名字似曾帶給他許多快樂和憂愁，曾讓他在夜半欣喜暗笑，曾讓他找個無人的所在獨泣。

啊，曉霜是誰呢？

他搖搖他小小的頭，拉上漂亮的小被單，矇矓地慢慢合眼。

這一切與我何干？

再與我何干？

他把眼瞼蓋上，眼前的景物彷如鐵閘門上下閉合，在一聲巨響後陷入黑暗。

不，天花板上的燈仍是開著，閉眼後仍會有昏沉沉白茫茫的光，在他溫熱的眼皮上徘徊不去。如霧的白光，讓他有身處於隧道的錯覺。

隧道。

一念至此，四周突然有股強大的壓力擠了過來，一堆堆又濕又軟的東西，毫不留情地堆擠上來。

他聽見沉重的呼吸聲，時而規律、時而紊亂，從四面八方不斷傳來。

他感到窒息，無法喘息，所以那並不是他的呼吸聲！

那些東西真令人不舒服，它們十分暖和，卻有著陣陣的血腥，排山倒海似的擁向他、推擠他。

「用力！」他聽見有人這麼喊著。

啊！那些東西更用力的擠來了！

「再用力！」

他感到他的頭從又濕又熱的地方釋放出來，一陣冷冷的空氣立時掩蓋上來。

一道強光投在他緊閉的眼上，騷擾著困惑的他。

啊！好冷！

他全身投入了清冷的空氣，這下才發現自己是赤裸裸的！

一隻在指間結有繭的手掌猛拍他的臀部，一塊黏黏的東西衝出他的喉嚨，他不由自主地大哭。

「男的！是男的！」一把粗啞的聲音如此說著，似乎是在說明什麼，語氣中絲毫不帶興奮。

他還聽見一個女人筋疲力竭地輕聲喘氣。

接著一塊暖和的大毛巾將他包了起來，輕柔地擦拭他吹彈得破的肌膚。

「哦……寶寶……」那疲乏的女人說著，他便感到自己被遞過去了。

這聲音他認識。

「好可愛……」一隻冰冷的手指輕觸他的鼻子。

是媽媽！

他猛然睜眼。

眼前，是一大片落地玻璃窗。

透過玻璃窗，他看見一片灰藍的天空，怠惰的、灰沉沉的雲朵，懶散地飄著。

在污濁的空中，有一名男子做出凌鷹之狀，高速的墜下。

男子似在閉目養神，散亂的頭髮豎立了起來，臉神不含一絲恐懼。

他感到自己脫離了母親的手。

他發現自己衝向那大玻璃窗。

衝向那男子。

他再次的睜開眼睛。

他看見他經過的玻璃窗後方，有一個驚愕不已的女人。

他想說再見。

他發現有一隻壁虎正費力地往上爬。

他瞧見下方行人稀少，有一名穿著破舊的老人，拿著一盒口香糖，哆嗦著舉向行人。

他看見地面了。

啊，有一枚十元……

粗糙的水泥地面勇敢的迎向他，他的眼球頓時擠入眼窩，他的鼻子失去了形狀。

他的顏面骨發出清脆的聲音，他的舌頭嚐到了一股甜甜的鐵鏽味，腦子似是突然泡入了滾熱的水。

剎那間，他發現他在懊悔，懊悔選擇了這麼一個無法回頭的方法。

不過這個想法只保留了零點一秒不到的時間，他的腦細胞便在高壓下震成了爛泥。

在他的腦子失去功能之前，他還來得及感到脖子猛烈扭轉，發出「格」的一聲響亮。

他感覺不到身體的其他部分是如何碰上地面的。

許久，一股怪異的液體自他微張的口中湧出，混雜了鮮紅的血、透明的腦漿，還有不知名的消化液。

他的淚腺被擠破了，淚水濺到地上。

他自己不知道，但行人聽得很清楚。

在他落地之前，發出了一聲很長很長的尖叫。

有人說，聽起來像嬰兒的哭聲。

他聽不見自己的喊叫，但他可以感覺到整個意識在收縮、繃緊，整個人浸泡在強烈的恐懼之中，令他窒息。

他想他應該死了，但死亡怎麼跟想像的不同呢？

忽然，在一陣心悸之中，他發覺自己還站在頂樓上，全身像散落般虛脫不已，風更刺骨了，懼意更濃了。

原來他還沒死！

他以為自己會感到安心，卻發現自己又開始往下墜落。

「不！不要！」他不想死，他再也不想死了！

在墜地之前，他看見下方躺了一名男子，全身奇怪的扭曲著，一條小腿完全斷開，頭部飛濺出一灘污紅，不遠處還掉了一塊沾血的海綿似的腦子。人們正漸漸聚過來，七嘴八舌地討論，又好奇又害怕地觀看他的死狀。

再一次，他撲落在地，痛徹心肺，不偏不倚正好掉在男子的身上。

在他尚未明白過來以前，他又回到了頂樓，再次下墜。

一次又一次。

救護車來了，男子被搬走了，他還是掉上同一個位置。

某一次回到頂樓時，他看見兩個警察正在打開他的遺書。

某一次墜落時，他看見痛哭不休的母親，正在燒冥紙，他正好掉在火堆上。

某一次，頂樓上有人在擁吻。

白天黑夜，晴天雨天，城市的喧鬧持續，他不停一次又一次墜落，一次又一次體驗掉落的恐懼，和撞上地面的劇痛。

在一場大地震中，他看見大廈崩塌了，但他還是會回到原本頂樓所在的高空上，一次又一次往下跳，只不過在墜落的過程中，他看見大廈原本的各個樓層上，多了許多白色的煙狀物在空中游動。

歲月如梭，過了許多個四季，連這個城市的面貌都認不得了，他仍然在無休無止地自殺。

聽說，偶爾在夜深人靜時，還有些人會聽見他的慘叫聲。

作者簡介

——張草（1972-），原名張容嵻，馬來西亞沙巴州華僑第三代。初中三年級得本地拿督丘陶春盃公開小說組冠軍。二十四歲於臺灣出版小說《雲空行》。以科幻小說《北京滅亡》得第三屆皇冠大眾小說獎冠軍，後來衍成「滅亡三部曲」系列。其他作品尚有《f(x)＝殺人程序》、武俠《庖人三部曲》、家族傳奇《夜涼如水》、三本極短篇《很餓》、《很痛》、《很怕》、短篇集《雙城》，還有個人牙醫經驗《啊～請張嘴：張草看牙記》。

這一次的情況絕對不同。錢亞明和漢麗葆同時叫出一句「呀！」

能夠令漢麗葆大聲叫饒，是錢亞明夢寐以求的境界。不過這一次的情況絕對不同。他真想要告訴漢麗葆。

這一次的情況絕對不同。漢麗葆也正想要告訴錢亞明，她的叫喊絕對不是他想像的效果。他箍得太緊了！但是，錢亞明一向喜歡聽她叫，她不想掃興，只好咬緊牙根忍受錢亞明雙手的緊箍。

活到今年六十五歲，錢亞明從來沒有這麼精神充沛，感覺生命如此美好。雖然昨晚上和兒子爭吵到半夜，今早他還是準時六點起身。盥洗完畢，開始早課之前，錢亞明輕快地哼：「這是一個好地方，大家叫它人間天堂。」他的早課是先在家裡的神明前面上香默禱。

如果神能夠給他三個願望，就好像他小時候讀的童話那樣，那麼錢亞明第一想要的就是再活二十五年的生命。自從認識漢麗葆，錢亞明更加珍惜生命的存在意義。能夠活到九十歲，也算心滿意足了。

當他正要將三支清香插入香爐，忽然間一個鏡頭浮上了心頭。他不禁自個發笑。這幾個月來，他和哥巴拉兩個好兄弟，常常在矮子華經營的溫柔鄉喝椰花酒，和漢麗葆一起唱荒腔走板的卡拉OK，流連忘返。曾經有一次，矮子華告訴他們一個笑話。有一個農夫因為放走一隻受困的青蛙，神就答應他許三個願望。那位愛講粗口的農夫喜出望外，馬上說：「我什麼鳥都要！」果然，話音未落，他一身都貼滿了各種動物的陽具。這一下子可嚇壞了農夫，即刻向神求救：「神啊，我什麼鳥都不要啦！」嗤的一聲，他身上所有的外來物果然全部銷聲匿跡得無影無蹤。當然，很不幸的是他自己身上的重要器官也消失了。農夫氣急敗壞，慌忙對神祈求：「神啊，請你還給我屬於我的東西吧。」

他們笑完了，便指著矮子華取笑：「那個農夫是不是你？」矮子華拿出菸斗，敲敲桌面，慢條斯理的說：「我需要神的說明嗎？」他說得那麼神氣，但是大家都知道那是在虛張聲勢。誰不知道，他是靠小藥丸維持他的偉岸氣概。

當然，如果神要給他實現三個願望，錢亞明不但要有九十歲的生命，更希望可以有精壯的身體。錢亞明很看不起那個講粗口的農夫，白白糟蹋了大好的機會。神既然要賞賜，就得認真的告訴神：「我的身體要金剛不壞！」

這可是錢亞明的心中話。矮子華就是沒有神的眷顧，卻又操之過急，才在兩星期前魂歸天國。溫柔鄉暫時休業一夜，以表示對矮子華最高的敬禮。哥巴拉和錢亞明相約抵達喪居，發現溫柔鄉的老顧客差不多都已經到齊。大家都是六、七十歲的老人了，生活經驗豐富，有什麼事情看不開呢？七嘴八舌，場面熱烘烘，坐夜像鬧洞房，倒也算是將本來應該是哀傷的氣氛淡化不少。

眾人最感興趣的還是，究竟矮子華是死在哪一個女人的懷抱？那可厲害啊。有的人說，矮子華事情完畢，伏在床上就一命嗚呼。那時候天還未亮，那女人不著聲色就溜走了。有的說，其實那女人在半途已經發覺不對，還能夠輕鬆離開，真正沉著。錢亞明冷眼旁觀，道聽塗說，半信半疑。沒有人提起漢麗葆，總算讓他放了心。至少矮子華不是抱住漢麗葆嗚呼哀哉的。

不知不覺，他們就談到了重點。如今矮子華死了，誰來管理溫柔鄉？那可是一個令人想念的地方。他們這批老人，對生命本來不存任何期盼，過著一日和尚敲一日鐘的枯燥生活。去年矮子華的溫柔鄉忽然在棕櫚園深處冒了出來，大批大批的入口故鄉來的小妹妹，語言不是障礙，感情自然馬上乾柴烈火燒起來。許多小妹妹比他們的孫女還要年輕，這些老人摟在懷裡，因為感染青春，更加生龍活虎。

溫柔鄉是矮子華的父親當年在自家的橡膠園內搭建的舊式木板洋樓。根據他那死去多年的老爸透露，在這座老洋樓內還曾經庇護過當年抗日軍的地下成員。還沒有翻新之前，洋樓的木板上猶殘留著六十多年前軍警和抗日軍駁火的彈孔。赤臉、哥巴拉與錢亞明可以見證。當然，如今沒有人談抗日軍了。抗日大本營已經給三夾板隔間，分為十二個小房間，各得其所。

矮子華生前很會說故事，這是沒有辦法的，要不然就沒有人留意他。聽故事的小妹妹們都張大嘴巴，一愣一愣的瞪大眼睛。蕉風椰雨中的抗日心酸史，豈是這些聽手機、染黃頭髮的小妹妹所能夠瞭解？

「不過，這些都是歷史了。」矮子華說。「現在呀，」他又敲了敲菸斗，慢慢的說：「我們在這裡打的也是貼身肉搏戰。」小妹妹們都是聰明人，矮子華還沒說完，她們已經蜂擁而上，全壓在矮子華身上。

這些，都將要隨矮子華去世而消失了嗎？錢亞明有一點惆悵。

最近油棕和橡膠的價格還算相當標青，每一個老人家都非常滿意。赤臉擁有三百多依格，因此最先受到眾人的關注。

「赤臉，你的水最多。溫柔鄉就由你來幹吧。」長腳阿隆今年七十歲了，也是溫柔鄉的顧客。不過他只有區區三十依格的橡膠園，還不夠資格當溫柔鄉的大菜頭。不過他還是慷慨激昂的說：「我們一定支持你。」

「自從我的女兒從澳洲回來，接管園丘生意，我已經行動不自由。」赤臉和一般的富豪沒有任何差異，總是會無病呻吟。

「你已經七十幾歲了，還能夠幹什麼？告訴你女兒吧，這也是一門投資。」哥巴拉冷冷的說。「最多不過是手癢癢。」哥巴拉只是長得黑，他可是道地的華人。雖然有人說他是抱回來養的。不管怎麼說，他黑得發亮又會講一口流利的家鄉話總是令人留下深刻的印象。早年他替洋人管理園丘，揩了不少油水。在八打靈買了幾間店屋出租，現在是清閒的人。最忙碌的工作就是出入溫柔鄉。

大家都明白哥巴拉的意思，大聲地笑，忘記了矮子華孤獨地躺在大廳中央的棺木。有人甚至誇讚哥巴拉胯下能幹，因為黑人總是給人留下威猛的印象。雖然這句話避不開種族主義的嫌疑。

還是錢亞明比較踏實。為了能夠多活二十五年，除了向神禱告之外，錢亞明每天早晨都會努力的打一套太極十八式。休息一會兒，他又開始十多年來堅持不懈的外丹功。最近他的功力大有精進．只要一擺架勢就可以抖個不停。那感覺實在舒服極了。錢亞明只覺得一股暖暖的氣流從丹田徐徐浮了上來，遊走四肢八脈，直達百會穴再轉入會陰，收歸丹田。果然像極孫悟空吃了人參果一般暢快。最近流行三一二的保健功夫，據說對五臟六腑，尤其是腰肢，非常有助益。改天一定要找人家教導。

錢亞明收功後，兩個掌心相互搓揉，再往兩頰按摩。在溫熱的感受中，他在指縫間看見老婆子慢慢由木門出來，走向屋子西邊的豬寮。老婆子本來就矮小，再加上歲月的折騰，更形佝僂難堪，偶然站在錢亞明身邊，就像一隻被耍弄的猴子。不過，這樣的場合是越來越稀少了。錢亞明固然不想和老婆子一起出門，老婆子更加不肯和錢亞明站在一處。「那骯髒的老東西！」老婆子對兒子提起錢亞明，總是這樣開的頭。兒子也明白他老媽指的是什麼。

錢亞明可不管老婆子如何叫他。兒子很少回來，他和老婆子兩人就像兩個陌生的過客，同住一個屋簷下，彼此並不相干。實在不記得當年怎麼樣和她生了幾個孩子。錢亞明看著老婆子向豬寮走去，就邁步朝相反的方向，到雞棚間探取三個溫熱的雞蛋。自從開始照顧漢麗葆，這幾個月來，生雞蛋加野蜂蜜也是他的養生秘方之一。離開雞棚，錢亞明走到一截腐爛的棕櫚樹根處，將另外一個蛋輕輕的放下。

「阿公。」錢亞明才轉過身，就看見五歲的小孫女跑過來。他心頭一愣，馬上快步迎上去將孫女抱在懷裡。他們祖孫雖然很少見面，但是這個小女孩天生會撒嬌，一直膩在錢亞明的懷抱。抱著細皮嫩肉的孫女，不知為什麼，錢亞明恍惚間好像摟抱著漢麗葆。

「阿公！」

錢亞明驚醒過來，馬上放下孫女，一同走回屋子。樹根底下有一個洞，黑壓壓，不知有多深。錢亞明從來不想去探測。他只知道，有一隻眼鏡蛇在這裡出入。本來，錢亞明年輕時候就是捉蛇高手，任何毒蛇都可以輕易的手到擒來。他最近獲得前幾年拯救過的江湖異人贈送烏黑的藥丸數十顆。那人特別交代，如果要事半功倍，最好拌合劇毒的蛇液。這條眼鏡蛇也算命不該絕，這陣子碰巧是錢亞明練丹期間，姑且讓牠多活幾個月。

兒子和媳婦已經起身，正在廚房準備早餐。媳婦的年齡也許比漢麗葆還要大，身材枯瘦，不知兒子究竟看上她哪一點。錢亞明聯想起漢麗葆圓潤白皙的胴體，禁不住悄悄抓緊拳頭，渾身起了一陣顫抖。

錢亞明對於漢麗葆一往情深，已經是整個白水鎮人人知曉的風流韻事。白髮紅顏，比翼雙飛，即使是棕櫚園內的野狗都會敘說一、二段故事。當然，事情發展到這種境界，錢亞明自己也是始料未及的。就像馬中兩國今天的關係空前融洽，馬中人民的交往如此深入，在數十年前絕對不敢想像。

講起來，還是死去了的矮子華最有靈敏的嗅覺。很多人看不起矮子華，認為他只會遊手好閒，不務正業，但是他搞外交的手段真是一流。如果他生在恰當的人家，機會與生俱來，一定是出色的外交家。沒有那個命水，他只好在白水鎮這樣的小地方經營溫柔鄉。

錢亞明還記得第一次來溫柔鄉開心，所碰上的緊張場面。那時候，溫柔鄉悄悄營業不過三個月，已經在朋友間口語相傳，讚不絕口。

是哥巴拉款待錢亞明到溫柔鄉快活的。白水鎮縱橫不過十條大街道，哥巴拉與錢亞明年輕時候曾經在這洋樓玩過賊逃員警追趕的遊戲。沒有想到，有一天，真的在這裡看見警長帶領大隊人馬剿共一般前來捉拿大陸來的小妹妹。錢亞明的情緒正高亢，突然被吆喝聲打岔，剎那間如澆了一盆冷水。非常掃興的他打開大門一看，只見地面上蹲滿染黃了修長頭髮的年輕女孩，眼花撩亂，一時間也分不清環肥燕瘦，只覺得每一個都是青春少艾，白滑細嫩的背部閃閃發出誘人的光芒。

還是警長朱基菲眼尖，看見推門出來的錢亞明那高大的身影。

「拿督！」朱基菲行了一個禮。「你也來開心？」錢亞明看見是朱基菲，心頭也抖了一下。難得他還稱呼錢亞明拿督，那可是人家開玩笑叫的呀。不過，他幾年前當國會議員私人助理期間，常常出入警察局，為三教九流選民排解糾紛，請菸喝咖啡，也算是打通各個環節，奠立良好基礎。

錢亞明忙走上前，掏了香菸替朱基菲點燃，順便也給旁邊幾個警曹燒幾根。矮子華這時候剛從怡保趕回來，馬上與朱基菲勾肩搭背，到一邊的豪華房間議論去了。

一場風波很快就平息了。那些虛驚一場的小妹妹都圍繞在矮子華、錢亞明與哥巴拉的身邊。她們終於認識誰是南洋地方上的好漢了。尤其是高頭大馬的錢亞明，剛才那個氣勢是多麼瀟灑。小妹妹們不明白錢亞明對朱基菲說的是什麼。一個長得特別嬌小狐媚的小妹妹問矮子華，錢亞明什麼身分？矮子華大笑：「他呀，就是你們那裡的黨書記。官位大不大？」

小妹妹們滿足的點點頭。當然，錢亞明的身分沒有共產社會的書記那麼有派頭，他並不去解釋。他更興趣的是依偎在身邊的狐媚小女生。她可是很逗人哪。

「千里迢迢跑來南洋，不是很辛苦嗎？我們的先輩是沒有飯吃，無奈才飄洋過海。你們又何必呢。」錢亞明摟住狐媚女生說。

哥巴拉大笑。「不要假惺惺啦！」錢亞明很快樂的呵呵大笑。矮子華說：「哎呀，她們就是現代王昭君，來和番的。你今晚就是藩王了。不要多說。」

錢亞明畢竟是國會議員的私人助理，有本土化的覺醒。矮子華才說完，他馬上糾正矮子華：

「哎，去年正巧是鄭和下西洋六百週年。搞不好她就是嫁來馬六甲的漢麗葆呀！」

「漢麗葆就漢麗葆，從今以後她就是你的寶貝啦。」矮子華順水推舟，就把漢麗葆送給了錢亞明。

為了在美人跟前爭氣，他每天鍛鍊身體的次數更加頻密。他可不像矮子華，迷信西藥。世界上華人最多，證明華人的房事能力世界第一。這一點他有很強的民族尊嚴。他最近常常翻閱古籍奇書，尋找青春常駐秘方，自已配製藥材。家裡無端增加許多瓶瓶罐罐，都是藥茶、藥草、藥酒、藥油。有搽的，也有喝的，不外乎淫羊藿、肉蓯蓉、蜂皇漿、蟻后等等，應有盡有。昨天黃昏，兒子回來，孫女到處亂闖，就差一點弄翻架子上已經浸了一個多月的竹節蛇酒。那蛇色彩斑斕，孫女嚇得大叫，錢亞明則因為藥酒差點給打破驚叫起來。祖孫兩人一起叫喊，老婆子只瞪一眼，罵了一聲：「骯髒的老東西！」

看見錢亞明走入廚房．兒子雖然還很不高興，畢竟還是叫了一聲。錢亞明倒沒有這麼甘心。他點點頭，含糊回應。他並不想和兒子同桌用餐。是昨晚上的氣還沒有消，也是他不知如何回答兒子的責問。

「你真的要收購那間寮子？」兒子昨天是有備而來的。消息這麼快，一定是老婆子打的電話。原來她還很精明，懂得調動精銳部隊，把兒子抬上桌面。

矮子華的葬禮過後，溫柔鄉暫時由他的姘頭玫瑰紅打理。因為作風小氣巴拉，大陸的故鄉那邊漸漸少了新鮮人前來助陣。赤臉不敢接收，大家就把眼光鎖定錢亞明。他曾經是國會議員的私人助理，出入所有政府部門諸如警察、反毒、關稅、移民廳就如進入無人之地。「只要老錢出馬，凡是來開心的人都可以高枕無憂，不怕被騷擾。」哥巴拉極力推崇。政府人員一出現，興趣索然不要緊，最擔心是上報昭告天下。

錢亞明每個早晨練功期間總要反覆思考這個問題。如何提升功力、討漢麗葆開心，以及收購溫柔鄉，三件事息息相關，已經讓他深思七八天。

他當然明白，漢麗葆撒嬌只在他懷抱幾小時。當他離開溫柔鄉，那妖姣的美人就會蟬過別枝恣意鳴唱，雖然興致高亢的時候她在耳邊說得多麼姣勁，刺激他恨不得一口將她吞下去。他明白，漢麗葆要的只是金錢。他的園丘地契大大小小數十張，只要將地皮賣掉三兩塊，帶一筆黃金陪漢麗葆回去天朝進貢，就肯定能夠換取美人陪他三幾年。如果再把溫柔鄉接收交給漢麗葆管理，那她死都不會離開白水鎮。哥巴拉說的沒有錯：「辛苦了一輩子，有這樣的最後幾年也是值得呀。」哥巴拉也正在考慮，要為美人變賣八打靈的一座房子，雙宿雙飛。

兒子忘記了當年他去美國讀書，也是他賣了一塊地皮，給他做的盤纏與學費。如今他已經是檳城巴拉拜美國電子廠的經理，豐衣足食，還來干涉老子的決定？錢亞明生氣的就是這一點。「我還有幾年快活，你知道嗎！」錢亞明憤憤不平。話說出來，錢亞明奇怪，為什麼和哥巴拉一樣的論調？想起嬌柔的漢麗葆，錢亞明就要開車出去。

「你遲早給那個女人吞掉！」兒子大聲的說。錢亞明說：「早就被……」他沒有接下去，覺得對兒子不可以這麼粗俗。

突然間，老婆子的尖叫聲從油棕芭深處傳來，又驚恐又慌張。錢亞明明明看見她是走向豬寮，怎麼聲音是來自東邊的雞寮？

他和兒子趕到現場，發現老婆子把孫女挾在掖下，手上一把割野山芋葉子餵豬崽的鐮刀正和眼前一條眼鏡蛇對峙。那蛇挺起身，約有三尺在半空中，昂首吐信，可以明顯看見兩朵眼睛的花紋漂亮地烙印在額頭上。牠很機靈，對準鐮刀嘗試俯齧，又迅速回彈。原來是孫女看見公公早上放置的雞蛋，好奇的用竹竿去挑那黑黝的洞，將蛇給引了出來。恰好老婆子也一樣好奇走來看個究竟，卻碰上這個驚險關口。

兒子迅速地搶走老婆子的鐮刀，自己來對付這五尺長物。老婆子挾著孫女踉踉蹌蹌退到了後面。這時候，媳婦聽見吵雜聲，也奔跑過來。三個女人在一旁驚叫連連，為這極為難得一見的毒蛇吶喊。

雞手鴨腳，兒子根本不知如何應付眼前嚴陣以待的眼鏡蛇。他只是為了保護女兒，一時衝動，搶來鐮刀，又不知如何使用。錢亞明將兒子推去一邊．把鐮刀接過手。他在蛇首前面晃動幾次，電光火石間，他已經將那美麗的蛇首按在鐮刀底下。

「打死牠！」兒子舉起板塊對準蛇首擊下，卻給錢亞明擋開了。

「你？」兒子不明白老子的用意，瞪住他。在他還沒有看個清楚前，錢亞明已經以右手緊緊扣住蛇頭。他將蛇提起來，尾端還有一截拖在地面擺動。

錢亞明讓蛇口的兩隻牙齒扣在瓷杯邊沿，一會兒果然有液體自口腔流泄進入杯子。

「又有古怪了。」老婆子白了一眼。「骯髒的老東西！」

錢亞明滿意後，左右兩手狠狠一扯，丟在地面。那兇狠的毒蛇起了一陣痙攣，片刻靜止下來。

「死了。」孫女說，掙脫老婆子的手。

錢亞明本來匆匆忙忙要出門會見漢麗葆，發生這樣的事故他只好留下來，提早進行煉丹功夫。雖然沒有上門找漢麗葆，幹的事也是為了討好她。錢亞明取下嘴邊叼著的沙林菸，彈掉半截菸蒂，瞇起眼繼續調勻烏黑的藥丸與蛇液。效果如何？試過再說吧。總之，人是需要冒險的。他很得意這種感覺讓他年輕不少。

甚至漢麗葆也能夠感覺錢亞明的突變。

這一次的情況絕對不同。錢亞明真想要告訴漢麗葆。他變得孔武有力，雙手緊箍漢麗葆的背，令她痛得叫出聲來。幸好，手臂帶來的疼痛，逐漸放鬆下來。漢麗葆白了錢亞明一眼。

這一次真的不同。看見錢亞明的白眼，漢麗葆再叫了一聲。

## 作者簡介

——小黑（1951-），原名陳奇杰，祖籍廣東潮陽，出生於馬來西亞吉打州。馬來亞大學數學系及教育系畢業，曾任中學數學老師，現任中學校長。曾任《蕉風》、《清流》文學雙月刊執行主編，作品多收入中國、臺灣及大馬出版之合集、大馬及新加坡中學華文課本。曾獲大馬華人文化協會小說獎、鄉青小說推薦獎、星洲日報花踪小說推薦獎、美國萬元馬華文學創作獎、馬來西亞華文文學獎等。著有小說集《黑》、《前夕》、《悠悠河水》、《白水黑山》、《尋人啟事》、《結束的旅程：小黑小說自選集》，散文集《玻璃集》、《一本正經》、《和眼鏡蛇打招呼》、《抬望眼》、《大樹要開花》、《在路上，吃得輕浮》，微型小說合集《走出沙漠》等。

# 生活的全盤方式

黎紫書

你在等海水嗎　海水和沙子
你知道最後碎了的不是海水

●

你不會忘記了。

很安靜，很年輕，很纖細，很乾淨。清冷得玉一樣的于小榆。你不可能忘記這個人了。她那麼狠，一個女生。即使讓她把兩手都浸泡在鮮血裡，或者拿快要變成紫褐色的血漿塗污她的臉和胸襟，她看來仍會像往日那樣的整潔與無辜。她會讓你想起顧城。後來你總是想起顧城了。你想起顧城的時候也會想起她了，于小榆。你，好狠。

她們說　　冷／冷是什麼樣子／我不知道

你知道冷。冷的樣子是于小榆微微扯動嘴角，在暗影中笑或不笑的樣子。冷是給她的四分之三側臉做大特寫。她的眼睛，說，不要穿過水面。

穿過水面，陽光會折斷。

你就打了個寒戰。那時候陽光在窗外燒得很旺盛，樹葉都劈劈啪啪在冒煙，有人彈掉一截菸蒂，平攤在公路上的貓屍「逢」一聲冒火。但你想起剛才的情景，斜角照進來的陽光穿入她的眼珠，便折斷了。于小榆說完她要說的便什麼也不說。她稍微歪著頭像在聆聽，你和她之間醞釀的靜默，還有身邊那女警擤鼻子時粗笨的聲音。

為什麼是你呢？你多想問于小榆。但你知道那樣問了會顯出你的不安與庸俗，于小榆會看不起你。就像你之前提起司法精神病鑒定時，她垂下眼簾冷冷笑了。眼觀鼻，鼻觀心。彷彿胸前掛著鏡子，她在與鏡裡的自己會心微笑。看吧，他們這些人。

於是你沉著氣等她開口。既然她把你找來了，必然知道自己要的是什麼。這女孩，才二十出頭，當別的女生都在為流行曲死去活來的時候，她歪著頭，目光穿入一個不存在的空間，於靜寂中聽她一個人的獨奏曲。也可能是詩。你藉這機會細細端詳。她平靜的面容，那麼俐落的手。僅僅一刀，深深切斷了那人的喉嚨。

在那拘留所裡，于小榆第一次在你心裡喚起那死去的詩人。你有個衝動想問，讀過顧城嗎。因你突然想起同事們以前告訴過你的，你不在的時候，那個于小榆常常會到你的辦公室，在書櫃前面站很久。

她站在那裡看什麼呢？書都安分地停泊在櫃子裡，灰塵也都靜靜地日積月累，悄悄掩蓋陽光漫入過的痕跡。你無法知悉于小榆的目光曾經停留在哪些書本上，但你隱隱記得櫃子裡有一部顧城全集。或許你該唸一首詩，于小榆請注意。但顧城，你當時能記起來的唯有黑夜給了我黑色的眼睛。感其陳俗，你也就放棄了。

人們曾經抱怨她太過安靜。她？那個新來的助理。你聽了曾轉過臉一瞥，于小榆下班離去後空著的座位。桌面上的物件多而十分整齊，椅子推放好了，椅背上披著她對摺好的灰藍色毛衣。那時你想到的不是她的安靜而是自律。這孩子，難怪在同期聘來的一批實習生中，她的考試成績特別優越。

現在你才可以感受到，人們說的安靜，堅硬而冰冷，如銅牆鐵壁。人們覺得如此怪異，彷彿看見于小榆拿來一副手銬當鐲子。不難受嗎？不冷嗎？你卻連大夥兒的不適也不曾留心。冷是什麼樣子，你不知道。倒是在接見于小榆的父母時，你看見那垂下頭來不斷拭淚的婦人左手戴著一枚戒指，象牙雕花，白骨那樣清冷。才記起那女孩的手腕上也曾經戴著同一系列的鐲子，現在果然變成了手銬。于小榆也沒表現得有多不自在。誰也鎖不住她了，她聽自己的音樂，她甚至坐在那裡輕微地晃動腰肢。攔不住。她已經穿過水面。

「于小榆，你知道我不接刑事案。」你說，「我不擅長。」

「嗯。」

她知道。她辭職時，已經在律師行待了十幾個月。前面九個月實習期滿，她順利拿了執業證書，但不知怎麼她堅持要「多學習」，於是輾轉被調到你的部門，當起公共助理。她的辦公桌就在你們幾個人的辦公室外頭，對著入口，接待處似的，擋風攔雨。那公共助理實際上是份工作量奇大的雜差，要應對的內外人事也多。她似乎沒個可以依賴的前輩，或可以交流的同儕。奇的是，大半年過去，于小榆一聲不響，手上銬著看來有點笨重的象牙手鐲，把所有事情都做了，竟無人聽過她的怨言看過她的嗔色。後來她走了也就走了，倒是如果還有人提起，仍然會搖著頭說啊那女孩，太安靜。

卻無人說過，我喜歡你是寂靜的。

如今你明白。讓人們感到不自在的，所謂「靜」，其實是于小榆的倔強與堅硬。即便帶刺吧，她不長成玫瑰而長成荊棘。她的靜如此叛逆，強悍，無瑕可擊。于小榆，你深沉至此，超出我的想像。像一口井，幽深得讓人看不見自己的倒影。你是寂靜的，彷彿你已消失。

「你也知道，這罪名成立，只有一種判決。」

于小榆不應聲，僅僅眨了一下眼睛。你覺得有什麼東西阻隔了你們，她在你無法進入的空間，就像在鏡子裡面。她用你看不見的眼睛在凝視你，那麼遠，那麼逼近。

她當然知道。她沒有逃。如所有的案卷材料所述，當其他目擊者還在尖叫的時候，于小榆往後退了一步，深深吸進幾口氣，便舉起手機打了警方接到的第一個報警電話。直至警察趕去把她帶走，她不曾失控，沒有流淚，對已經發生的一切都供認不諱。血猶在剃刀上滴落，空氣裡還瀰漫著死亡那潮濕的氣味，倒在血泊中的人睜大著眼睛，仍未相信自己已經死去，她卻那樣乾脆。

死者比于小榆小兩歲，年少輕狂。那還是個躁動的週末下午呢，他的電腦遊戲才打了一半，再過兩個小時他就可以下班了，但死亡從一個不可能的角度突如其來，他幾乎來不及痛苦。也許他連于小榆都沒來得及看清楚，像你一樣，只依稀記得那是一個看似瘦弱卻特別爭強的女孩，沒了面目，只有手腕上晃動著象牙鐲子，蒼白的骨質，隱約閃著燐火。

她說，「我很清醒。我就是要他死。可憐地死。不值地死。」她做到了。一言不發，讓「他」無助而莫名其妙地死去。她是于小榆，才二十三歲呢。她說這些話的時候，好大一瓢浮光從女警身後的小窗洞傾入。你終於看真切了，睫影之下，她清澈的眼睛。

不要穿過水面。

●

他們在電話裡說，正在趕來的路上。路很長。太陽早已落山。城市的輪廓被暗影與塵煙掩蓋了細節，變成一堆積木。世界像是一幅巨大的剪影。那一對老夫婦風塵僕僕，抵達你的辦事處後，左手無名指上戴著象牙戒指的婦人，先到盥洗室整理自己。出來時，她把頭髮梳整齊了，蒼蒼的灰黑，紋若流雲。老先生隨後也去洗臉，用摺得很好的素色手帕拭去臉上的水珠。後來婦人說到落淚處，也從皮包裡掏出她的手絹，淡綠，雅而清冷，輕輕在眼角上印去淚水。

那淚卻漣漣。兩老似有默契，哭得自律而安靜；一個禁不住飲泣，另一個便接下去說。於是你知道了事情發生兩個月以後，一直在拘留所中拒見任何律師的于小榆突然想起你。你。她要求見你。今早檢察官才聯繫兩位老人家，他們中午便開車趕這幾百里路。

兩人皆為退休教員，都有一種素食者的氣質，說話聲音很輕，皮膚特別白皙，似乎連額上的皺眉都曾仔細梳理。你上午接那通電話時，本來已不太記得起來于小榆其人，直至看見他們，還有那一枚象牙戒指，這同個系列的一家人，你毫不費勁地想起那女孩了。那臉上掛不住五官的孩子。半年前她才辭職離去。你不期然瞥一眼她曾經用過的辦公桌。某一天那披掛在椅背上的灰藍色毛衣消失了。上頭從別的部門調了個老經驗的助理過來，後來再由兩個實習生取代。卻原來只過了半年嗎。

老人家說，于小榆沒跟家裡說清楚辭職的原因，只在電話裡打了聲招呼，沒過幾天便拎著兩個行李箱回到老家。兩人知道這孩子的脾性，也因為她從小就很少讓家裡操心，所以便沒追問。他們說起這個的時候，你一直感覺到某種探詢的意思，似乎期待你告訴他們知道更多于小榆的事。不然，為什麼于小榆只願意見你，而不是別人。

待要說的都說完以後，已經是深夜了。你替兩人就近找了一家小旅館，陪他們下樓。本來還遲疑著是否該帶他們去吃點什麼，但兩人心照不宣似的，還沒行到旅館門口便用接連的鞠躬把你送走。你感覺到的，街燈光罩下恰如其分的生疏，人與人之間周到的距離。讓人感到安心的禮貌。他們做得一絲不苟。

你回到十七樓的住處，男人已經睡著，狗則醒來了，你在泡澡時牠便趴在浴室門外。你閉上眼睛任水聲蕩入夢裡。夢裡你把手伸到涼空氣裡／吸收睡眠／你很疲倦。無數泡沫在夢中破滅。你在那看似無垠的白色夢境裡走向四面八方，一不留神就被卡在夢與現實的間隙裡了。左腦倒是一直在岸上，告密似地說，別怕，只是個夢魘。等你掙扎著醒過來時，浴缸裡的水已經涼透，身體變得僵硬，皮膚被泡軟，像要與肌肉分離。狗在外面用爪子刨著門板，並發出一種壓抑的，似乎怕會驚動鄰居的嗚咽。

這短暫的睡眠讓人疲勞，彷彿睡夢中你蕩著船想要到世界的對岸，卻中途迷失，又丟了槳，只有划動雙臂奮力折返。你帶著「幾乎回不來了」的餘悸，用僵直的脖子撐著一顆腫脹的腦袋，先在男人騰出來的半床被窩裡整理出自己的形狀，然後爬上床。你仍然感到冷，遂往男人靠近些，鼻息拱上他的肩膀。一些詩句像一排濕淋淋的螞蟻列隊爬行，經過你的大腦。在透濕透濕的世界上，有一隻透濕的小鳥。它再不能回窩了，由於偉大的自豪。

男人翻過身來，你順勢迎去，讓他抱你。男人從夢的溫床裡傳來發芽般的聲音。下雨了是不是，外面下雨了。你微笑著搖頭，然後要從小小的窗口爬入夢中。男人卻把你拉回來，在你耳畔嘟嘟噥噥地不知說了些什麼。你迷迷糊糊聽到自己說，臨時有個案子，頭痛。男人親吻你的眉心和嘴角，有點乾燥的手像蛻皮中的蛇在你的身體上游移。你意識到他要從小小的生命的瓶口鑽進來，你就在夢中笑了。你說，窗簾沒拉上。

月亮很圓，是這城裡最高的一盞街燈。

●

其實沒有人知曉于小榆為什麼辭職。那孩子。用沉默來承載生活給她的所有考驗。她很安靜，而且不斷加深那安靜以調整她看世界的焦聚。她把世界放大了，但世界在另一邊卻逐漸看不清她。然後她會消失，變成浮動的謎。就像她早已找到了離開這世界的出口，只等有一天她有足夠的勇氣，一腳踹開那扇生鏽的門。

門外是一面鏡子。是不是？鏡子裡面在下雨了。

在去拘留所之前，你把所有的案卷材料都看了一遍。它們不厭其煩地複述那個發生在週末下午的事件。所有證物與證詞互相吻合，沒有絲毫矛盾與破綻。你幾乎可以看見于小榆推著她的腳踏車出門，她的水藍色工作服就晾在外面的鐵架上，鐵架左邊開滿了半透明的九重葛。陽光穿透一切，人影十分淡薄。

于小榆穿著T恤，七分褲，帆布鞋，加一件運動型的橘黃色外套。外套兩側的衣袋裡裝著十元紙幣，一小張紙條和她的手機。紙條上寫著生命的密碼，那是他們一家人的生日月分和日期，三組，六個號。因為要買的是超級積寶，于小榆的父親說還欠一個號就機選吧，買五注。於是于小榆用紅色馬克筆在那六個號碼後面添了「＋X」。

你忽然想看看于小榆的字跡。辦事處裡有許多案卷還留有她用馬克筆寫的字。那都是英文字母和阿拉伯數字，工整，娟秀，平靜的殺人者。你從來沒見過她生氣的樣子，沒見過她紅色的字體；甚至無人可以想像，盛怒中的荊棘。于小榆自己也不曾想過，她騎著腳踏車往南走，沿著回憶的反方向，先到鎮上唯一的小書店逛逛，再到菜市場附近找那個磨刀的流動小攤，替父親拿回他的老剃刀，然後去大街上的多多博彩投注站，竟然就碰上那一扇畫在地圖背面的大門。

踹開它！踹開它！

到達世界的彼岸。

說來真像電影情節，荒誕，黑色幽默而天衣無縫。于小榆的父親說，那天是他的生日。他說得就像在怪罪自己似的，因為他習慣了在各個特殊的日子買幾張彩票，用他們家的生命密碼去碰碰運氣。「但我以前不會在生日那天想到要磨剃刀。」他想說鬼使神差吧，想找出這裡頭某個不尋常，不該出現，但至關重要的環節，卻終於無語凝噎。這退休校長一直垂下頭，兩掌緊扣，像個懺悔的老人在抵禦他晚年的惶惑。

> 我多想把你高高舉起／永遠脫離不平的地面／永遠高於黃昏，永遠高於黑暗／永遠生活在美麗的白天

案卷材料十分充足。穿橘黃色運動外套的于小榆看來如此明亮。她騎著腳踏車慢慢行駛。不急，不急。那天她值下午班。五點鐘前她會洗過澡，漱了口，穿著齊整的制服抵達商場那一邊的肯德基快餐店。鎮上的時光行駛得安定而平穩，像個溫度適中的熨斗貼著生活滑行。不知不覺。她在那裡上班快三個月了，不久前才剛調升店長助理，領到兩套她喜歡的水藍色制服。

你看到于小榆在那些畫面中微醺似的臉。那秀氣而有些單薄的齊耳短髮在風中輕顫，釘在耳垂上的玻璃珠在中午的曝光下閃著稜形光芒。你幾乎以為自己聽到了畫面裡的聲音。腳踏車的鏈子很久沒加潤滑油了，它轉動時發出一種像響尾蛇的聲音。街上有人在叫賣什麼。巷口有一隻狗朝路人吠了兩下。嬉鬧中的孩童結伴闖過馬路。叮鈴鈴叮鈴鈴。于小榆擺了擺車把靈巧地閃避過去，又馬上回過頭，朝來時的方向笑了一下。

畫面中央綻開一朵淺淺的漣漪。

你覺得畫面很真實，除卻裡面的女孩長得並不真像于小榆。但那並不重要。即使所有人都說不出來于小榆離職的原因，也想不明白她放棄當律師，捨棄大好前途的道理，你以為那已經不重要了。

于小榆如一顆葉尖懸垂的露珠自願墜入湖裡。她低下頭處理沉默而整齊的冷凍雞，用摺好的紙杯丈量炸薯條和汽水。每天，聽收銀機一次一次響亮地吞吐。用簡易的公式結算日子。

「他們說，我有病。」于小榆如此開場。病。她輕描淡寫，「病」像一條蠕動的蚯蚓，被釣翁輕輕垂入水中。

那是因為見你坐下良久而無語，于小榆像個熟人似的先說起話來。連稱呼也沒有，幾乎讓你以為你們過去就這般談話，像她是你的老朋友而不是當事人。你順勢說那就接受鑒定吧。於是于小榆看了你一眼。你躲閃不及，那淡褐色，如玻璃珠般透明的眼睛。

「你是說，精神病鑒定？」她垂下眼簾，眼觀鼻，鼻觀心，從鼻腔輕輕噴出一朵冷笑。

看吧，他們這些人。

就這樣你們便陷進各自的沉默中了。于小榆把世界推開，慢慢後退，再掩上那一扇鏡子似的門，此岸與彼岸之間的出入口。她在微微晃動身體。她那裡有歌嗎？抑或是詩？站在你們中間的女警先是擤鼻子，然後忍不住打哈欠。於是你記起律師該做的。你挺直腰板，深呼吸，把斗室中所有的光明全吸進去又吐出來。你說，你不擅長這個。

「這罪名成立，只有一種判決。」

于小榆眨了眨眼睛。只眨了眨眼睛便切除了生命。死亡是一個小小的手術，甚至不留傷口。以她的法學知識和在律師行工作的經驗，你說的這些都太淺顯。你知道她要的不是這些，甚至不是法律，否則她不必等到今天，等到你。

你翻了翻面前的案卷材料。現場照片。再翻。勘驗筆錄。再翻。受害人死亡證明。再翻……終於，你在犯案人供述筆錄裡找到了最無關緊要的事。于小榆說她從家裡出門，第一站先到書店。那是在血案發生之前，陽光慷慨，于小榆騎腳踏車緩緩穿行在有點髒亂的小鎮道路上。她的小腿纖細，橘黃色外套背後有發亮的白色號碼。你的視線追隨那背影，如熨斗似地貼著日子光滑的表面。日光如斯揮霍，太陽正直，路很燙，小鎮拿自己的影子墊腳。書店在大街另一端，你們愈行愈遠。

「是一家怎樣的書店呢？」正因為它與案子本身無關，又與案發現場太過疏遠，你覺得在這堆環環相扣的材料裡，這書店是唯一的「其他的事」。它完全沒有必要被記錄下來，但于小榆畢竟對警方說了。

冷不防你有此一問，于小榆就笑了。且如曇花，即生即滅。那笑讓這女孩看來潔淨而無辜。誰想到她會那麼狠。為了一個被曲解的紅色「X」符號。至於嗎，那麼冷。于小榆恐怕也沒見過那樣的自己。她走進那狹長的老店鋪，裡面賣的多是漫畫，雜誌，兒童讀物和翻版暢銷書，再加一些文具和影音光碟。于小榆比較感興趣的是角落頭一個小書架上放著的二手書。她偶爾會在那書架上找到一些好東西。譬如文豪們的詩集，還有「看來很像陪葬品的線裝書」。

那天于小榆找到的是一部舊電影，正版碟。她沒告訴你那是什麼電影，只說是以前看過的一部日本片。「挺喜歡的，覺得應該收藏。」她因為身上沒帶夠錢，便讓書店老闆替她保管住那碟子，說好過幾天再回去拿。于小榆也像其他女孩一樣，喜歡把手掌塞進外套兩側的袋子裡。那是一副清白的姿態。書店老闆對她很熟悉了，她有別的女孩沒有的乾淨氣質，有一隻象牙鐲子。

「小地方，」于小榆說，「書店就那樣了。」

你完全可以想像。那些陳設，那些書，那種老店。每一本書裡都有雨的味道。但那不重要。你們都明白。書店總是離現場太遠。

殺人是一朵荷花／殺了　就拿在手上／手是不能換的

醒來時男人已經離去。你覺得他吻過你了。狗在。牠趴在床腳，像造案後的兇手在清理指爪。像牠剛把男人吃掉。手是不能換的。一個人不能避免他的命運，你是清楚的。窗簾始終沒拉上。城市把長長的側影投給你。你的手，在陽光下遮住眼睛。你手投下的影子，在冥冥中微笑。

你才記得詩人說，我失去了一只臂膀，就睜開了一只眼睛。

但于小榆唸的不是這首詩。昨日你離去之時，她在你轉身以後，幽幽地唸了一些詩句。聲音很碎。你屏住呼吸在聽。背上的寒毛全豎起來。太陽在外頭劈劈啪啪地縱火，柏油路在騰煙，一截未熄的菸蒂足以讓烘乾的貓屍燃燒。那麼熱的天，你卻覺得世界成了冰窖，心裡凝結了一柱不能溶解的冷。

你離開拘留所。七月的陽光在身後呼喚你，用發燙的巨掌在你的背上打手印。你沒理。陽光從背後攬腰抱你，把你整個嵌入懷中。沒用。它對你的左耳熱呼呼地說，只是夢。你知道它在撒謊，因為你始終沒有醒來。直至回到辦公室以後，你仍然坐在城市深沉的斜影中發愣。

那首詩，你知道它在哪裡。那是首十四行詩。于小榆放大了一首詩的局部。你只是不明白為什麼這些詩句被于小榆唸出來以後，會突然變得陌生。你發現你從未讀懂過那些詩句。于小榆拉開了一首詩與你的距離，彷彿她把那詩從你這裡拐走了。

離開辦事處以前，你和幾個打刑案的同儕一起研究這案子。大家都不樂觀，因此談興不高，也實在談不出頭緒來。日頭漸漸沉沒，城市的背影是好大的一張黑色斗篷。你開車回去，帶著狗到樓下的小公園蹓了一圈，回去洗過澡吃過晚餐再看了一陣電視。男人還沒回來。你躺在沙發上看書，沒發現下起小雨來了。你又迷迷糊糊地找到了夢的小小的入口，聽到裡面有雨聲。於是你合上書本，看見十七樓窗外的月亮薄如宣紙，有點濕。

你以為你會夢見于小榆。她不在。外面的座位空著，椅背上披著灰藍色毛衣。有人動過你櫃子裡的書了，那一部顧城全集被放到最高處，你踮起腳仍碰不到它。夢中你就用盡各種辦法想要把那書拿下來。你搬來椅子墊腳，從哪裡找來竹竿去撩它；你甩掉高跟鞋，赤足攀上書櫃，但那書總在手指可勉強觸及卻無法拿下來的地方。這夢讓人焦慮，你跑去敲每一個人的門，要他們過來幫忙。人們看來很有興致，卻不加理會。你終於還是空落落地一個人回到辦公室，竟十分惱怒，然後無奈地醒來。

我們早被世界借走了，它不會放回原處

男人回來過的，又起早走了。你翻身躺在男人留下的形狀裡，看狗在床腳舔牠的指爪。你想起你的夢，彷彿領略了于小榆的憤恨。一個「X」符號被正確理解，與一本書架上的詩集被人拿下來，都是合乎常理的事。然而你睜開眼睛便從不合理的夢境走出來了，那女孩卻丟在夢裡找不著出路。

賣彩票的男生比于小榆還年輕。不明白，我們不去讀世界，世界也在讀我們。卻並非每個人都有夢可供參照。況且他在打遊戲，巷戰正酣，一整個上午的心血。但于小榆記得自己對他說清楚了，說時還以右手食指點著那紅色馬克筆畫的「＋X」符號。

「最後這個號機選，五注。」于小榆遞上她的十元鈔票。

彩票打了出來，男孩把票子，找回的五元錢和于小榆給的紙條都交到她手上，也沒看一眼便又潛回浴血巷戰之中。那票上卻只打了一注，五倍。于小榆蹙了蹙眉，對那男孩說票打錯了，要求更改。男孩頭也不抬，說是于小榆打票前沒說明白，而票打了也就再無反顧，不能退不能改。

男孩的態度令于小榆很不服氣，她小聲反駁，卻一步也不後退。男孩見她犟，也就來勁了，目光與指尖依然沒離開屏幕上的戰場，說話的聲音卻愈漸昂揚。而因為他堅持說紙條上的紅色「X」是個乘號，指的是倍增，于小榆忽然感到生氣了。她佔住窗口，青著臉解釋那「X」是個未知的代數，是機選數字的意思。男孩一個勁搖頭，始終目不斜視，只是一臉不屑地對屏幕上的巷敵痛下殺手。于小榆感到手心發寒，語音開始發抖。她把紙條攤開，指著上面的紅色符號說起 x＋y＝z 的理論來。這不像于小榆的聲音，嗓子有點尖，她自己也感覺不妥。但男孩反而得意，毫不掩飾地用半張臉笑。一掌冰一拳火，痛擊攔路者。

後面來了些買彩票的人，還有一些路過者循聲而至。人們眉開眼笑地看于小榆激越地講解數學公式，概然率與「X」的定義。見那賣彩票的男孩不搭理，于小榆轉身對圍觀的人群重述事件和

「X」的原理，但她越是煞有介事人們越覺得荒謬。大週末。五元的彩票。人群中有人失笑，也有人按捺住笑意勸于小榆罷休。

那些不及痛癢的好意，竟比嘲弄還讓人難堪。

于小榆走不出去。幾乎像夢。看似空茫，但她處處碰壁。她茫然環顧四周，有點懷疑眼前的世界。是這個鎮嗎。那些人裡有平日熟見的臉，有帶小孩到肯德基裡買過快樂餐的老翁，有剛才替父親拿剃刀時瞥見過的婦人，有住得離她家不遠卻沒多少交情的一個老鄰居。她不明白事情何以有那麼難說清楚。這些人，像課堂上聽不明白老師授課，也不想明白，只一味在笑的小學童。而就像你無論如何要把顧城全集拿下來一樣，于小榆忽然靜默了。她用力嚥下一口唾液，像豁出去似的，掏出手機來報了警。

警察來過的，又匆匆走了。也沒想問清楚，只登記了兩人的姓名電話。人們在胸前交疊兩手。人們在搖頭。人們用半張臉在笑，另外半張臉在交頭接耳。世界在徐徐旋轉。陽光偷偷地調度小鎮上每一幢建築物的所在。于小榆掉落到漩渦狀的情境裡。因為她始終佔住那窗口不願讓步，人們遂改到另一個窗口排隊投注。沒有人站到于小榆那一邊了，連賣彩票的男孩也換了位置。只有于小榆一個人感覺到。旋轉。她被偷換了位置。世界聽不懂她的語言。

人們覺得于小榆正逐漸平靜下來。起碼，她說話的語氣沒那麼激動了。她打了一通電話到消費人協會。人們聽到她用一種禮貌，冷靜，辨差似的語言在說話，但顯然被對方用相似的語言回絕。

於是這女孩平靜地向對方要了博彩公司總部的投訴電話，又把電話打到那裡。她等了很久，耐性地應對電話錄音的諸般指示。一號鍵。四號鍵。井號鍵。這次對方似乎友善地建議她向當地的彩票中心投訴，並且不等于小榆開口，便直接給了她兩串電話號碼。

于小榆把兩串電話號來回試了兩遍。預設的電話錄音總是把她領到無人之境。那裡空空洞洞，只有破爛的音樂循環無盡。她僵持了一陣，直至耳朵被音樂轟得發熱，臉色涼了，只有緩緩把手機放下。

事情已經沒什麼看頭了。人們聳聳肩，也有嘆氣的，或搖頭，帶著剩餘的笑意相繼離去。世界慢慢地停止打轉，如一隻搖搖欲墜的陀螺。

但我們早被世界借走，再不會被放回原處。

賣彩票的男孩高興得顧不上他的電腦遊戲。他才發現自己剛在這場無血的戰鬥中大獲全勝。週末了。週末真好。他感覺不到于小榆感到的暈眩，感覺不到傾斜的漩渦，也感覺不到于小榆把手機放進外套的口袋時，手指骨節碰觸到的殺著。

一掌冰，一拳火。

他得意地把臉湊前去，在于小榆耳邊說：「你就鬧吧，有種鬧上法庭去。看誰理你！」

那是個週末下午。午後狂躁的陽光在鎮上到處發飆並搖旗吶喊。于小榆卻感到手指冷冷的，像十根小小的冰錐，掌心也寒，無法溶解。她霍地轉過身，出其不意，讓賣彩票的男孩看看那蒼白冷冽的象牙鐲子。

終止世界的搖滾，讓它不再扭擺。

旋轉的陀螺倒下來。

很清醒，很平靜，很精準。

終於／我知道了死亡的無能／它像一聲哨／那麼短暫

你不會忘記了。這個你從未好好看清楚的女孩。你只知道她自律而安靜，一個人默默地完成所有事情的全部程序。當其他人都在騷動和尖叫的時候，她後退一步，大口大口吸進一些未沾血腥的空氣，然後用染血的手打電話。很快接通。她用潔淨的聲音說，我殺了人。

你們都不再說話，也不再注視彼此。都抬起頭來靜觀從窗外傾入的浮光。流光遲滯，一進來就變涼了。塵埃飄忽於光處，靜止於暗中。你等了很久，以為她已經把要說的都說完了。於是你收拾桌面上的東西準備離開。而就在你站起來轉身的一刻，聽到于小榆輕輕地唸——

我背後正有個神秘的黑影

在移動，而且一把揪住我的頭髮，

往後扯，還有一聲吆喝：

「這回是誰逮住你了？猜！」「死，」我回答。

聽哪，那銀鈴似的回音：「不是死，是愛。」

打電話來的是老先生。上午九點十分，聽他那平靜得像剛剛坐禪後說話的聲音，你不由得挺直腰，把坐姿調正。他說他已經到書店去問過了，小榆那天要買的光碟確實是一部日本電影，片名是《何時是讀書天》。

「那碟子還在。」老先生頓了一頓，又清了清嗓子。「我替她帶回來了。」

那電影你是知道的，就像你知道那首詩的所在。電影說的是一個上了年紀的獨身女人每天靠送牛奶和超市收銀員兩份工作維生，晚上則躺在堆滿書的房子裡讀陀思妥耶夫斯基。電影的調子十分平穩安靜。你記不起電影的結尾，便猜想自己當初沒把電影看完便睡著了，可又隱隱記得自己曾經為當中的一些情境哭過。它怎麼那樣模糊呢。你有點徬徨，便走到書櫃那裡去找那一本十四行詩集。它還在，而居然就依傍著顧城全集，都蒙了點塵，也有陽光給的吻痕和雨的味道。

你翻了翻，那詩仍在原處。黑影尚在，死在，愛猶存。

下午你再去拘留所的時候，路上下了場像樣的雨，溽暑稍逐。但拘留所裡因而更幽暗些。雨激起了滿室潮味，塵埃都有附著處。兩管日光燈亮得憔悴，管子裡像各養了一隻鼓譟的蟬。燈下的人都蒼白。

看你把詩集從公事包裡拿出來，于小榆禁不住笑了，還撥了撥額前的髮絡，手上的鐐銬鋃鋃鐺鐺。

「你知道為什麼是你了。」她接過那書時，說得意味深長。

你不語。于小榆便翻開詩集，看到扉頁上你寫的句子。她的目光停留在那上面，褐色眼珠裡慢慢升起一對閃爍的飛蛾。如牠們在風中迷失。如牠們始終在尋覓彼此。如牠們被一面鏡子分隔。于小榆別過臉，狠狠地咬了咬牙齦，眼淚便珠串似的墜下，流過她冷冷的四分之三的側臉。

你將在靜寞中得到太陽
得到太陽，這就是我的祝願

傍晚時因為要給案子進行交接，你到刑事部那裡與接手的同事談了一會兒。離開時天色如墨，雨珠吧嗒吧嗒濺碎在擋風玻璃上。你急於回家，兜了些路，卻最終陷入這城市在週末晚上擺布的車陣裡。數條車龍在雨中纏鬥，車笛和雨聲讓你動彈不得，叫人想起夢中的困阨。這時候接到男人打來的電話，告訴你住處停電，囑你雨中小心駕駛，又問起你于小榆的事。你告訴他那女孩終於同意把案子交給打刑案的律師了，條件是你以後還得給她送書。

「我答應她，會一直把書送到監獄。」

雨還會繼續下吧。今晚過後就會澆醒下一個雨季。男人用夢裡傳來似的聲音叫你好好開車，他會帶著狗到樓下等你。於是你微笑著掛斷電話，想起十七樓窗外那一盞壞了的街燈，便耐心慢駛。一路上，仍然有人從車裡彈出菸蒂。貓的屍體化作春泥。你總是在看望後鏡，總覺得那裡有一雙注視你的眼睛，一雙棲息的蛾。你凝視牠們便也看見了浮世流光。也看見城市把悲傷的臉湊到窗玻璃上，讓雨水沖洗它的彩妝。

## 作者簡介

——黎紫書（1971-），原名林寶玲，出生於馬來西亞霹靂州怡保。曾任《星洲日報》記者，擔任馬來西亞新紀元學院、臺灣東華大學、香港浸信會大學及嶺南大學駐校作家。現專職寫作。曾多次獲花踪文學獎、馬來西亞全國微型小說比賽首獎、聯合報文學獎、時報文學獎、新加坡南洋華文文學獎等。著有長篇小說《告別的年代》，短篇小說集《天國之門》、《山瘟》、《出走的樂園》、《野菩薩》、《未完・待續》，極短篇集《微型黎紫書》、《無巧不成書》、《簡寫》、《女王回到城堡》、《餘生：黎紫書微型小說自選集》，散文集《因時光無序》、《暫停鍵》，合集《獨角戲》等。《告別的年代》先後被選入二〇一〇年亞洲週刊中文十大小說、二〇一一年中國時報開卷好書獎中文創作類十大好書、二〇一二年第四屆紅樓夢獎專家推薦獎、二〇一二年第一屆方修文學獎小說首獎、二〇一五年文訊雜誌 2001-2015 華文長篇小說二十部。

# 父親的笑

黃錦樹

南無喝囉怛那哆囉夜耶。南無阿唎耶。婆盧羯帝爍鉢囉耶。菩提薩埵婆耶。摩訶薩埵婆耶。摩訶迦盧尼迦耶。唵。

父親的葬禮進行到第六天了，預約好明天就要載去燒掉了。

那黝黑細長的女人突然大聲呼嚎著闖了進來，哭得非常傷心。似乎比我們所有的家屬表現得還更徹底的傷心、心碎，披頭散髮的撫棺痛哭，旁若無人，聲音大得壓不下來。連我都覺得尷尬。那貓叫似的哭聲，在一群和尚尼姑喃喃的大悲咒裡，不知怎的聽起來有幾分情色幾分滑稽的意味。

被人指指點點是難免的。更何況父親死得有點不堪。

第幾個這樣的女人了？幾乎每天都有，有時一個，有時竟然一天裡來了兩三個。但沒有一個哭得這麼放肆的。一般的弔唁者感情的流露都算節制，刻意的收斂，生怕被誤會其中有私情。

葬禮的第一天就有那樣的女人來報到了。有點令人失望：一個矮胖的中年婦人，畫了可怕的濃妝，眼眉像兩隻大蘭多毒蛛，血盆大口。在他靈前噴了許多淚水與口水。那哭容就真像是死了老公——即使還沒死也會因此死。

有一回竟然來了個淚崩的尼姑。喃喃唸著阿彌陀佛淚漣漣，哭得光頭都紅透了。樣貌倒是挺清秀的，剃光了頭還是非常惹人憐愛。非常年輕，年紀可能還比我小一點。連那些來唸經的和尚也一直偷瞄她。更別說那些來弔唁的老外，吞口水吞得像豬八戒。

老爸造孽哦。

一個長得像掃把的枯瘦女人倒是嚇了大家一跳。那哭聲聽起來非常man，豪傑之士般沙啞吼叫，還搥胸頓足呢。讓人懷疑她要嘛其實是男的，就是變性手術沒成功。單憑哭泣，其實也不能證明什麼。

也不乏挺著大肚子、牽著幼齡孩子的。

還好都有各自的丈夫陪伴，可說是在安全範圍內。

大部分女人好像是從他電影裡走出來的，各種各樣的角色，連阿婆、乞婦都沒少。

那雞皮鶴髮的阿婆，也許因為嘴裡牙齒全沒了的緣故，哭聲像深夜暗巷的風，悲悲涼涼、陰陰濕濕的，像苔蘚那樣沿著雨後的牆整片蔓延了過來。

也好像在參予一場演出——父親的傑出弟子甲午全程攝錄，幾部攝影機，從不同的角度，就像在拍一場名叫《葬禮》的紀錄片風格的電影。從小我就認為，演死人最容易了，只需躺著一動也不動。但還是死人演它自己最容易，也最逼真。

父親的風流多情是眾所周知的，但不知怎的夫妻倆都沒有離婚的打算。

我曾經認真的個別詢問過他們，兩人的答覆竟然一模一樣：我愛他啊／我愛她啊——不相愛怎麼會有你們兩個？

我和弟弟都是他們愛的證明。我們的存在證明了他們依然相愛，還是曾經相愛？

我也許知道部分的原因。

還在大學時代，才華洋溢的父親就為還在念國貿系二年級的美麗母親，拍過一部從未公開發行的短片《春暖花開》。沒有情節，像出現在他人的夢裡那樣的剪接出的、她以各種姿態展現出的美的形象。純粹的讚頌。背景有時是深海的湛藍，翠綠草原，黃澄澄的油菜花田，金黃稻穗，黃土地，連綿的青山。美麗的母親不斷變換服裝和造型，某些瞬間甚至是近乎全裸的，僅僅披覆著白色薄紗。我很小的時候就曾看到母親播放，也看到父親為她播放。

成年後我大致可以判定，這部片是他們的定情之作，拍完這片之前或稍後，母親必然是委身於他了。

母親的公司還多次贊助父親拍電影。她也樂於撥冗陪他出席那些重大的應酬場合，頒獎典禮什麼的，打扮得溫婉得體，與有榮焉的感覺。

那父親外面那些女人呢？

母親也許也有她的秘密情人，保養得宜的她一直不乏追求者。

她幾乎一直是二十多年前照片裡那個模樣。

更何況，她和父親一樣老是出差。如果想要的話，實不乏露水姻緣的機會。

但葬禮也許是檢視、驗收外遇的最佳場所。尤其對男人而言。

母親表面上老神在在，但每一個含淚來致意的女人，我都看到她仔細打量著。看她們的長相，有沒有帶著孩子——有沒有大著肚子——有沒有狀似要帶小孩認祖歸宗。不怕一萬只怕萬一。

這女人高調的嚎哭令母親露出不耐煩的神情，朝我重重的甩了個眼神，示意我去處理一下。

我只好起身，快步走到那女人身邊，扶著她（以免廉價棺木被壓垮），輕拍她的背，藉此把她帶離棺木旁，帶到靠外頭吹得到風處，以免悶暈，儘管天氣依舊寒涼。攙扶時，趁機瞄一瞄她的小腹，還好，看來似乎正常。但如果是在三個月內，外觀是看不出來的。即使有，多半也沒我肚子裡的大。想到這，心不禁一陣絞痛，一直延伸到小腹、子宮，我不禁依呀的呻吟了一聲。

說也奇怪，女子立時收聲，雖然仍一搭一搭的抽泣著，但只剩下鼻涕的流出與吸進、喘氣、張大嘴深呼吸，淚的流速也減緩了。她勉強擠出這樣的一句話：你怎麼了？

我搖搖頭，我又不認識她，能和她說什麼？

「你爸怎麼去的？這麼突然，不到五十歲吧。」

「心臟病。」

「聽說——」

我搖搖頭。我不想談。「今年冬天太冷了。」我隨著轉身。

她挽著我的手，懇求的語調：「陪我講幾句話好不好？」

但我實在沒那個心情。但也只好在她身旁的椅子坐下。

她有點年齡了。眼角額間都有明顯的皺紋，穿插著幾莖白髮，未施脂粉，但眼睛很明亮，含著淚水時有幾分楚楚動人的意致，年輕時應該相當好看。

她說她來自蘇門答臘，姓郁，聽到消息趕來，差一點就趕不上了。

「那是你媽？」她目光投向母親。

我點點頭。

「頭髮還這麼黑？」
「剛染的。」
「哦。我不知道她這麼年輕貌美。」
「她常去韓國出差的。」
挽髻一襲黑衣的母親只是一貫的沉著臉，端肅的跪坐。她眼眶鼻子有點紅，不斷的大聲擤著鼻涕。不過她平時也就是那樣，從早到晚費勁的清理鼻腔或喉嚨，好似有一大桶的綠痰長期儲存在她體腔內似的。一早，只要聽到打噴嚏或擤鼻涕，就知道她起床了。更何況，她最近被父親的家人煩得受不了，她原本就不想要辦這個葬禮——她強烈的主張人死了屍體燒一燒，找個荒郊野谷撒一撒，一了百了，既省錢又省事。更何況死得那麼丟臉。更何況她是公司高階主管，最近忙得不得了，哪有時間辦葬禮？
不料父親的那些平時很少往來的馬來半島家人（包括他高齡八十的媽媽），大隊人馬竟來得如此之快（就在父亡後次日），而且態度非常強勢。好像一群懷抱著什麼緊急任務的火星人突然空降地球，個個滿臉怒容，準備隨時大開殺戒。
畢竟父親是小有名氣的導演，幾部我們不愛看、悶悶的片子接連得到國際影展的肯定，什麼金獅金熊金馬金雞，我也搞不清楚。因此在他南洋赤道線上的故鄉也有相當聲譽的。他尤善於拍霧。
他也常往南洋跑。只是忙於自己事業的母親根本沒時間和心思，陪他到窮鄉僻壤去應付他的家人。
但人一死，新聞就快速的發布出去了，而且訊息火速抵達他的出生地，少不免有一番情色渲染。

而這陣子天氣異常寒冷，像他那樣因心臟病猝死的人滿多的，火葬場大排長龍，燒出的灰一車車載走，不知道是去做肥料還是偷倒在坑谷。

父親的遺體只好暫時先冰起來放在殯儀館。

她後來一直抱怨，早知道就送到遠一點的外縣市去。但她其實心裡有數：到處都在排隊。今年殯葬業的年終都超過十三個月，不輸知名餐飲連鎖店的。

畢竟這是我有生以來在這島上碰到的最寒冷的冬天，幾乎所有叫得出名字的山都下雪了。彷彿雪線南移，來自西伯利亞的風，把我們的憂傷都凍結成霜了。

於是那些認為有必要辦葬禮和告別式的人就有機會絡繹來勸了。最先是父親文化界裡的官員朋友，他們委婉的建議，說父親那些老朋友老夥伴，甚至老學生（只差沒提到老情人），也許還有些愛護他的觀眾，應該都會想來上個香見見最後一面什麼的。但母親強悍的拒絕了，以她對下屬說話的一貫風格：「死的是他，高興的是你們，累的是我喲！」即便面對祖母叔伯姑嫂，她也毫不客氣：「他活著時不見你們來關心他，死了還假惺惺什麼？我是他老婆，怎麼處理屍體是我的權力！」確實，他的家人不曾來探訪。我也聽說他們互相有強烈的敵意，是怎麼回事我就不曉得了。

氣得一干男女怒目圓睜，祖母差點當場暴斃，軟癱椅子上，半天站不起來。叔伯眼裡噴火，都快動粗了。還好不知是哪個「有力人士」悄悄說動了她頂頭上司，直接給她批了帶薪的假。她只好無奈的接受了，勉強辦了這麼一個告別式。

「再怎麼說，都是個有頭有臉的人哪。」

「夫人（師母），事務性的事就由咱來張羅就好。」那些習於跑腿的人紛紛趨前哈腰說。

她大概沒想到這麼一件小事，竟引起那麼大的關切。而且來的人這麼多，封了兩條大馬路搞到到處大塞車，還好是住在城郊。來賓中不乏洋鬼子，有真材實料的紅毛、金毛，來自挪威瑞典荷蘭義大利法國希臘的，洋騷味都重得令人窒息，有的竟還試著挑逗我。死老外就是好色。有的還是小時候見過的。日本人、韓國人、中國人、印度人、馬來人都來得不少，一大批一大批的，而且話多，喧鬧，還真是累人。我終於能理解母親的原初決策，她果然是對的。她必定早料到這一切。她永遠是對的。

還有一干所謂的明星。真的很帥的，自以為很帥的；真的很有名的，自以為很出名的；真的很美的，自以為很美的。很臭的，自以為不臭的。

「你爸常提到你。你就叫我郁姐吧。」哭得很失態的女人從蟒蛇包包裡掏出一包菸，向我示意。我搖搖頭。

她火速為自己點了根，眯著眼吸起來，再悠長的吐了出去。似乎剛剛那樣大哭過心裡舒坦多了。這動作似曾相識。在哪裡見過的。是的，那部電影《樹的旅途》：一群人把一棵斷根的樹（上端的枝枒鋸餘尺許長、樹頭包成個五六個壯漢方扛得起的大土球）從倫敦植物園萬里迢迢移回婆羅洲原鄉去的莫名其妙的故事。她在裡頭演一個愛上有婦之夫的風塵女郎，就那樣在茫茫的風中吐著菸，雖只有幾分鐘的鏡頭，但那哀戚的神情令人印象深刻。

我也被觸動了。

這女人深愛著父親呢。

還有《河上的女人》、《土地之子》、《山火》、《父親的葬禮》、《日頭雨》、《夜霧》、《望鄉》、《鸚鵡》裡，都有她的身影，常常還是非常重要的女配角，時而清純、時而狂野、時而癡情、時而神秘……

「他說了些什麼？」

她深深看了我一眼，把自己的臉吹得煙霧瀰漫。

「你小時候把他當鱷魚騎的事。爬山時你賴皮要他揹全程的事。那隻叫什麼『媽的哈里』的狗……」

「matahari。」

「le soleil。」她說。「太陽。你父親懂幾個法文單字的。用來騙異鄉女人。」

「牠死了。」

「嗯。我聽說了。你很傷心。」

「我從此不再養狗了。」

小腹又有點微微的抽痛，未成型的小傢伙又在毫不客氣的吸他娘的血了。想到辰。提到matahari，我發現自己眼淚竟然不自禁的流下來。

葬禮以來，我都還沒認真流過淚呢。

那些年，父母皆專注於工作，見面、一起吃飯的時間並不多。上學之餘，只有牠全心全意的陪著我。傷心時有牠，歡樂時有牠。不料卻被幾個南洋外勞抓去殺了煮來吃掉了。警察找到時，只剩下血淋淋的狗頭狗掌，及濕答答的狗尾巴了。

「他有沒有和你說帶 matahari 去結紮的事？」

她點點頭。從點頭的表情看，她可能也還很年輕。臉上的衰老興許是感情傷害，或勞碌留下的風霜。

那年我剛念國一，他從南洋拍了那部以躲在印尼森林拒絕投降的二戰日本兵為主題的《風與霧》回來——幢幢人影晃動於大霧的樹林中，風聲颯颯。有的人選擇做回原始人，那苦行，是為了恪守昔日和天皇立下的愚蠢的誓言，還是在自譴贖罪？那些人究竟用餘生在守護著什麼？

而日軍侵略中的南洋，風中都是殺機。

在短暫返鄉的停留中，他惦著 matahari 是母狗，如果不在發情前結紮，接下來會很麻煩的。Matahari 認主，沒法由他人代勞，只好我們父女倆載牠到獸醫處。狗打了麻醉針，醫生在動手術時，我陪著父親在獸醫院門口階梯上抽菸，等待。父親向我耐心的解釋說，母狗發情時，強烈的費洛蒙會把周圍數公里內的公狗都引來，咬得死去活來，爭著和牠交配，會吵鬧得不得了。母狗懷孕後會生下許多小狗，要到處拜託朋友收養，很不好處理的。

「以前我們老家都是整窩載去垃圾堆遺棄。小狗很可憐也沒辦法。第二年，母狗會再生一窩。沒有人會花錢花心思帶母狗去結紮的。」

手術後，我看到 matahari 下腹部被開了個大口，傷口雖縫合了，處處是血跡。毛剃掉了，露出大塊白色的皮。那讓我既心疼又反胃。

當父親提議說要帶狗去結紮時，一向對狗不怎麼關心的母親竟然悄聲提出異議：是不是該讓牠去體驗一下當母狗的樂趣？父親白了她一眼，似乎責備她怎麼在小孩面前說這種不得體的話。

昏迷中的牠無助的被醫生倒提著四隻腳，軟綿綿的放在父親的後車廂。

醫生說：卵巢子宮全部拿掉了。

父親點點頭，付了錢。

返程開車前父親意味深長的看了我一眼，看得我都不好意思。他多半從母親那裡知道我來月經了，胸部的發育也無法隱瞞。接著他嘆了口菸味很重的氣。

「要小心男人。很多男人都很壞。」他笑的表情非常尷尬。「爸爸有時也是很壞很壞的男人。」那也是個寒涼的冬天，之後他陷入長長的沉默。好久好久，在一個有座小廟的紅燈口停下時，他突然用力拍拍我肩膀：「不過小乙放心，不管你遇到什麼事，都可以放心的告訴爸爸，爸爸永遠是你的支柱。」

但他自己突然就那樣掛掉了。我都還來不及找你商量呢。

而辰，你怎麼就此避不見面了？不是說好再怎麼辛苦都要共同面對的嗎？怎麼獨自逃到中國大陸去了呢？

如果告訴母親，一向只做理性決策的她一定叫我拿掉。

我幾乎可以聽到她冰一般冷的聲音：「女人要懷孕還不容易？獨自帶著個小孩多麼麻煩，以後誰敢娶你？」

但我想要這個孩子。身為女人，畢竟是平生第一次受孕。一旦確認它的存在，我就是個母親了。我要守護它。

「我為你爸拿掉過三個孩子。」郁姐黯然的說。「他喜歡讓女人懷孕，但不喜歡女人為他生孩子。連一個都不留給我。他說他答應過他老婆，絕不會在外頭搞出私生子。」

她淚漣漣的說父親，用一本「沒有皮」的武俠小說，斷斷續續的教了她幾年中文，讓她會讀會寫，她還是非常感激的。但他有時對她真的很殘酷。

也許她連他的殘酷都愛上了。

來自南洋的父親早年無書可讀，反覆讀的都是些武俠小說。

一陣大風吹過籬笆，推翻了一盆雞蛋花，著地時的悶響吸引了不少目光。是仿陶的黑色塑膠花盆，因此沒崩裂。

一陣大霧隱隱然從樹林那裡飄過來了。

那時父親的家人和同事不料又為採用佛教還是道教儀式而爭論不休。最後算是佛教打敗道教，道教儀式畢竟太吵了。母親喜歡安靜。弟弟就很安靜。母親說，最好是用回教儀式，白布一裹，二十四小時內燒掉，省事。

母親反正都不管了，只要求用最精簡的版本，少來煩她，她只負責向弔唁者點頭答謝，而且她只能勻出六天，也就是上帝創世的時間。

「上帝創世都還有休息一天呢。」她以一貫的冷靜說。

她腰不好，連鞠躬都有困難。

冷冷的像一尊石像。

我聽到阿嬤不只一次悄聲對親戚咬耳朵：「死了尪，一滴目屎攏冇，心肝壽冷！」還故意講得滿大聲的。

我和弟弟和一干家屬們都百無聊賴的摺著紙錢，母親對這些事務一向異常輕蔑，一開始在無聊的等待中甚至看起備忘錄和報表。不用說，一直有長輩把刀子般銳利的目光投向她。個性如此敏感的她當然覺察了，後來大概自己也覺得不妥，也和我們一塊摺起紙錢來。但她摺的並不是元寶，而是各式各樣的造型：紙船、鶴、魚、青蛙、螃蟹……最後摺出樂趣來，甚至還摺了一大堆像杯茭、烏魚子、像哺乳類雌性發情時腫脹的陰部，令人看了不免害羞。

也不知她心裡在想什麼。

畢竟也許還是她最了解自己的丈夫吧。

一陣怪風吹來，爐裡焚燒得透紅的金紙連同火舌被倒捲了出來，差點灼著金爐邊的女眷們，都被嚇得臉變色退了好幾步。

那時，被迫決定辦葬禮時，遇到一個之前沒注意到的技術上的難題。

當初原決定屍體要快速燒掉，沒想到——也沒必要把他的死相好好整理。

但那時錯過了，只一心想要把他快快燒掉，就沒要求矯治一番——那屍體臉上竟然露出奇怪的笑容，好像非常快樂似的，眼睛半開著，略帶著一點點痛苦，好似要從身體深處拚死擠出什麼似的——那色相，我是熟悉的。辰在我身上歡快時，那瞬間的休止，常就是這副表情。那會讓我的卵子禁不住恐懼與震顫。那令人又愛又怕的瞬間。

因此那死相讓我覺得十分討厭，怎麼死得那麼難看呢。

那表情徹底毀了父親給我的好形象。

他的死最令我傷心的是這，而不是別的。

父親難得在家。但只要在家，一定會帶我們姐弟上館子，牛排鐵板燒隨我們挑。雖然母親不一定能配合他的時間。

在我念高中前我們都還會擁抱，別離時，或他從遠方歸來。

我甚至懷念他身上的菸味。我比弟弟更為依戀他。

弟弟跟照顧我們的阿姨比較親吧。

母親也沒時間陪我們。

但只要兩人都在家，他們對待彼此都很溫柔，也非常客氣，好像小心翼翼的踩在玻璃上似的。

我喜歡他開懷大笑的樣子，那笑聲幾乎可以讓屋瓦為之震動。那多在與他的好友把酒言歡時，但他不常在家裡接待客人。

父親每到一個陌生的地方，都會給我和弟弟寄明信片，在空白處匆匆寫上幾句話。我收了整整一大箱呢。異國的景致、異國的郵票。思念。

那個可憐的十七歲女孩，還真是被嚇壞了。一個男人突然在她肚皮上斷了氣。

此生必然對性愛深深恐懼，此生大概無緣享受了。

死去的男人的陰影會一輩子跟隨著她吧。

接到警方的通知時，我和母親都大感意外。我們都以為他人在婆羅洲拍片，怎麼竟然會死在淡水女人的小套房裡呢？

我還記得劇本是改編自伊夫林．沃（Evelyn Waugh）的名著《一掬泥土》（*A Handful of Dust*），那是極少數我感興趣的父親的劇本，或許因為最初的版本是辰幫他擬的，我也間接參與了。但只保留了後半段的情節——主人公被某人拘禁於婆羅洲叢林，但他的國家在遍尋不獲之後，已放棄搜救，接受他失蹤或死亡。叢林中拘禁他的人，是歐洲與土人的混血兒，不識字，但著迷狄更斯的小說。他從離去的白人高級官僚得到狄更斯的大部分代表作，即強迫那些迷失在叢林裡被他拯救或擄獲的、受過教育的歐洲人給他朗誦狄更斯，至死方休。主人公每天給他這裡一章那裡一節的朗讀，從《孤雛淚》、《遠大前程》到《荒涼山莊》。日日重複著，再怎麼哀求都不肯放他離去。那即是他悲慘的餘生了。

但父親要的不只是這樣而已，他對日本博物學家鹿野忠雄在婆羅洲的失蹤非常著迷，一直想把這兩者結合。於是那被囚禁者變成日本人（他的名姓劇本裡沒有顯現，只知道他是個能讀德、法、英文文獻，學養豐富的博物學家）。那時辰面對的一個技術性難題是：該給這樣的新囚禁者朗讀什麼書呢？如果囚禁者的身分無法更動——他必得是大英帝國的私生子，被帝國遺棄的混血兒——那他應只聽得懂英語、馬來語及母親所屬族群的土語（譬如達雅語或伊班語）。新版本的被囚禁者懂得的其他語言一點也用不上，因為囚禁者還是只能喜歡狄更斯。

狄更斯在日不落國的版圖裡夠流行，而且維繫了那幾個世代大英帝國廣袤領土上說英語的人的情感，即便是不識字的（沒機會受正規教育，不能讀、寫）。因此還是只能用英語，即便這日本人博物學家的英語有嚴重的日語口音，所有的子音都被加強發出如德語般尖銳的鳥叫聲。更可悲的是，因禁者實在受不了博物學家的日式發音（他的前任可是個倫敦人，有著道地的倫敦皇家腔，那曾經讓囚禁者非常滿意——他其實是《一掬泥土》原版中的人物——只可惜在我們的故事裡他沒幾年就死於憂鬱、絕望和瘧疾），而頻頻糾正他，但囚禁者自身的英語卻又帶著來自母語的土腔，他自己有生以來也一直為之懊惱不已。而且被囚禁者的閱讀速度也實在太慢了，實在令他不滿意。被囚禁者的外語能力原即是為閱讀文獻而學，那幾乎是無聲的，發出聲音對他來說本就是相當痛苦的事。於是在這個故事版本裡，大英帝國的雜種棄子與日本帝國殖民的馬前卒，各自以殘破的語言互相折磨。但由於囚禁者是主人，他掌控了後者的一切（食物，自由——甚至大小便的自由），因此在語音的摩擦中，暴力是免不了的，博物學家因此經常被掌摑鞭打羞辱。

為這電影父親往返婆羅洲多次，有時說開拍了，有時又說遇上了什麼阻礙，而被延宕了。大概劇本也一改再改，連辰也不耐煩而放棄了。整個劇組團隊幾乎都放棄他了。那成了他一個人的戰爭。

我知道的最後的版本只有兩個片斷。一是，日軍空降部隊入侵婆羅洲。那日本博物學家在日軍登陸前，被食人生番非常珍惜的吃掉了，只剩下兩片厚厚的鞋底。也許是那囚禁者知道日本人來將對他非常不利，在逃走前把鹿野以物易物的送給了從沒嚐過日本人肉的生番（也許會推薦日本人的吃法：生食），他母親的親兄弟們。

殯儀館的人試了幾種針劑想讓肌肉鬆弛，都說太遲了，只能防腐，改變不了那死相。自稱法力高強的什麼碗糕上師宣稱他的誦經可以讓死者肌肉放鬆，安心赴往生極樂。唸了半天，那神情只有更淫蕩迷醉歡愉。

母親只好要求早早蓋棺，而且要求棺木上的玻璃拆換成毛玻璃，讓誰都看不清楚。

也許因為這樣，母親為他挑的那張遺照竟是笑開懷的——戴著藍色帽子，笑得露出白齒，笑意滿溢的雙眼眼角擠出兩隻魚尾。

兩尾快活的魚。

這讓他看起來像是整個葬禮最開心的一個。

奇怪的是，葬禮結束的三天後——他當然已全數燒成灰——我收到一張明信片，畫著株臉盆大、肉紅色口的巨型豬籠草，裡頭蜷縮著一白色蠕蟲般的嬰兒，臍帶連著杯壁。貼著黃嘴大犀鳥郵票。寄自婆羅洲。Borneo。鋼筆寫著幾句潦草的話，確實是他的筆跡沒錯：

> 小乙、阿丁：
>
> 爸爸在婆羅洲大河上拍片，這裡的霧很乾淨，魚和榴槤好吃得不得了。下回有機會帶你們來。

日期嘛，押的是他死在女人身上第二天，那天他差一點被燒成灰。多半是故布疑陣。

其實這幾年我常收到他從婆羅洲寄來的明信片，大概每半年就有一張吧。

葬禮後，火星人回火星，土星人返土星，月球人當然也沒留下來，家裡頓時冷清了。

母親也突然衰老多了，有明顯的白髮，也有幾分落寞。

她竟然主動對我說，「安心的把孩子生下來吧，你爸走後家裡冷清多了，有孩子會熱鬧些。」

她早就洞悉一切。

其實因著他們各自的忙碌，家裡很少熱鬧的。

一個月後，竟收到郁姐從婆羅洲寄來的信，說有要緊事非得我親赴當地一趟。和父親有關，因還有一些疑點，要求我暫勿讓母親知悉。

我只好飛山打根，和郁姐會合（她可是一身勁裝，還戴著鴨舌帽，還帶了個黑瘦的導遊）。她開著輛土色的吉普車，顛顛簸簸的，讓我頗為肚子裡的胎兒擔心。

翻山越嶺，小小的黃泥路，越過多條小溪，圓木簡單鋪設的橋。約莫走了四五個小時，一路看到許多原住民和伐木工人，巨大的古樹，猶屹立的，橫陳的。終於停下發燙的車。隨行的老人幫著把吉普車上載的兩籮雞鴨搬上小舟，帶著我們擺渡過了河，靠近一個小小的聚落。巨樹包圍下，十幾間蘑菇狀的草茅；有的樹的高處，也有鳥巢般的房子，老鷹般守望的年輕男人。

雞鴨送給了守候的哨兵，那老人與他們用土語一番協商，只看到對方不斷搖頭。結果也只允許在哨站之外眺望。

經過一番請求和檢視，我們被允許使用望遠鏡。

那裡男男女女衣服都穿得很少，都只勉強用草裙圍著下體，稚齡女人挺著美麗堅挺的胸乳。

然後就看到疑似父親的身影。廁身部落男女間，看來確是一個穿戴特別整齊（還戴上牛仔帽子）的人，一身都是卡其服，也一直維持著笑臉，在比手劃腳教著架上的鸚鵡說話。

「像不像？」郁姐問道。

「我上次逮到機會想與他相認，但他不認得我了。他的女人也不喜歡外人找他。這次更警戒更難靠近了。」

他身旁有個很年輕的女人，看來比我還小，奶很漂亮。下身圍著紗籠，挺著個大肚子，和他有說有笑的。看來會為他生下許多土地之子。

如果那人是父親，他的土語一定非常流利。

好一會，當那兩籮雞鴨作為禮物扛到部落裡去後，突然我們被允許靠近了。郁姐和老人也招呼我過去，和那長得像父親的人握握手，他身旁的女人有一點緊張。

那最熟悉不過的笑容啊。那確實是父親的笑。但他眼裡完全沒有我，連一點影子都沒有。我不曾從父親的眼裡看到如此絕對的陌生。但我幾乎可以確認是他沒錯。

那笑容，那身影，那動作，那股菸味。

但那冰一般的陌生。

然後我們被要求離去。

郁姐說，據說那個有名的日本人學者鹿野忠雄最後就是出現在這附近，試圖接近和記錄那時還是凶猛的食人部落的這部族。他們找到了他的鞋底，（那不是辰編的故事嗎？）是軍用的昂貴的限量版特製塑膠靴，靴底還加入鋼液強化製作的，大火也不易燒熔，有一吋厚呢，說是踩著鐵釘也穿它不透的。

鞋底各鐫著大大的漢字：「鹿」、「野」各一字。兩片有明顯燒灼痕跡——各有一個邊變形扭曲——的鞋底目前收藏於婆羅洲博物館。那裡的華裔館員一直以為是「野鹿」，也以為是「八個野鹿」的局部。

他聽長輩說，日本鬼子在婆羅洲的所為這四個字足以概括。

而衣服多半朽滅了。

「你父親想要自己來演鹿野，因此支開整個工作團隊，試圖像鹿野像人類學家那樣去接近他們。他熟稔各種土語。但他用的是通俗劇的浪漫手法，用他拿手的伎倆去引誘部落裡的處女。

「但你父親被女孩的父親下了他一向不相信的降頭。」

郁姐說她做過詳細的調查。

「好色的個性害了他。

「他們將計就計讓那個長得像他的人代替他回去——你父親秘密籌拍的下一部電影《南方》，是自己中年後的離奇故事，一個人變成兩個人、不知哪個才是真正的自己的故事。為此他在某個婆羅洲小鎮幸運的找到一個很像自己的人。也許他的上一代就有人像他那樣到處留情，從馬來半島播種到婆羅洲、南洋群島，在世間為他留下一個分身。為自己找了替身，就像影舞者那樣，秘密的訓練他演出自己。為了讓他徹底的像自己，甚至不惜讓他代替自己回去，以驗收成果。部落裡的巫師知道了，決心讓它假戲真做，僅僅把他們要的部分留下來。要不是那女孩很愛他，拚死保護他，他可能早就被吃掉了。他將來會完全的變成那部族的一分子，就像是那部落裡土生土長的。不會記得和你們共同擁有的過去。

「那女孩和你我一樣，愛上他迷人的笑。

「替身一死，他身上被分離出來的那部分就死了，就無解了。」

郁姐含著淚說，她也曾向蘇門答臘最厲害的巫師求助。

「但她說你父親留在那女孩肚子裡的種籽被孕育得力量非常強大，她沒有能力逆轉他的命運。」

「那孩子，甚至強大到可以把他的父親變成他的兒子。」

老巫師留下一句謎一般的結語。

但郁姐的話語也令我突然心生疑竇。

「你怎麼知道的那麼多？既然當事人一死、一心神喪失？」

郁姐一聽，嘩啦淚崩。

「他——那個死在女人肚皮上的男人，姑且叫他甲吧。在冒充你爸回臺灣前，到蘇門答臘找過我。甲笑起來簡直和你爸一模一樣。我真傻，竟然連上了床都沒認出來。只奇怪他怎麼變得那麼熱情、賣力。好久好久我沒讓他那麼愉悅了，他好像不惜要在我身上歡悅而死似的，我真的好開心。那時我一心想著偷偷再為他懷一個孩子，已到了青春末尾的我，此後只怕再也沒機會了。即使他將來不要我了，看到我們的孩子也就像是看到他了，不料……

「拿過幾個小孩後，你爸其實對我冷淡多了，不太會主動碰我。我那時滿心的歡喜哪裡會懷疑，想說他是不是回心轉意要跟你媽離婚和我在一起，哪知——

「甲死後我收到他的一封長信，是那女孩為他寄來的。她說他上床前鄭重其事的把它寫好了，貼了郵票，她猜想那應是封很重要的信（說不定是「遺書」），甲死後她也只好幫他投了郵箱，而不是和其他遺物一道送去你家。她在信封背面寫了幾行字，說明了原委。

「甲算是有良心的，他在信裡跟我說抱歉，假冒另一個人佔了我便宜，因此詳詳細細的告訴我他知道的一切。甲說他懷疑自己中了降頭，他以前不是那麼好色的。如果我懷了他的孩子，他一定會負責到底的。媽的人都死了，還負責個屁！」

郁姐猛地用力吸了好幾口菸，再用力吐出。我不自禁的瞄一瞄她的小腹。

「甲說他一直有不祥的預感。他是當地人，很相信降頭的。甲懷疑你爸找人對他下了降頭，不然怎會無端端答應這種奇怪的事。甲認為你爸一定是為了讓他承擔你爸自己原該承擔的可怕命運。這地方、這中間人也是甲指引我的。但他說他在你爸面前發過毒誓，不得透露這一切，否則不得好死。你爸也警告他絕對不能碰你和你媽——要不然他就死定了。你肚子裡的不會是——」

「拜託，當然不是——」我覺得我和我爸的情感被羞辱了。但仍然耐著性子，感激她告訴我這一切。

父親還活著，這比什麼都重要。雖然也許變成了別人，但總比死了好。也許他厭倦了前半生的身分，想推倒一切，嘗試過另一種生活？他真的愛上她了，像回到少年時代，願意為她捨棄一切？還是純粹是因為入戲太深？

失去自己後，他還會記得自己的母語嗎？語言應該比自我還強大吧？如果記得，他會教自己的土生子說華語嗎？會自小給他朗讀那維繫流散華人祖國情懷的武俠小說，從《書劍恩仇錄》、《白髮魔女傳》到《邊城浪子》，讓他長大後像捕鳥蛛那樣去捕捉迷失的識字的唐人，好為那人為他不斷的複述那遙不可及的神州江湖、刀光劍影、愛恨情仇？

肚裡的孩子微微動了一下。

「我有男朋友的，我也相信他遲早會回來找我。」

「你說辰？辰我也認識的。我也知道他去了中國。」

她有點欲言又止。難道又有什麼我不知道的秘密？

但我不敢再問了，我自己的父親的秘密已讓我筋疲力竭。

我已沒力氣承擔我肚裡的孩子的父親的秘密。

「那，我收到的那明信片？」我最後問她。

「也許是分離剩下的，殘存的記憶。你看看以後還有沒有再收到就知道了。」

果然，那之後就再也沒收到了。倒是郁姐有來信，說那之後整個部落都搬走了，搬到更遠更深的山裡頭，更不與外界往來了。

其間收到辰寫在奇怪的厚片材料上的來函：

……我行走在古老而荒涼的大地上，常會感覺自己變成了另一個人。甚至走著走著，會懷疑自己變成了幻影，會漸漸的消失去在風裡。這大地太古老，古往今來多少人在這裡留下身影，太容易消失。望著無垠的沙漠，我感覺自己就像是沙漠裡的一顆沙子，微不足道。

選擇離開你父親和你，最主要的原因之一就在於，我受他的影響太過於鉅大了。他是我平生最重要的導師沒錯，但朋友們都說，我越來越像他，甚至連我對女人的態度、我的動作，笑聲、笑起來的樣子都像他。這讓我受不了。我不想當別人的影子，我更不想變成他。我想也許這塊古老的大地可以幫助我洗滌這一切。但目前看來我的努力還不夠。數月前我跟隨駱駝商隊，走進沙漠裡，我終於親耳聽到沙在風中哀鳴。

你相信嗎？我在沙漠深處看到一樣非常巨大、非常古老的東西，原以為那一大片灰暗的隆起不過是巨石陸塊，但同行的行家說，那是隻鯨魚祖先的化石，是演化的中間環節。牠的祖先從海洋上岸了，但牠也許為了食物而帶著演化出來的、應屬於陸棲者的肺重返海洋。牠族群的子孫後來演化為鯨魚。滄海桑田，牠竟悲傷的擱淺為化石。

樓蘭的廢墟也讓我痛哭流涕竟日。

也曾在親歷過盛世的枯樹下，一個難以形容其老的老人趁我打盹時偷換了我單薄的影子。而他那經歷過數百年風霜的影子沉重如廢鐵，深深陷入沙裡，讓我舉步艱難。這樣的我怎麼可能當個稱職的父親呢？

我從沙堆中隨手撿了片千年的樹皮，用它的內面給你寫信。我把這信託付給了與我交換方向的商旅。請你務必要把我給忘了。

二〇一四／一／二六初稿、二／一七修訂畢

## 作者簡介

——黃錦樹（1967-），馬來西亞華裔，一九八六年來臺求學。畢業於臺灣大學中文系、淡江大學中國文學碩士、清華大學中國文學博士。現任暨南國際大學中文系教授。曾獲聯合文學小說新人獎、聯合報文學獎、時報文學獎、花踪文學獎馬華文學大獎、臺北國際書展大獎小說獎等獎項。著有小說集《雨》、《魚》、《猶見扶餘》、《南洋人民共和國備忘錄》、《土與火》、《刻背》、《烏暗暝》、《夢與豬與黎明》，散文集《火笑了》、《焚燒》，論文集《論嘗試文》、《華文小文學的馬來西亞個案》、《文與魂與體》、《謊言或真理的技藝》、《馬華文學與中國性》等。

小貓咪抱住白毛豆豆，一躍躲進游泳盒子。游泳盒子可以一直浮，一直漂，一直流。流到看不見的那裡。大母獅不敢下水，追不上的。那麼，小貓咪和白毛豆豆就永遠在一起了。剩下大母獅自己一個，留在這裡。

可是，有時候，白毛豆豆卻打開盒子，讓大母獅擠進來。她知道這是大人的事。但，她不明白。明明知道媽媽討人厭，還是要笑笑，說：「等下我 park 好車，就來找你。」因為阿伯是最好心的司機。媽媽就這樣叫他，taxi driver。什麼人要上車，阿伯都開心，歡迎。每次四伯一家人從新加坡來了，大家都坐上車去。去雲頂，去吃雞飯，去金河走街。阿伯很開心的。跟四伯說說笑笑，吃吃喝喝。四伯的右手會伸出來，搭在阿伯的坐包上。這樣，擋住了她。她不能坐在中間，不能靠前去了。沒關係，她說。好吧，她讓一下子。她可以跟小傑在後座玩。一下子，沒關係。可是，連每次媽媽說要去巴剎時，阿伯也都說沒問題，可以可以，來，上車。她心裡非常不高興咯。因為她知道，媽媽恨阿伯。難道阿伯不知道嗎？

可能，阿伯太好人了。媽媽要去剪頭髮，阿伯載。電回了一頭爆炸頭，還臉臭臭嚇死人，下車也不笑一笑，說聲謝謝。媽媽要去店仔買黑砂糖，阿伯載。煲了一鍋的陳皮紅豆水，爸爸哥哥和她都喝了，也不拿一碗給阿伯。媽媽要去 Pudu 車站接從 Ansun 下來的八姨一家，還是阿伯載。姨丈坐前面，媽媽，八姨和三個小孩子坐後面，車子都布布布發出聲音了。也沒人心疼一下。只有她知道，阿伯心腸最好了。

只有她，不想跟別人一起分享。幼稚園放學後，走到校園大門口，看見阿伯站在車子旁等她，最是快樂！阿伯拿過書包，放進後車廂。打開門，讓她坐進後座。阿伯在右邊，左邊沒人。後面大大的，空空的，連書包都沒有。對，本來應該這樣啊。她兩手搭在前座後靠墊上。好像搭著兩個堅實的肩膀。讓她安穩向前看。阿伯決定去哪裡，去吃什麼，去找誰講話。她安靜坐好，就動了，就滑了，就流了。

累了，她就躺下。轉身，將臉，手，肚子和腳都埋進車包裡。好像睡進了一個盒子裡。好像小貓咪一樣歡喜。好像在一條流不完的河上，左右前後，搖搖擺擺，晃晃蕩蕩。不知不覺，合上眼，就睡去。

可是，今天，媽媽說要去醫院看醫生。阿伯說，好，我載你去。她不敢搭前座的肩。她不敢埋進後座車包裡。她靜靜靠左邊坐好。這樣，還能看到阿伯的臉孔。也只能看到媽媽的爆炸頭。

媽媽說：「阿杉跟我一起下車。」

阿杉不要！

「我可以帶她。她跟我一起去 park 車。等下我 park 好車，就來找你。」

媽媽一定露出了尖牙，口水也快流出來了吧：「我來帶她。」

終於，小貓咪只能跟著大母獅一起跳上岸。

媽媽拉著她的手。可她一甩，說，我自己走。媽媽大步跨前。她跟在後。她回頭看，德士站停著一輛黑黃德士。一個坐輪椅的阿叔正在努力站起來，屁股歪歪，想要坐到車的坐包去。可是，他的手不停抖，抖抖抖。她覺得很可憐，也奇怪。這麼瘦的阿叔，身體有這麼重嗎？如果是阿伯就慘了。阿伯很肥哦。肚皮圓滾滾的，兩個奶像氣球吹圓了，放三天後漏氣的樣子。

她頭一轉，發現媽媽已經走得很遠了。趕快追上。可是，大廣場走廊邊，有一個老公公和一個老婆婆。她路過了，忍不住又停下來看。他的眼睛很嚇人哦，翻上去，凹進去。老婆婆戴著黑眼鏡，烏烏的看不見，但她覺得她的眼睛一定是更可怕的。會不會流著血，發紅光呢？老婆婆唱著馬來歌，rasa sayang sayang eh。老公公手裡一個小盆。一拍一拍往上拋。錢幣在裡頭叮咚叮咚叫。她伸長頸項一看，都是銅色的一分錢和銀色的五分錢。老公公的腳邊還有一包包的紙巾。她想，等下跟阿伯拿錢。不知道一包幾多錢？一分錢還是五分錢呢？突然，媽媽出現在面前。一手揪起她手臂，說，快走啦。她被迫大步大步地跨，跟上媽媽的腳步。

露天廣場過後，走進了大屋子裡。一股刺鼻的味道衝進她鼻子。咦！好臭。她看見幾個穿白大衣的男人走過。是他們擦香水嗎？她跟著媽媽，爬上樓梯，經過好多間房間，來到一個大廳。密密麻麻的人坐在紅色塑膠椅上。比幼稚園裡禮拜一唱國歌還要多人呢。媽媽拉著她，找到了兩個空位。要她坐下。媽媽自己卻走開了。大廳前面有很多個門。01，02……09。戴帽子的護士走進走出。有時候，會喊說，89，number 89，八十九號。一會兒，另一個門又開了。護士踏出來，手裡拿著一疊紙，匆忙走向大廳右邊的大桌子。大桌子有三個護士，和一個男子。男子也是白色的。也是護士嗎？叫護男子？叫男子士？叫什麼呢？電話響了。男子護士接聽。哦，媽媽在那裡。在跟一個老女人護士講話。媽媽轉過身，指著她。她嚇一跳。為什麼呢？媽媽看醫生罷了，指她做什麼？

她四周圍看一圈。好多小孩子。坐她前面的小 baby 吃著奶嘴，在他媽媽身上滿身爬。再前面一排有個小哥哥，手裡拿著玩具車呢。他讓小車子沿著紅椅子跑。一路爬，爬到上面，慢慢走，走到另一邊，又窣一聲，衝下去。對哦。阿伯呢？停車場有這麼遠嗎？也不知道在哪裡。

媽媽來了。坐在她旁邊，看了看手錶。她問媽媽，阿伯還沒來？

「不要吵！」

一下子，小貓咪的頸就縮了回來。好怕！大母獅要吃人了。不然，做什麼嘴巴張得這麼大？喉嚨的洞都看到了。那麼深，那麼暗。被吞進去，也不知道會掉到哪裡？白毛豆豆再不來，小貓咪就死翹翹了。

小貓咪渾身顫抖。她知道了。大母獅特地調走白毛豆豆。沒有了游泳盒子，小貓咪躲不了，逃不脫。怎麼辦？只能聽大母獅的話。小貓咪乖乖點頭，小貓咪乖乖說哦。

好像大母獅叫八姨帶走小貓咪一樣。小貓咪不敢搖頭說不要。也還好啦。跟著小表妹一起去三舅家玩，也不會太難過。三舅住在油棕園裡。自己一間大大的屋子哦。有七八九十間大房間。每間房間都有冷氣。到了晚上，開冷氣，關了燈，兩個表哥，兩個表姐，一個表弟，小表妹和她就在大房間裡面玩盲公盲婆。可是，他們都說英語的，也講馬來話。小表妹黏著表姐，不跟她玩時，她就想回家了。

好多個禮拜過去。終於回到吉隆坡了，但是還是不回家哦？她很想念阿伯了。住在大舅的家，兩層樓的屋子哦，有樓梯的。廁所不像家裡蹲的。有馬桶。阿嬤說，小便不用沖水，大便才要。她問八姨，為什麼不去我家？八姨說，來探望阿嬤啊。你不愛阿嬤嗎？

小貓咪最最最愛白毛豆豆。還有游泳盒子。可是，她不能對八姨說。因為，八姨會告訴大母獅。大母獅知道了，會更凶更臭臉。大母獅最最最討厭白毛豆豆了。只是，不知道有沒有最最最討厭小貓咪而已？

媽媽拉著她，走回德士站去。走出大屋子，天空落下水來。路過老公公老婆婆時，她聽見，聾幫……聾老！雷公從老公公的口中飛出來呢！老公公和老婆婆剛才在走廊邊的。現在移到商店玻璃窗前了。他們只要踏出一步，就踩進濕水的地盤了。她知道，紙巾不能碰水。他們頭上的一點小屋頂，保護了地上的紙巾。阿伯還沒來呢。不能跟老公公買一包。也不能抹身上的水滴了。水越落越大了。一粒粒，打在手上，越來越大圓，越來越皮痛。媽媽大力扯她。她卻一直回頭看。老公公在唱洗黑……洗草！媽媽更大聲，還不快點！她就跑起來。她大步大步跨，可是下半身還是趕不上上半身。

阿伯在德士站等她嗎？好，她盡量跑快一點。跳進車子，就好了。

可是，沒有啊。德士站裡站了一堆人。大家都遠離一個拿著拐杖的老男子。他的一隻腳包得像一支巨大的 hockey 棒一樣。大舅的兒子，二表哥房間裡有一支。阿嬤說，二表哥在電視機裡打的哦。她看見，擠成一團的人，像廟堂裡的鯉魚一樣，露出油亮亮的頭，都光光的，滑滑的。她看一眼媽媽。哦，大母獅的爆炸頭也會滅火哦？再看一看，沒有啊。阿伯在哪裡？

一輛黑黃德士駛進站來。媽媽轉身對大家說：「歹勢，歹勢！我有一個女兒。讓一讓，好嗎？」

沒有人說話。

媽媽立刻一手抓住她的手臂，一手打開車門。

她問說，阿伯叻？

「上車啦！」

她不斷張望。媽媽用力一拉，她一個踉蹌，踩到了路邊的水窪。兩隻白鞋都濕了。可是沒有濺到媽媽。媽媽打開車門，推她上車。她還是張望。阿伯不會不來的啊。為什麼不等阿伯？突然，她看到了！阿伯！你看，你看。是阿伯。我的車來了。她像對媽媽說，也像對德士司機說。她想逃，反方向逃。可是，媽媽的手掌壓著她。

媽媽更用力把她推上黑黃馬蜂肚裡去。

不要！會被叮啦。

小貓咪一上車，就跪在坐包上，向後看。大母獅坐到前座去，吼一聲，黑黃馬蜂就飛了。

嗡嗡嗡！黑黃馬蜂乘著風，離地，前進。

游泳盒子在後面，努力游啊游。大水一波一波打向游泳盒子。可是他沒有停下來。游啊游。游泳盒子的兩隻眼睛拚命眨呀眨，把水都掃向左掃向右。小貓咪的眼睛閃呀閃，一下子看見一下子看不見。游泳盒子有跟上來嗎？突然，黑黃馬蜂一停。很多的大水從上面滾下來。小貓咪瞇起眼睛，都看不到了。她用爪子揉啊揉眼睛，一看，游泳盒子原來已經追上來。就停在後面。好野！小貓咪舉起小爪子，搖一搖，給他們加油。白毛豆豆也揮了揮手。小貓咪聽到，白毛豆豆是在說，白毛豆豆會救出小貓咪的。小貓咪你放心。可是，好多的小蟲子追上來。他們都是幫忙黑黃馬蜂的。看，這隻紅甲蟲，隔壁那隻黑螳螂，還有那隻橙色大毛蟲。可是游泳盒子左一碰右一撞，把擋路的害蟲都碰開撞掉。游泳盒子上上下下，浮浮沉沉。那大水沖啊沖。小貓咪眼前迷迷糊糊，朦朦朧朧。突然一下子，游泳盒子的鼻孔出光了。好厲害！小貓咪覺得眼睛痛，用爪子掩臉。

「囡囡，叔叔睇不到後面。」

媽媽沒說什麼，伸出手來，拉她衣角，要她坐下。

阿伯在後面啦。她哽咽。

「司機叔叔要駕車啦。你坐好！」

這條回家的路，她非常熟悉。剛剛經過了交通圈。阿伯教過她，去八打林是九點，回家是十二點，去新加坡是三點。每次看家裡客廳沙發椅上面的時鐘，她就知道自己站在六點鐘上面。每次來到這個交通圈，她就希望阿伯往三點鐘去。

去新加坡要七個小時哦，阿伯說。睡覺起來，吃了午餐，開始走。走到晚上天黑了才到。每次，她都在後面睡覺。有時候，半醒半夢之間，她聽到阿伯哼歌。大人唱歌的聲音，震震震的。她爬起來，看見冷氣噴煙了。阿伯，做什麼這樣？冷啊，他說。阿伯的窗口攪下來一點點。阿伯，做什麼這樣？冷啊，他說。她看見自己窗口玻璃的下面一角，蒙上了一層白色面紗。阿伯，做什麼這樣？冷啊，她自己說。阿伯點點頭。

有時候，她搭著堅實的兩肩，看前面發亮的扇子。像阿嬤的蒲扇一樣。中午太陽大熱時，阿嬤還是不開電風扇。坐在木椅上，手中的蒲扇就一拍一拍。拍到阿嬤睡去。好像她在車上一樣。車子一蕩一揚，她就睡去。像阿伯的手在搖。搖一個搖籃。籃子裡就是她。她被抱住。全身都被抱住。她也不想動。動一動都不要。要有人一直搖。搖啊搖的，她就安心合上眼。一直搖進夢裡。

外面下雨時，夢裡更香甜。不過，只有睜開眼了，才知道。窗口上有一點一點的黑水。都飛出窗口外。飛出去之前，一滴滴的黑水會往下面漏。有的跑得比較快，就滾在別人身上。大家一起衝，也不能一起飛出去。走過的，跑過的路，會留下一些腳印。有時候車子停下了。大家一起鞠躬，然後跪下去。還是有些黑水留下來，立正站好。她一看，黑水都停在了自己手上。車子繼續慢慢前行，它們變成了一粒粒螞蟻，一起操步，走出她的身體。

她的淚水，也一粒粒掉。她不敢再坐起來看。媽媽罵了。可是，阿伯有沒有在後面？她一點都不喜歡坐德士。坐包灰灰的，玻璃窗髒髒的。司機叔叔還留了鬍子。跟她說廣東話呢。她才不喜歡。她只會說客家話和福建話，還有華語，車裡還掛了很多項鍊。一粒粒的，黑黑的珠子。每次車子轉彎，項鍊就移到左，再移到右。還有還有，車子裡放了香水。臭死了。她曾經叫阿伯買一瓶香水，黏在冷氣上面。阿伯說，有毒的。是咯，其實也不香，臭死了。她很不喜歡。

德士來到了轉入家的那條路。她想爬起來。但，不敢。她看出窗外。突然，她看到了。阿伯的車從她身邊游了過去。她坐起來，雙手扶著前座坐包，透過媽媽的爆炸頭，眼睛直追前面的車。真的是嗎？是阿伯的車嗎？為什麼阿伯不回家？

她知道，直直走，是去舅公的家。會經過動物園。會經過叉燒飯。還有經過大片大片的樹林。然後，轉進舅公的家，停在門前。阿伯跟舅公講話，一講就一個下午。舅婆會給水喝。Ribena。有時候，還會有pandan蛋糕吃呢。舅婆說，要做三個小時才做出來的，那個蛋糕。手要不斷打，不斷打八粒雞蛋。阿伯自己去找舅公了？不帶她去了？每次到了回家的時候，舅公要把大鐵門打開，讓阿伯駕進去，才能勾絲淡出來哦。退出來時，還會來到一條小小的橋。每次，她都會怕。但，又很好玩哦。阿伯不會讓車子掉進河裡的。如果真的掉下去了，會怎麼樣呢？她每次都這麼想。可是現在，她沒有在阿伯車上。

她很傷心。淚水一行一行流了。

終於到家。踏進門口，媽媽罵：「不要哭了！去，去脫衣服沖涼。」

她抽抽搭搭。獨自走到後面。停在井邊。

「快啊！淋到水，還不快沖？要感冒的。」

可是，都沒有熱水啊。每次下雨了，阿伯會燒開水。掛在沖涼房的大桶會拿下來。從小井裡打一些冷水，然後把燒熱的水一起倒進大桶去。阿伯自己的手會先試試。接著還會要她試試。可以嗎，溫溫的，對不對？她很喜歡沖熱水涼。再熱一點也沒關係。就搖搖頭。於是，阿伯再倒多一點。小心哦，阿伯說著會用手推她向後站一點。燙熟你咯，阿伯開玩笑說。滾滾的熱水冒出濃濃的白煙。好像大桶生出了一朵白雲一樣。

阿伯會叫她脫掉衣服。掛在門後鐵釘上。然後就用 Milo 罐舀起熱水，往她身上沖。她就像另外穿了一件衣服一樣，透明的。但是，下面的裙子就被剪成很多很多的小布條。不能沖太多哦。要留下等下沖肥皂的。阿伯會弄濕兩隻手。那肥皂在手裡抹幾下。放回肥皂。兩掌就互相擦，快快擦。神奇的白白泡沫就從阿伯的手心長出來了。阿伯接著兩掌開始摸她。上半身，下半身。頸項，背部，屁股。每次來到夾肋底，她就忍不住笑。呵呵，還有 pet pet 也很癢。

「快點啦。」媽媽催她脫衣服。

阿伯不在，她得自己沖涼。不用進沖涼房。在外面，井邊，溝渠旁。衣服都放在吃飯桌子上。肥皂也是外面洗手用的。比較少泡沫，一點都不好玩。她先用手掌彎成一個小杯，盛一些冷水，拍拍胸口。阿伯說這樣就沒有這麼冷了。然後，用Milo罐舀一勺水，吸一口氣，沖向胸膛。哦……冷！

媽媽褲腳折到膝蓋，走過來，蹲在她身旁。媽媽從她手中搶走Milo罐，把她的頭按下去，說要洗頭。

她對媽媽說，阿伯說，沖熱水時才洗頭的。

媽媽好像沒有聽見。一下子就將冷水倒進她腦袋裡。

「阿杉，媽媽問你。每天晚上，全部人都睡覺了。你在房間裡笑什麼這麼大聲？」

她抬起頭，頭髮像在小便。

「啊？說啊。」

她搖搖頭。不說話。

「阿杉，你告訴我。晚上睡覺，你們在做什麼？」

她呆呆看著媽媽，劉海的水都沿著鼻梁流到嘴巴了。

媽媽又用力壓她的頭，再一倒，把冷水又倒進腦袋裡。

最後，媽媽說：「好了。」丟一條大毛巾給她。她不喜歡這樣。她喜歡阿伯把大毛巾緊緊捆著她身體。像木乃伊一樣。動也動不了，只有兩隻腳能夠走。還有一個頭，能喊，救命哦救命！

接著，阿伯會脫掉褲子和底褲。然後叫她先回房間去。她說，我等你。阿伯搖搖頭說，不行啦，阿伯沖涼會濺到你。你乾淨了，對不對？她看阿伯的身體，是很大很肥。每次她在沖涼房外聽大人沖涼，都聽到很多把刀，一起掉在地上。是啦，她想，阿伯自己沖比較好，她先出去。

可是有時候，阿伯會想要先小便。阿伯問她，你要小嗎？她點點頭。那就脫掉大毛巾。阿伯說，你在我後面。阿伯自己站到前面去。她明白，這樣才不會噴到她。她看見阿伯的咕咕叫，像外面茶壺的嘴一樣。不過，這個茶壺嘴藏在黑色草叢裡。阿伯總是先推上推下。茶壺嘴縮進來，又吐出去。然後，尿就出來了。一條直線。也好像熱水一樣，在地上生煙。是很小朵很小朵的小雲。她自己的尿，不是直直的。她的尿在屁股下面開出一朵花。花慢慢漾，越漾越開。然後，她就聞到了。阿伯的味道，加上自己的味道。

阿伯搖一搖咕咕叫，然後轉身對著她。每次，她都覺得，阿伯好像要射她一樣。但是沒有。阿伯舀起一勺水。要她站到一邊去。然後小小力地讓水沖走小便。她的黃色的尿，會跟阿伯的黃色的尿連在一起。然後，透明逼走黃色。尿被水趕進溝渠裡。阿伯總是要她小心站到一邊去。不然，尿會沾到拖鞋哦，還會沾到腳板呢。咦！

現在阿伯不在。她沖好涼，自己走到房間。打開抽屜，拿出衣和短褲。自己穿上。現在還沒有睡覺，門打開，蚊帳也掛起來。木窗也還關上。晚上，阿伯回來了，會把衣袋裡的錢幣拿出來，放在櫃子上。脫掉上衣，再換上短褲。晚上睡覺時，關上門，就連短褲也脫掉，剩下底褲。

她不知道為什麼，媽媽不喜歡她跟阿伯好。

前天早上，她還在床上。媽媽在門外喊：「阿杉，起床！」

她爬起來，搖一搖阿伯，在阿伯耳朵邊說，媽媽叫哦。阿伯搖搖手，轉過身去，繼續睡。

「阿杉！出來！你給我出來！」

她躡手躡腳走到門口，開門。媽媽快手把她拉出去。跟著一直拉著她去廚房。來到井邊，媽媽才放開手，卻說：「站住！」

接著，媽媽到廚房櫃底下拿出了雞毛帚。她一看，嚇得已經大聲哭。嗚……

「幾點了，你知道嗎？十一點了！太陽都曬到屁股了！為什麼叫你這麼久，你才出來？聽不見嗎？是不是？有沒有聽見？說！有沒有？」雞毛帚一抽一抽，打在她腿上。

她直愣愣站著。只是仰天放大喉嚨哭喊。啊！阿伯！阿伯啊！

阿伯真的很快就來了，一手把她拉到自己身後。但是，還是笑笑，說：「做什麼？小孩子而已。小孩子而已嘛。」

「什麼小孩子！睡到這麼晚！像話嗎？」

「有什麼關係呢？」

「什麼沒關係！以後你自己想睡多晚就睡多晚。阿杉不跟你睡。」

「呵呵。做什麼這樣？沒關係啦，沒關係。呵呵……」

媽媽對著她說：「你聽見沒有？從今晚開始，你跟我和爸爸睡。」

她泣不成聲，一直搖頭。

她心想，自己一直都跟阿伯睡的。以前，媽媽爸爸不在時，自己就一直跟著阿伯。阿伯帶著她去新加坡。阿伯帶著她去吃雞飯。阿伯陪著她吃飯，沖涼，小便，睡覺，看電視，做功課，做所有的東西。阿伯從來沒有打過她。她說想吃霜淇淋，阿伯就買。她跟阿伯拿錢買 Twistie，阿伯就給。她想要看電視機裡的 Popeye，阿伯就開。只有一次，她貪玩，跟隔壁阿聰玩到很夜了，還不捨得回家。阿伯就去人家的家叫她回來。回到家，阿伯罵說要做功課了。她搖搖頭說不要。阿伯生氣咯。阿伯拿起雞毛帚說，你要我打你一下，然後你去玩，還是我不打你，你乖乖坐下來做功課？她乖乖伸出手掌來。阿伯笑了。她也笑了。

那個時候，媽媽一直不在。她也沒有想過，媽媽去哪裡了？因為阿伯在，就好了。就很夠了。

有一天，她正在阿聰家玩耍。突然聽見阿伯的車的聲音。她趕快跑出去，站在小路上。阿伯的車停在了車房裡。可是，她看見下車的不是阿伯。是媽媽。媽媽向她招手。可是，她不敢走前去。她很怕。很久沒有看到這個媽媽了。好像從來沒有看過這個人一樣。為什麼這個媽媽突然間來到她的家？她跑回阿聰家去。阿聰媽媽問她，阿伯回來了，還不回家去？她搖搖頭。阿聰媽媽說，阿杉最喜歡阿伯了，是不是？阿伯也最疼阿杉了，對不對？她搖搖頭，說，不是不是，我怕！這時，媽媽出現在阿聰家門口。阿聰媽媽驚訝到叫了一聲。然後，兩個媽媽就笑著大聲說話。她心想，現在可以回家了。就飛快跑回家去，躲到房間裡。

現在，阿伯不在，她穿好衣服，自己躺在床上，看吊在半空的蚊帳。木櫃上的電風扇不用開。下過雨，涼涼的。她舉起自己的爪子，想念白毛豆豆。游泳盒子停在了哪裡？

每晚，白毛豆豆將蚊帳放下來，像新娘臉孔前面的白紗巾。白毛豆豆總是先拿枕頭拍打，掃蕩床上的灰塵。準備好了，才讓小貓咪躺進去。小貓咪面向白毛豆豆，傾向右邊。小貓咪總是想用左腳跨上白毛豆豆，好像把白毛豆豆抱進懷裡一樣。白毛豆豆一轉身，對著小貓咪，右腳一跨，也要攬小貓咪入懷。我跨你，你跨我，誰都想要將對方吃進肚皮裡。最後，白毛豆豆說，來，小貓咪的左腳放進白毛豆豆兩腿間。白毛豆豆夾住小貓咪的左腳。然後，小貓咪的左手放在白毛豆豆的腰部。白毛豆豆的右手也放在小貓咪左手的上面。他們宛若一支湯匙插進了一支叉的空洞。夾在一起，插在一起。

有時候，小貓咪被白毛豆豆圓滾滾的大肚子壓得很悶熱。一個轉身，拔出了左腳，拉出了左手。有時候，小貓咪睡著了。嘴唇感覺軟軟的，溫溫的，濕濕的。小貓咪轉過頭去。可是，頭又被擺回正來。

然後，小貓咪夢見了她。她開心地從阿伯的車子跳下來，奔奔跑跑跳向房間。咦，一看，為什麼房門關上了呢？伸手一開，啊，阿聰在裡面。他躺在床上。蚊帳還掛著。風扇也沒開。他沒有穿衣，沒有穿褲子，沒有穿底褲！她心一驚，覺得不能讓人知道：自己的房間藏了一個什麼都沒穿的男子。可是，媽媽喊她了。阿杉啊，阿杉！她心跳很快。快，快想辦法。結果她一倒，睡在了阿聰上面。媽媽來到門口，問她，你做什麼？她身體後面藏著一個什麼都沒穿的男子呢。媽媽看不見，媽媽看不見。她對媽媽說，我受傷了，我很累，我要睡覺啦。而她感覺到，阿聰的咕咕叫熱熱的，燙到自己的屁股很痛。

她驚醒。什麼時候睡著了？她轉過身，往後看。小貓咪的尾巴不見了。

這時，媽媽出現在門口。媽媽的褲子還是折到膝蓋。爆炸頭用塑膠袋綁起來。看起來沒有這麼凶咯。但是，她的心，怦怦跳。媽媽好像知道。知道她的夢。是不是？好像每個人都知道了。

「阿杉，今晚跟媽媽和爸爸睡好嗎？」

她還想著夢中的阿聰。

「阿杉乖。跟媽媽一起睡，好嗎？」

她心跳很快。她覺得很害羞。她很想躲起來。

「你長大了，阿杉。不能整天跟阿伯一起。」

她覺得很生氣，對媽媽說：「我不要你！」

媽媽的臉突然間變了。變成一張圖畫。圖畫裡有一粒太陽和兩朵白雲。不知道為什麼，太陽和白雲一下子都變黑了。黑太陽和黑白雲又變成了水。水都落了下來。

像剛才在醫院一樣。而水落下來前，媽媽帶著她進05房間去。一個女孩子醫生對她笑笑。要她脫裙子和底褲。要她睡在床上。接著兩腳張大大。然後不知道為什麼，Pet pet就很痛。可是，她忍住了。她沒有叫，也沒有哭。痛，她是可以忍的。

她聽見媽媽問女子醫生：「怎麼樣？醫生？」

女子醫生說：「沒有。」

「真的沒有？醫生，你再仔細檢查。再查一次！」

她偷偷瞄一眼，看見女子醫生搖搖頭。

她用手摸摸自己的pet pet。女子醫生不好。她也不知道做了什麼，但是女子醫生弄到人家會痛。好像小便的地方裂開來了。阿伯弄的話，人家不會痛的。阿伯的頭埋進pet pet裡，她整個肚子都熱熱的，要爆炸了。然後就很癢很好笑。笑到大大，大大聲！笑，她是忍不住的。

這個晚上，媽媽沒有再要求她跟媽媽爸爸睡。看完電視，阿伯還沒回來。她等了一個晚上。現在，全部人都回到自己房間去了。她想繼續等，但不敢說。於是，她也只好自己關上門，放下蚊帳，開了電風扇，但不敢開木窗。然後，自己合上眼睛。蓋著眼睛，她覺得自己很勇敢。她覺得自己長大咯。可以不用阿伯陪在旁邊，自己先睡。

到半夜，她睜開眼睛。爬起來。發現床邊空空的。阿伯還沒回來呢。她聽見耳朵裡小小聲的嗡嗡叫。全部人都睡覺了。全世界都睡覺了。

她跳下床，打開門，看見客廳黑黑的。不怕。小貓咪在黑暗中，是可以看見東西的。因為，小貓咪的眼睛會發亮。小貓咪的眼睛是兩支出光的手電筒。小貓咪一步一步走到大母獅的房間。打開大母獅的房門。小貓咪看見大母獅睡著了。於是，小貓咪一步一步走到家門前。小貓咪打開家大門，輕手輕腳踩了出去。夜晚的空氣很冰，夜晚的夢話很香。小貓咪一跳，跳上了自己家的屋頂。

在最高的屋頂上，小貓咪抬頭看夜空。天上的星星一閃一閃。一閃一閃地對小貓咪說，星星上面都開滿了花。你看見嗎？星星這麼問小貓咪。

小貓咪右爪子揉揉眼睛。不，看不見。但是，小貓咪閉上眼睛。小貓咪心裡就知道，天空有一朵看不見的花。

小貓咪低頭看家門前的小路。白毛豆豆會坐著游泳盒子，從那裡回到這裡。就是這條小路，會把白毛豆豆帶回家來。

不知道，游泳盒子現在在哪一條河上？在雞飯檔邊的河裡，在舅公家小橋下的河中，還是在遠遠的從新加坡流著回來的河上呢？

突然，小貓咪聽到了什麼。對，是大母獅說夢話。大母獅說，她看見了遠方的白毛豆豆和游泳盒子。

一下子，全世界的河流都乾水了。門前小路，突然亮了。

她就知道，阿伯不會不回來。

她等到了。

作者簡介

——戴曉珊（1976-），馬來西亞吉隆坡人，現居芙蓉。中國復旦大學畢業。曾獲馬來西亞花踪文學獎。著有短篇小說集《說不出愛》，日記《走過那段繁華路：一個馬來西亞中學生的日記》。

# 新詩

1942

# 馬來亞

杜運燮

飽滿的錢袋，吊在東南亞米倉的肚下；
一片水隔成兩個洋；「獅子」守著袋底，
吞吐人類的必需品和裝飾；南望東印度的
蔗林和瀟灑的金雞納樹；向東西看，
　遠遠，紅種人漸漸變為「保留地」裡
展覽的品種，黑種人仍舊是奴隸。

當年，沒有馬來人到不列顛去留學；
沒有馬來人進殖民地政府的辦公廳；沒有
馬來人摘椰子給英國人榨油；沒有馬來人
為白種人做苦工，被踢、罵；那時大家都快樂，
　不必耕，不必流汗，果樹滿地生；
森林裡到處有肥美鳥獸等你捕擒。

馬來人原是天之驕子。蓊鬱富饒的熱帶土地
給他們；棕色的皮膚給他們，好擋住赤道線
射出的白火；三面送來清涼的海風，海上
悲壯的大合唱，森林裡廣闊無邊的交響樂；
　最諧和的單純，最大膽的大混合，
　只有天空可以比擬，那神秘的籌劃！

一尺長的香蕉，枕頭大的波蘿蜜，晶米啦；
榴槤迷人的香味，幾十步外就要你垂涎；
紅毛丹的水紅、粉紅、火紅；山竹紫得化不開，
緊包住甜脆雪白的肥瓣；還有那蘭沙，
　杜果，一咕嚕就連核溜進你的胃底；
　芭漿，芒果，金黃的甜汁氾濫在口裡，

要使你無法呼吸。帶橡皮管的大象，
吸滿污水練習射擊；鱷魚偶爾躺上沙灘
曬太陽，猿猴假裝聰明，呼嘯著游進
綠葉深處；貓頭鷹開了燈躲住不響；

大蝙蝠掛在枯枝上像晾著的燒鴨；
「布袋」隨風搖晃，沒有人想到那也是「家」；

四腳蛇有雞肉的美味；鯧魚如顏色碟；
林中古潭裡有漆黑的大鮎魚，強橫的
土鯽；當海潮消退，紅木的叢林裡
有成堆的蟶、充血的蚶、碗大的蟳和蠘；
剖開半熟的椰子，吃冰淇凌般的嫩漿；
劈斷大藤條，流糖水，喝得你發嗆。

說是某處有一棵大樹，走進它影子的，
便失掉魂魄，樹心裡堆著無數的骷髏，
近處的流水血一樣紅，草葉像塗過油，
劍一般硬，樹下像陷阱一樣靜寂；
鳥獸們比人類知道得更清楚，
多年前，就沒有誰敢在那裡嚕蘇，
說是現在各處大廟裡坐著的「大伯公」，

當年曾打退大群的大鱷魚，讓唐山來的
農民好安心爬上高架子砍樹，「燒芭」，搭草屋，
種橡膠樹；這才有今天「紅毛」誇口的基礎。
大伯公是個好伯伯，他面前的香爐
未斷過香火；勇敢的人永遠有好走的路。

說是白母象感恩，給一個好心的人
一夜蓋一座好房子；一種狠毒的爬蟲
咬了你，又送你一撮藥，只要你不喊痛，
不埋怨；說是近來常有強壯的年輕人
夜夜溜進林邊的小屋，談奇怪的話，
罵紅毛鬼，交換消息，談獨立，什麼都不怕。

那就是浪漫詩人夢見的天堂，情人們
憧憬的度蜜月的桃源，關在辦公室裡的
年輕男女日夜嚮往的發瘋天地：
在海邊疏朗的椰影下，心底蕩著柔情，
輕輕撥動吉他，半裸體，全裸著心，

心貼著心，唱出熱帶熱情的顫音。

那就是多彩的夢境：你的眼睛與靈魂
將更純潔，生命更豐富，火燒得更亮更熱；
那就是美夢的顏色：你曾偶爾想獲得，
而終於失望的，曾經彷彿到手又不見的。
那就是不朽的歌頌的對象。歷史
會巧妙地安排人類；那就永遠只是「詩」。

可是今天，那一切離開我們卻很遠；
看那些城市的顫慄，婦孺的泣號，
救護車，滴血的擔架，鐵絲網，沙包，
宣傳車，會館門前激昂的演講，
從來沒有見過的親熱和大膽，
從來沒有想到的震動和不安。

山芭裡再沒有人唱父輩的山歌。
在晨曦裡奔跑著的割膠工人提心

吊膽的：不再是紅螞蟻、大蚊子、橡子殼，
卻想那樹後是不是有侵略者的槍口：
　縱橫的屍首使夜出的餓獸也驚異，
　遲疑，這單純肥沃的土地也學會警惕。

今天在屠殺。果園裡呼嘯著子彈，
椰子、榴槤的掉落再不能從被窩裡
吸引出小孩，而我們，羅曼蒂克的幻想
也飛不出無情的黑影，儘管也沒有死；
　今天，大象也要被迫幫助屠殺，
「布袋」也將要為刺刀的嗜血，被摘下。

今天在屠殺。馬來人不再只是「馬達」，
指揮紅毛的小汽車到海邊去「吃風」，
不再能穿著有夢幻花紋的紗籠，吃「沙爹」，
在月光椰影下跳浪吟；唱班動。
　今天，為著保住寶貴的自己的「錢袋」，
　他們從涼爽的亞答屋裡走出來，

不理會外國紳士的諾言和「法治」，
「保護」是欺騙，一切要靠自己，
突然間，大家都成熟，聰明了許多，
和唐人、古寧人坐在一起討論，
相信屠殺要終止，明晨的太陽總要出來，
富饒要繁殖富饒，馬來亞要永在。

一九四二年於昆明

註：「獅子」指新加坡，馬來語原意為「獅城」。晶米啦、榴槤、紅毛丹、山竹、杜果等都是熱帶水果的名字。「布袋」指一種當地華人叫做「布袋鳥」所造的形如布袋的巢。「紅毛」指白種人。「馬達」為馬來語警察的譯音。

## 作者簡介

——杜運燮（1918-2002），筆名吳進、吳達翰、杜松，祖籍福建古田，出生於馬來亞霹靂州，畢業於昆明西南聯合大學外文系。一九四三至四五年，曾應召入飛虎隊和中國駐印軍擔任翻譯。曾在新加坡南洋女中和華僑中學任教，曾任香港《大公報》文藝副刊編輯兼《新晚報》電訊翻譯，北京新華社國際部編輯及翻譯，《環球》雜誌副主編，兼任中國社會科學院研究生院新聞系研究生導師等。為「九葉派」詩人之一，曾與詩友合輯出版《九葉集》、《八葉集》。著有詩集《詩四十首》、《晚稻集》、《南音集》、《你是我愛的第一個》、《杜運燮詩精選一百首》、《杜運燮六十年詩選》，散文集《熱帶風光》，以及《海城路上的求索：杜運燮詩文選》等。

# 論上帝

杜運燮

無疑的上帝是個忙人，每天
要工作二十四小時：飯前，睡前，
事情最繁重。他的主要工作
是用耳朵，聽取各種人的求助，
七天中，「安息日」他反而最忙。

上帝大概算是一個語言學家，
他通曉地上的每一種方言土話，
但他最常講的只有希伯來語，
證據是他唯一的著作：《聖經》
是用希伯來語口授，請人代筆。

上帝不隱瞞他的政治綱領，想把
天國的政權擴展到地上，把地球

變成他的附庸，他的第五縱隊
——「傳教士」潛入世界各處
隱蔽地用開學校、辦醫院做掩護。

上帝對民主沒有大興趣，他不想
與任何人合作，他想消滅玉皇、
閻羅王、撒旦和其他
所有政敵，獨力統治地上的人民，
他的話變成不可改變的絕對命令。

上帝長得什麼樣子，沒人知道，
他的相片，西方報紙也沒有登過。
但是看他獨生子耶穌的畫像，
他大概臉上也有不少鬍子，
敢斷定不會是個黃種人。

上帝的家庭很簡單：只有
父子兩個，他夫人的消息

從來沒人提過。最親的親戚
當然要算約瑟和瑪利亞，
但也弄不清他們的複雜關係。

上帝是個裸體主義者，因為在最初
亞當夏娃都不穿衣服；他的主食
多半是水果；永遠睜著眼不睡覺，
他對唱歌似還熱心，但最喜歡的
是很多人跪在地上閉眼跟他聊天。

一九四七年於新加坡

作者自註：此詩係根據流傳在「地上」的現有資料寫成的，就事實而下判斷，並無揑造半句。

## 作者簡介

——杜運燮（1918-2002），詳見本書頁二五一。

1952

# 石獅子

威北華

誰吩咐你蹲在空庭讓黑煙熏著
儘管你看了百年又百年的興衰
半夜鐘聲敲不開你瞌睡的眼
回頭讓我拾起一把黑土擲向天邊
那兒來的蝙蝠在世紀底路上飛翔
怎得黑夜瞥見一朵火薔薇在怒放
我就獨愛在馬六甲老樹下躺著畫夢
且讓我點著海堤上的古銅的小銃炮
轟開了歷史大門我要看個仔細
誰在三寶山頭擎起了第一支戰鬥的旗

## 作者簡介

——威北華（1923-1961），原名李學敏，又名李華、李福民，曾用筆名魯白野、樓文牧、華希定、破冰等。祖籍廣東梅縣，出生於馬來亞怡保。在家鄉讀書，五年級時怡保鎮被洪水淹沒，從此四處流浪，到過金寶、檳城、馬六甲等地，也曾漂泊到印尼。戰後從棉蘭搭船到雅加達，一九四七年回程途中到新加坡探親，從此定居新加坡，先在《益世報》和《馬來論壇報》任職，後在《星洲日報》主編《國語週刊》。著有短篇小說集《流星》，散文集《春耕》、《印度印象》、《獅城散記》、《馬來散記》、《馬來散記續篇》、《馬來亞》，詩文集《黎明前的行腳》，編著《愛詩集》、《實用馬華英大辭典》等。

1959

# 夜探

吳岸

我們在黑暗的森林裡探索，
過了山，到了泥濘的沼澤。
兩膝在黑泥裡掙扎，
在滾動的腐朽的巨幹上跋涉。

呵，婆羅洲的深邃的森林，
已在神秘的夜的翅翎下睡眠；
樹梢間有星星眨著原始的眼，
一點星光便給我們一點光明。

把步伐放輕一點吧，朋友們，
別驚動那莽林的睡眠的女神，
噓，你聽她在酣夢裡自言自語，
如似有不安的事纏了她的心魂。

哦哦，她一會兒又低低太息，
準是夢見了什麼不祥的兆跡；
你聽她這會兒不是在翻身嗎？
翻身後又在微動的夜翎下沉寂。

不，不，她卻只有半刻的平安，
是什麼又在把她擾亂；
你聽她又在把身腰翻覆，
哦哦，她把溫氣吹在我們身上。

每當她叫惡夢纏得輾轉翻身，
整個森林便為她而驚恐，
那深淵裡閃的是蛇的鱗光，
還是她的長髮在不安地閃動？

一群群的螢火蟲四處亂飄，
夜鷹也呼應著，不停呼嘯，

蟬兒拉起了冗長的尖嗓，
領著百蟲齊聲呼號。

在巢裡護著嬰兒的小鳥，
駭然朝黑暗裡飛躍，
留下了可憐的嬰孩，
哭哭啼啼在把母親要。

山豬在亂叢裡衝撞，
野鹿在慌恐裡逃亡，
松鼠和蜥蜴，
從這樹幹飛過那樹幹。

在池沼裡安息的魚，
也躲在水草下警惕，
一群群青蛙在跳躍，
山蚊和水蛭在尋著把血吸。

哦哦，那饕餮的蝙蝠
趁著這騷亂的時刻
拍著比黑暗更黑的翅膀，
低迴著在尋覓食物。

猴子也從老巢裡醒來，
咔咔叫著，把驚恐傳開，
彷彿要把深山裡的人猿叫醒，
讓它們來奪去這最後一絲安寧。

哦哦，那是巨蟒從黑葉床裡，
高高地把猙獰的頭舉起；
噗噗，驟然傳來兩三巨響，
是榴槤拋落在咫尺之地？

去，去，你這擾亂睡神的夢魘，
漸漸，漸漸，森林又沉默；
我們聽見女神在輕輕呼吸，

樹葉在她的暖氣裡吟歌。

我們仍舊摸索著向前，
輕輕地，不願驚動安眠的睡神；
那深淵裡閃著的不是蛇的鱗光，
是她的長髮在星光下閃動。

## 作者簡介

——吳岸（1937-2015），原名丘立基，出生於砂拉越州首府古晉。一九五三年開始詩歌創作，被譽為「拉讓江畔詩人」。一九六六年因參加「砂拉越獨立運動」，被監禁了十年。一九九五年獲馬來西亞華文作家協會頒「崢嶸歲月」文學成就獎；二〇〇〇年獲第六屆馬華文學獎，同年獲砂拉越州政府頒發砂拉越民族文學獎；二〇〇九年獲國際華文詩人筆會頒中國當代詩魂金獎。著有詩集《盾上的詩篇》、《達邦樹禮贊》、《我何曾睡著》、《旅者》、《榴連賦》、《吳岸詩選》、《生命存檔》、《破曉時分》、《美哉古晉》、《殘損的微笑》等。

1967

# 下午歌

李蒼

讓所有的禽族在枝頭假眠
讓所有的唱機飢且渴
讓所有的桌椅在咖啡座煩躁
剪貼的下午花花公子的下午水草的下午
有一隻小貓瞇著眼
像一隻剛從屋外撿回來的枕頭

讓所有的耶穌喘氣
讓所有的雜誌被剪貼
讓所有的游泳池都吞食寂寞的陽光
撲克的下午理髮女郎的下午廢墟的下午
有一隻黑螞蟻在洞口探出觸鬚
像一隻空瓶子在理石上滾動

我是那麼健忘，老讓自己的方步
回憶兒時旋動的陀螺
熱帶熱帶地
在水族館與愛德嘉．坡之間
我乾燥的名字，必然不為人所知
這是假期，酒吧說
一陣驟雨忽然像旱季裡燒芭的野火
逼我心寒地惦念著那個雛妓

好狠毒的故事，如果《聖經》沒這一章
我不再上唱詩班
為了我是一座停頓的鬧鐘
能靜聽別人的詛咒和秘密
倘若木槿花沒尅死郊野
　　沒放逐那些姐姐妹妹的蝴蝶
給我時間冥想，這是醜陋的浪漫
沒有風從窗外伸手把我擰醒

還是讓所有的下午送殯去
或者讓一隻病尖嘴鼠在斑馬線上揚威
唱一支流眼淚的歌吧
我必然碎心地到祖父的墳墓
考古去，要他聽聽
酒吧說的：這是假期
含羞草椰花酒野薔薇沙爹燒的假期
我在碎蔭下編寫散步的姿態
小黑狗學呀都學不完的姿態

除了使自己成為一座空宅
讓食蟻獸在這裡築窩
我的下午歌，飛揚著不懂禮節的音符
在空曠中迴音，演奏它的
是我的短翳鬚，是我乾癟的瞳仁
如試驗室裡解剖檯上的黑貓
浪費那僅存的血滴

——一九六七年十二月

## 作者簡介

——李蒼（1948-），原名李有成，曾任中央研究院歐美研究所特聘研究員、所長、《歐美研究》季刊主編、國家科學委員會（現科技部）外國文學學門召集人、中華民國比較文學學會理事長、國立中山大學合聘教授、國立臺灣大學與國立臺灣師範大學兼任教授。曾榮獲三次科技部（含前國家科學委員會）傑出研究獎、第六十二屆教育部學術獎，並膺選為第八屆國立臺灣師範大學傑出校友。其研究領域主要包括非裔與亞裔美國文學、當代英國小說、馬華文學、文學理論與文化批評等。近期著作有《文學的多元文化軌跡》、《在理論的年代》、《文學的複音變奏》、《踰越：非裔美國文學與文化批評》、《在甘地銅像前：我的倫敦札記》、《他者》、《離散》、《記憶》、《荒文野字》、《詩的回憶及其他》、《和解：文學研究的省思》及詩集《鳥及其他》、《時間》、《迷路蝴蝶》等。

# 空無的山

梅淑貞

移去了成排的森林
至電鋸廠
苔蘚的巨石
慢慢碎去
點點的綠晶　篩落入
石灰及其屋宇

誰的狂淚飛濺滿空山
鳥　鳥的羽毛
載走伶俐的葉
賞山的人　枯木無蔭
孤坐於蕭然的矮椿上

虛無的山

空山無樹　那條白練
早已裁成她腰下的一襲短裙
危崖削平　崎嶇熨直
尚有聲聲盪魂的捶擊
驚醒
滿山的蝴蝶夢

## 作者簡介

——梅淑貞（1949-），祖籍廣東臺山，出生於馬來西亞檳榔嶼。畢業於拉曼學院商學系，獲英國特許會計師與特許秘書暨行政人員兩個專業資格，自一九七五年起便在八打靈某集團擔任公司秘書暨財務管理人。曾任《蕉風》月刊執行編輯。曾獲大馬華人文化協會小說獎與散文獎。著有詩集《梅詩集》（一九七二），散文集《人間集》（一九八五），六人合集《犀牛散文選》（一九七六）等。作品被收入《大馬詩選》、《馬華當代小說選》、《馬華當代散文選》、《馬華新詩史讀本》等。

1969

# 致虛無

陳慧樺

一面牆
以及
眾多的絮語
曝曬在時間的曬穀場

我的睫是流動的星星
找尋駐紮在樹梢的春天
百合的五月闔過後
焦慮纍纍成熟在額際
唇邊締結出澀果

一些迤邐的風景已流過
時空交織如縷復馳來
第三隻眼睛的繽紛

透視一切
過了林蔭仍有林蔭
過了城鎮仍有城鎮
而巍然昇起者
牆也時空也
而你仍透剔如流　如詩
如企鵝的渾圓腹

六九、四、廿一、改於外雙溪

## 作者簡介

——陳慧樺（1942-），原名陳鵬翔。國家文學博士（比較文學）。自臺灣師範大學英語系教授職退休，現為佛光大學外語系榮譽教授。在大馬時，曾在吉打州居林和友朋創辦海天書局與《海天》月刊；在臺北市念大學和研究所時，曾與友人創辦星座詩社、噴泉詩社和大地詩社，並合編《現代文學》。著有詩集《多角城》、《雲想與山茶》、《我想像一頭駱駝》、《在史坦利公園》，散文評論集《板歌》，文學評論集《文學創作與神思》，學術論著《主題學理論與實踐》、《文化／文學的實踐》。編著有《主題學研究論文集》、*Feminism / Femininity in Chinese Literature*、*Cultural Identity in the Age of Globalization*；合編有《比較文學的墾拓在臺灣》、《從比較神話到文學》、《文學、史學、哲學》、《從影響研究到中國文學》、《二度和諧：施友忠教授紀念文集》等。中英文學術論文約一百篇，散見於國內外權威學報及雜誌。

1973

# 走動的樹

左手人

我已身化，在異域
滿髮飛揚的陽光
一樹，撐著靈思的猙獰

從一條古老的上游
從秘暗的淺灘
一種獨步的癮，一種狂傲
各割據我半壁
日蝕的臉面

然而，我恆在走動
每次走動
希望殘墟的視線裡
有一座奇蹟

屹然出現
每次回首，每次
總有一座城市
在跋扈的塵囂中
焚燒起來

一九七三年

## 作者簡介

——左手人（1950-），原名黃遠雄，出生於馬來西亞吉蘭丹州首府高打峇魯。曾任香菸推銷員、鐵工、土地測量師、土木工程經理、建築承包商。著有詩集《致時間書》、《等待一棵無花果樹》、《走動的樹：黃遠雄詩選1967-2013》。作品被收入《赤道形聲：馬華文學讀本Ⅰ》、《馬華文學大系1965-1980‧散文》、《馬華文學大系1965-1980‧詩》、《馬華文學大系1980-1996‧詩》、《馬華新詩史讀本》、《中國新詩百年大典》等。

# 城中隱士

1976

沙禽

1

一切皆因太陽的開動而開動
清晨他也出門
但深知不必擾亂秩序
不必
收拾被擾亂了的秩序
即使在山中
沒有任何獸可以成為樹
在空無的空間延續
無需望斷天際而臆度大地的脈絡
茅屋或廟宇也只是
小小的城
走進去依舊是渺渺的人

活在某種深深的迷戀裡
所以他停駐在燈回衣飾轉的城市
但深知
興盛的土木也是太陽的開動
它引領他的沉默
像深沉的森林
召喚一頭孤獨的獸
而當一切因太陽的殘落而殘落
他也回來推開窄小的門
推開窄小的窗
但深知
望不盡沒有邊界的夜
他只是
不眠的獸
獨自等待
莽莽草原上
月升的感召

2

燈火喧鬧處　廢墟陋巷裡
抽著菸
但將冷眼看螃蟹
也看自身的顯耀和衰微

一九七六年

## 作者簡介

——沙禽（1951-），原名陳文煌，祖籍福建永春，出生於馬來西亞霹靂州宜力。吉隆坡拉曼學院建築系畢業，從事建築行業，現已退休。一九七〇年代初開始創作，曾與友人創辦吉隆坡人間詩社，亦曾擔任《蕉風》編輯。作品常發表於《蕉風》和《學報》等刊物，著有詩集《沉思者的叩門》。作品被收入《大馬新銳詩選》、《馬華當代詩選 1990-1994》、《赤道形聲：馬華文學讀本 I》等。

1976

# 黃河

溫瑞安

是曰：我的歌是一道靜靜的水流穿出幽谷本是悠閒，而後激越。越是荒漠，越是悲壯。轉轉折折，許許多多匯合後，化成一條萬古雲霄萬古愁的身姿，浩浩蕩蕩地唱：
我是黃河我是黃河我的悲傷是千萬人的悲傷我的歌是千萬人的歌我是黃河我是黃河
我是黃河我是黃河我是黃河……

流動是可喜的
成為一池碧潭卻是……

在所有的冬樹裡
我是風，自湖水的衣襟摺過
在一棵枯枝間停留
驚見兩掌紅紅而纖小的葉。
我是幽靜的水流
上可以幾千萬里

成千軍萬馬的降臨
下可以成瀑布
把岩石沖激成沖激的岩石
那我就化身成人吧
殺身成仁，風湧雲動
在斷崖上，斷日下
一件白衣蕩蕩而飄

輕愁是美好的
可是執著呢？……
在大夢中，
我是那尋尋覓覓
叩訪驚喜的人。究竟誰是
俠骨的真？今天我寫詩
明天我的路更遠
從等待驚喜
到迷惘得在暮色裡摘花
在蒼茫中回首

看月窗前的自己和她
不甚清楚。我今天要走
明天雪雨動林
在遲了千百年後的今宵
我們於風塵中相見
僅僅讓君子知道
許多感動因年齡而不再
我難以再作悲傷的流露……
而今大江一重，擱在身前
兄弟，讀您的詩才幾行
大江已寒……

今天我送妳
明天路可以遠至逍遙千里
冷漠是可喜的
真摯的一驚呢？
在全然的黑暗中
風和風在呼嘯葉子和葉子在回應

我感覺到妳就是和我走那
不了解長路的人。
沒有關懷，不說一句話
怕更受傷。怕沒有風。怕沒有溫暖的黑暗。怕一朵花謝
和她的開……
燈乍亮，妳還是端坐在千萬人中
那麼脆弱而易受傷
或作嗔喜，或作自衛而笑……
而千萬人中，我就渴望那麼一眼
千萬年中，我生來就為等著
千次萬次中，就白衣那麼一次
當杏花。煙雨。綠水江南
岸。當我詩篇背後
透出銀色的字
妳喜悅不喜悅？
感動是可憂的
而我年歲悠悠……

就化身為枯藤松柏吧
我有更長而倦的守望
在許多敬佩與不敬佩的目光中
妳的了解更是抹不去的一筆。
容顏可以秀動娥眉
我是多麼嚮往那綠水的情懷
妳縱化為悄悄的女魂
小心我便是那珍藏古鏡的書生
把妳攝入鏡中，是時是候
便輕聲一聲二聲三聲呵暖妳
要妳出來伴我長夜枯燈
我一劍西來
妳衣裙裊動
那麼小小的可愛
流過庭院
我在寺中抄經
而明天要練拳易筋……
春山愛笑

明天我的路更遠
馬蹄成了蝴蝶
彎弓射箭，走過綠林
我是那上京應考而不讀書的書生
來洛陽是為求看妳的倒影
水裡的絕筆，天光裡的遺言
挽絕妳小小的清瘦
一瓢飲妳小小的豐滿
就是愛情和失戀
使我一首詩又一首詩
活得像泰山刻石驚濤裂岸的第一筆……

我的筆又苦又尖
夢是可喜
愛是可憂
我還有靜靜的玄關要迎送
妳聽我步履遠去
我送妳迎風

浩浩蕩蕩，長洲巨灘
九洞庭，九太華
括蒼到點蒼，我的金剛經
比出閘時更勢若滄浪
我是那自出陽關的第一水
從柔情傳達給我激情
剪刀峰，大小瀧秋飛瀑
一氣呵成而瀉千里
我的歌不盡
上可以九萬里而不止
下可以……

我還是那不應考而為騎駿馬上京的一介寒生
秋水成劍，生平最樂
無數知音可刎項
紅顏能為長劍而琴斷，寶刀能為知己而輕用
有女拂袖。有女明燈。有女答客。
沏茶還是茗酒

為劍可以白衣
可以飄行千里
而我正有遠遠的路要走……

越來越接近那吼聲了
那是沒有終止的衝決
崩卻原是蒼茫灘上的
一夫當關，狠命一守
氣勢自出，歲月愈久
我的京試愈垂青史……

這首詩我不停而寫
才氣妳究竟什麼時候才斷絕？
水聲更近，天涯無盡
在此訣別，紅顏知音
那在雁蕩的飛躍之君子
那燭光中仍獨挹清芬之秀顏
幾時才在明月天山間

我化成大海
妳化成清風
我們再守一守
那錦繡的神州……

## 作者簡介

——溫瑞安（1954-），祖籍廣東梅縣，出生於英屬馬來亞霹靂州美羅埠火車頭，武俠小說作家。筆名有溫涼玉、舒俠舞、王山而、項飛夢、溫晚、柳眉色、風玲草等。一九七四年九月赴臺就讀臺大中文系，一九七六年創辦神州詩社（後改稱神州社）。著有詩集《將軍令》（一九七三）、《山河錄》（一九七九）、《楚漢》（一九九〇），散文集《龍哭千里》（一九七七），以及《神州奇俠》（一九七八）、《四大名捕會京師》（一九七九）等多部武俠小說，其中四大名捕故事在香港改編成系列電影。

1977

# 只是經過

黃昏星

如果在試劍山莊
我在窗前等你回來
總要歡樂瀏覽悲壯的山河
然後揮走一首孤獨的歌
再去尋愛你的釣者
一夜漁舟越催越遠
腳步聲是沙地上的伴奏
忽然寒山寺內一聲木魚
把我從錯失和遲夢中
一聲惶恐便選擇了我
世界上千百萬人中
唯我愛隔著牆偷看你
不知割捨和取得
有時像一張唱片

等待和旋轉猶似一種自生自滅的過程
短街上，看透了一點風霜
不見面時最深是埋怨
在以前緣分是一道隱約的流水
在現時緣分是一道土崩的裂痕
觀望著戰火連年
河岸是少女的小手
招挽不回她的哀憐
我的卻是一廂情願
把青春送給時間
漁樵耕讀荒了多少雪白的臉？

世界上只有我一個人
今夜面壁想你，同時不解
我的是落楓滿地
你的是春風吹老
一個旋轉各自在盡頭分道
幾千年後我再去苦思面壁

你輾轉流離
從前日記有許多田園
現在身前是一張地圖
電影落幕時我們回到最初的地方
再各自分手
其實故事從哪兒說起
結局。尾聲。開門自守。
不管中間突破，起承轉合
一早就有了介說

而你總是一面鏡的兩個邊緣
照出牆外的天光與黑暗
我只好說：失戀
在斷橋的中間
我在窗前等你回來，那心情
我只是一首華樂裡的一點不甘被奚落
當中多少次過門
經歷多少事變

昨日相聚，今日分手
明日陌路相逢
一時不知哪兒去找話題
只好從最初最快樂的所在
說起

## 作者簡介

——黃昏星（1954-），原名李鐘順，易名李宗順，後名李宗舜，早期另有筆名孤鴻。祖籍廣東揭西，出生於馬來西亞霹靂州美羅瓜拉美金新村。一九六七年與溫瑞安、周清嘯、廖雁平等創立綠洲社，一九七三年參加天狼星詩社。一九七四年赴臺，曾就讀於政治大學中文系。與溫瑞安、方娥真、周清嘯、廖雁平、殷乘風及一班同好共同創立神州詩社，任副社長，爾後負責神州出版社發行部，擔任青年中國雜誌社社長。曾任《綠洲》、《天狼星詩刊》、《神州詩刊》、《青年中國》等刊物主編及《跨世紀季刊》總編輯。一九九四年任職馬來西亞留臺校友會聯合總會行政主任至二〇一六年退休。現為馬來西亞天狼星詩社常務副社長。著有詩集《兩岸燈火》（與周清嘯合著）、《詩人的天空》、《笨珍海岸》、《逆風的年華》、《四月風雨》、《傷心廚房》、《李宗舜詩選II》、《香蕉戲碼》、《擦身而過》，散文集《烏托邦幻滅王國》、《十月涼風》等。作品曾選入《大馬詩選》、《馬華文學大系》、《馬華新詩史讀本》、《眾星喧嘩：天狼星詩社精選》、《別在耳邊的羽毛》、《天狼星散文選：舞雩氣象》等。

1981

# 感懷

李宗舜

夜讀東漢王充
論衡第二卷無形篇
乃曰：天地之性，人最為貴
讀罷末句，合上書冊
窗外一陣風橫掃千軍的颳來
始覺自己獨個兒守在房裡，眼前
隱約一片亂世的暗潮起伏
友朋，卻遠在他鄉

我是古書裡頭
一字一句的圈圈點點
任你如何瀟灑，刻意去
擺脫，鄉愁像濕濕的毛巾
冷冷在握

如此，我又要過一個漫長的夏天了
熱帶海風帶來沙灘的椰影
它們彎下腰身
怎麼說
快樂還是不快樂
都不要語言文字訴說

一九八一年八月十一日

## 作者簡介

——李宗舜（1954-），詳見本書頁二八九。

1981

# 如果你來

夢羔子

如果你來
請不必攜帶一些什麼
因為我已經不再
需要

我的心境
已經是濃濃的一片秋意
陰陰涼涼秋風瑟瑟
薄薄的雪或許就要開始飄落
如果你來

如果你來
雨必定會下得悽悽慘慘
當你走過長亭連著的長亭

當你走過木橋之後又是的木橋
想起第一次愛戀
你拚命地撐不開傘

還想不想
半夜起來帶我挑燈的憤筆疾書
還聽不聽我雨夜擊鼓
在那依舊多風
的風樓

如果你來
其實我已不再存在我的少年
已遠離
如果想我就泡壺濃濃的熱茶
替我抹抹書桌上的塵埃
或者繡繡你的花
如果你的心情還沒有失去
如果你還在眷戀

一份昔日

我什麼都不再需要
如果你來如果你不來都沒有關係
我已不存在
我只是在香火與煙雨的迷濛中
求一份永遠安寧的
幽魂

八一年清明節於新生村

**作者簡介**

——夢羔子（1955-），原名鐘濟源，祖籍廣東陸豐，出生於砂拉越古晉。砂拉越華文作家協會會員。著有詩集《你那邊的夜色黑不黑》（一九八六）、《日子曾經鋒利》（一九八九），散文集《田園散記》（一九九三）。

# 1984年終寄給Blue

陳強華

Dear Blue如晤：
時間利用肢體搬運沉重的物體，
我的思想在服役，匆匆徵召入伍。
疲憊的夜，
聽見有人潛黑在基地外掘土築壕
然後再填埋，揚長而去

Dear Blue，你看見我嗎？
雖然善於思考，也耽於幻想
時間的炮彈歸於權勢保管，
思索的槍械許久不曾操作，
心情的射靶即將荒蕪了……
你都沒有看見，Dear Blue

束縛的意志，不能伸張
不敢妄動的欲望，無條件地
服從、遵守與沉默
似乎在整齊劃一的陣列裡
找不到獨特的個人風格

哈！獨特的個人風格？
疾憤的靈魂只是一名叛軍，
衝破紅燈，
和口令發生嚴重的決裂，
政變，於譁然的群聚裡奔出……

Dear Blue 我想笑，笑出聲來
思想再度回到部隊，
服役，求取充飢的乾糧，
Dear Blue，此刻想找人說話
或抽菸，把氣吐出來
心中不會顯得冷清而閉塞

Dear Blue 這是一種純粹持續的心情。
太久了，會形成一種習慣
無以名之，
我的聽步沒有停過，
只是很規律的操練，
不敢有犯錯與創造的想法。

我來，
我去，
我又停駐原地。Dear Blue 啊。

## 作者簡介

——陳強華（1960-2014），出生於馬來西亞檳州大山腳鎮，臺灣政治大學教育系畢業，南京大學中文系碩士。一九九一年創辦「魔鬼俱樂部」詩社，一九九四年發行《魔鬼俱樂部》詩雜誌，並曾主編《金石詩刊》，參與編輯《馬華當代詩選》，一九九七年創辦《向日葵》人文雜誌，並擔任總編輯。曾任大山腳日新獨立中學教師、檳榔嶼韓江學院華人文化館館長及中文系系主任。曾兩度獲花踪文學獎馬華新詩推薦獎。著有詩集《煙雨月》、《化妝舞會》、《一天一天》、《那年我回到馬來西亞》、《幸福地下道》、《挖掘保留地》，散文集《請把愛情當一回事》、《格子·紗籠》。

# 那年我回到馬來西亞

陳強華

那年我回到馬來西亞，Blue
再開始策劃著另一次的遠遊。
街上霓虹燈暗淡，
在怒謗指陳的風雨處，
正如預期使我理想冷卻的因素……

正如預期必須愁坐斗室，
在稀疏的社會廣告分類版上，
尋找繽紛色彩的遐想。
而我熾熱的情緒，
隨著鉛印的墨字高漲，
經濟不景、黨爭、種族極化……

那年我回到馬來西亞，Blue

適應對民間生疏的善意
不可挽回的時間，任其遙遠
在知識的路上遇見一些溫和的理想家，
遲緩地展開改革計畫

曾經傷及我靈魂的筋骨，
眼前的，因此痛至心肺
相似的眉目，稠濃的血緣
權益紛爭，為淺薄的私利樹敵
在這土地進行類似的活動。

在朋友失業，
或是結婚，生了孩子
那年我回到馬來西亞，Blue 啊
真的回來了，摺起理想的藍圖，
開始知道奮鬥、和命運糾紛
開始感覺自己漸漸喜歡重型搖滾樂

偶爾也寫詩，無謂地吶喊
然後揉爛，或摺飛機或船
拋進熱帶滂沱的雨量中
開始有了期待、馴良地
和著陰涼的雨意睡去……

作者簡介

——陳強華（1960-2014），詳見本書頁二一九八。

# 投江

1987

方昂

那個背脊佝僂的老漁丈
究竟是何方神聖
如此問我斥我當頭棒喝我
臨去那一杖啊擊在肩上彷彿擊在我心上
開頭他說的話是否刺探我——
他說聖人不凝滯於物能與世推移
他說舉世混濁我何不隨波逐流
他說眾人皆醉我該與俗共酩酊
懷瑾而握瑜，他輕輕棒點我，為何我自令見放
我侃侃地陳詞，我憤慨地辯白
新沐者必彈冠，新浴者必振衣
我安能以皓皓之白蒙穢穢之黑
老丈輕輕地頷首，他沉重地點頭
三閭大夫啊，他的漁竿四周一指點

看，那絕巇怪柏，那重岩疊嶂
聽，那懸泉瀑布，那素湍綠潭
這樣一片美麗的國土江山
是誰啊誰的江山誰的國土
他突然一揮手中杖，他沉重地一聲嘆
那一杖擊在肩上，隱隱，痛在我心上

想我屈原，楚之同姓，楚懷王之左徒
入則圖議國事，出則應對諸侯
想我竭忠盡智，憂國憂民
可惡那大夫靳尚，可恨那令尹子蘭
可嘆那聽之不聰楚懷王，可悲那讒諂蔽明頃襄王
忠心耿耿我被貶至迢遙的漢北與江南
井渫不食，為我心惻
信而見疑，忠而被謗
我向靈氛問卜，我向巫咸請示
是否楚國合該崩金山倒玉柱

幽幽的汨羅江悠悠地流
流過湘陰流過秭歸我的家鄉
流過荒蠻蠻的楚國鬱蒼蒼的南方
流過寬厚的父老樸實的子民
莽莽的汨羅江茫茫地流
流走春秋流走我的壯志未酬
流走九轉十三回的九歌
流走問天天不應的天問

漁丈臨去那一問問得令人好生納悶
臨去那一杖尤其令人心驚
楚國當然是芈家的天下
不是芈家又是誰的山河
漁丈微微地笑，他平靜地問——
是誰從河中捕魚蝦是誰的血汗育稻米
是誰用針線織衣裳是誰的勞力建廟宇
通衢大道是誰築造凶險邊疆是誰守禦
漁丈這些問題好生突兀好生尖銳

我屈原學富五車，我想也不曾想過這些問題
我忠心不二楚國大夫，我如何能問這等問題
漁丈這一杖動搖我心中不曾動搖的堡壘
我不敢這樣問我不能這樣問
我卻禁不住這樣地問
天地之大為什麼只屬於芈姓這一家
我鞠躬盡瘁為什麼只效忠懷王、頃襄
我是楚之同姓，我怎可問大逆不道這等問題
我受命不遷，橫而不流，我是歲寒不凋的橘樹
漁丈這一杖啊使我疑竇叢生，神動魄搖
我不敢這樣問我不能這樣問
我卻禁不住這樣地問
外欺於張儀內惑於鄭袖，這樣的君王值不值得敬重
親小人遠賢臣，這樣的君王值不值得熱愛
兵挫地削，喪權辱國，這樣的君王值不值得效忠
水深火熱楚地的人民，這樣的君王能不令我憤恨
漁老丈這一杖擊得我憬然醒悟豁然貫通

苦楚的汨羅江流的原來是人民的血與淚
楚地的山川文物原來是人民的山川文物
楚地的日月星辰原來是人民的日月星辰
哺育我屈原成長的原來竟是人民的國土
漁老丈這一杖何其重何其輕
我屈原竟萬念俱灰，只因楚王疑我疏遠我
我屈原竟萌生短念，只因小人讒我陷害我
忠誠只向芈家？我屈原何能如此癡愚
殉身只為冠冕？我屈原何能輕賤自己
國人縱憐我河中魚蝦能不笑我
屈原啊屈原你熟讀詩書與易禮
識見卻及不得江畔捕魚一父老
說什麼憂國憂民一片熱血丹心
說什麼身為楚國人死為楚國鬼
你愛的是楚王還是楚地的人民
你惜的是冠冕還是楚國的山河
是不是只有左徒你才能盡忠報國
是不是布衣黔首就不能關愛人民

這是污痕斑斑的朝服
這是歪扭不堪的朝冠
這是斬不得奸邪，朝廷賜的寶劍
如今都離棄，離棄
去去，我的愚忠啊我的愚孝
都投入滾滾東去的汨羅江

從此我不再是念念楚地酷夏的
三閭大夫已隨滔滔的江水流逝
從此我從民間來往民間去

一腔雄壯的肺量我要傾吐人民的心聲
一支春秋的鐵筆我要寫盡人世的不平
我是堂堂正正一介平民姓屈名平

一九八七年

## 作者簡介

——方昂（1952-），原名方崇僑，祖籍廣東惠來，出生於馬來西亞檳城。馬來亞大學數學系畢業，曾任職馬來亞師範學院講師，現已退休。曾獲馬華青年文學獎、福聯文學出版基金散文組及詩歌組優秀獎、全國端午節詩歌創作比賽冠軍、兩屆花踪文學獎詩歌組推薦獎等。著有詩集《夜鶯》、《鳥權》、《白鳥》、《簷滴》、《那乳頭上的毛》，散文集《一種塑像》，合集《馬華七家詩選》。

# 和遽變的文字

1992

陳強華

1

常常有些詩突然匿跡了
有些標題出走了
留下一些零散的標點
靈感做了虧心事般
避而不見
巨大的靜穆以它伸展的卷鬢
穿越過塵埃黑暗的沉積
重拾以前的壞習慣
右手也疲倦
清晨醒來我發現
那隻牆角慵懶的蜘蛛
把網擺在屋外曝曬

嘔吐逐日淡薄的詩句

2

昨夜追緝回來的文字
都關在藍格籠裡
繼續展開冗長的僵持
今早我醒來特別早
棄置那將開始的對談與聆聽
再去觀察那些頑固的
是否已敞開披風躍飛
隱蔽在透明的視野裡

3

可能是這樣類型的文字
大家都悲哀，有隱痛
才開始相擁，親吻

一旦我要告訴你一種感情
你就沿著感情細緻的紋線
一一釋放出來
總是依念懷舊
從來小心翼翼

如今都已習慣
其實我們也並不悲哀
快樂有時聊起熟悉的話題
陷溺於抑揚頓挫的音節
攝取只是為了記錄
擺起如雲的姿態
進入焦距

4

我應該這樣說
思想裡一定有死亡的蘑菇

急速地腐爛，再生
以夢顯現

曾經寫過的那些詩句
動作遲鈍，反應緩慢
解開裝滿詭計的口袋
把幽禁在字典的文字眼罩
鬆散下來
凝聚一種鋸齒狀的力量

我應該這樣說
總在重複那個夢境
雨過天晴後的森林
一千朵蘑菇
一萬朵蘑菇
卻屬於這豐茂的腐蝕
根鬚的
不斷地繁衍

5

久違了，我的靈感
又失約了
伴著沉澱的香片
那支患上腎結石的原子筆
竟又咳嗽起來
重回心靈的咖啡座
我們都很生疏了

思念深處，我們必須握手
聽你敘述不完的懲罰
允許我短暫的入睡吧
聽，那風聲鑄成的浪花
驚嚇前來覓食的鳥
風會熟悉這些
吹拂為疲憊蒙蔽的思路
當我深情地貼近你

我知道，我的靈感
離我不遠了

作者簡介

——陳強華（1960-2014），詳見本書頁二九八。

1992

# 如果狩獵是可能的事

沙禽

如果狩獵是可能的事
你不會坐下來
書寫狩獵的故事
叢林中的追逐逐漸
對換了位置
身在牢獄者
兀自設計牢籠
但瀚墨的涉獵卻沒有
你不必
伸手向浮木，任由
孤魂水上啾
這種細訴
在絕境中尚且要從容
像曹植的七步

# 山魯佐德的頭顱

我們不期望
傷痕化為顛撲不破的
讖言，被樹立的也會砍伐
像神殿因為風暴
諾言因為時間
天籟早已湮沒
車馬複製流年
那沉默的語言還要
鑄刻我們的變遷
以及無所變遷
彷彿積鬱的雲層
催生了
瞬間的雷電

如果雲行水流是可以透視的事
你不會坐下來

尋思透視雲行水流的文字
在乾癟的城市
這僅僅是點滴的
原始記憶
生存的模式

作者簡介

——沙禽（1951-），詳見本書頁二七五。

# 我們曾是彼此的火焰

邱琲鈞

——我們曾照亮彼此生命，然而熄滅，是在空氣中跳著舞的情婦，就在還清醒的時候，彼此離開。

我們的話題停滯於季節的矜持之中
而你說楓葉的年紀
我們都徘徊在思路的指示牌下
此刻我看不清楚你的五官
蜜蜂的飛行因此沒了喧嘩
我在這座城裡守候夜的素描
「已經很遠很遠了。」
在闔眼之後的黑幕裡
繼續跳舞
計畫在億萬光年之後的下午

與你分析感情的負疚

我們的感情跋涉得很遠了
浪漫變作聚塵的擺設品之後
我專心思索你確實的名字
「關於我們不完美的愛情……」
「算是前世。」
木星知道
我們都流落在最僻遠的角落裡
篤信宿命論

這次誤會太深了
殞星與空氣摩擦的聲音
我想到你的音韻
撫慰我如絲綢滑落
在感情的廢墟裡
是否容納得下我們原始的感性
在我睡著的剎那

思緒是神秘的訪客
我慵懶的談起你
在這裡

**作者簡介**

——邱琲鈞（1971-），又名阿貝，祖籍福建，出生於馬來西亞檳島。曾在義大利居住二十年。著有散文集《卸妝之後》（一九九六）、《靴子裡的女人》（二〇一七），食譜《甜言蜜意》（二〇〇九），詩集《想邀你私奔》（二〇一〇）。

1992

# 讀《憂國》

方昂

《憂國》乃三島由紀夫作品，寫一日本軍官切腹自殺事件

在屋裡深長的天井下讀
三島由紀夫的《憂國》
鐘擺的滴滴答答敲擊著
昏黃的夕照……精神漸漸恍惚
書頁窸窸窣窣，愈翻愈響
愈響愈大，脈搏
就滲出一絲微甜的腥味……

三島由紀夫的五官漸次浮現
濃黑的眉毛，鷹鉤的鼻子
雪白和服裹著精壯的身軀
猥褻的三角地帶，一支武士刀

曾經進出中國的陽具，一無顧忌地
賁起

他嘿氣開聲
一番一揚，刀光綻開
武士刀突然就抵在我肚腹上
一片海棠葉的胎記
脈搏急鼓般響起
狹長的金屬悄悄吻進柔軟的腹肌
冰冷的鋒刃貪婪地吸吮肉體的溫暖
劇痛如漲潮，迅速淹沒我全身
「你看，那血液如花，鮮紅地綻開
痛苦的極致貫通喜悅
死亡就是美麗的了……」

三島由紀夫無鬚的嘴唇反覆地翕動
「其實都是想像……

一如我的陽具從未進入你的肉體
一切都是歷史虛幻的想像
想像是蠶，它不斷
齧食脆弱的海棠葉」

刀鋒深入腹腔，泅向肝臟
三島由紀夫的聲音斷斷續續
「但我終究得為一切道歉
雖然事實與幻覺
糾纏如你腹中蠕動的刀與腸子
你勢必忘卻痛楚，讓血液沖淡記憶」
武士刀割破橫膈膜，大腸
翻湧而出，血污噴濺了他一臉

「到最後只剩大和魂、天皇
靖國神社，以及——」

刀鋒切穿肚臍

「你寬宏的胸襟和大量的血」

血霧驀地漫天爆開
三島的頭顱騰空躍起
武士刀一閃而逝
千鐘轟鳴……

餘音嫋嫋，彷彿從地底傳來
脈搏漸漸復甦，漸次清晰
血腥從嗅覺飄散
我俯身桌上，倒翻的紅墨水
染紅了《憂國》，滴落一地如櫻花
屋外傳來一聲悶雷，雨聲
車聲，人聲……
鐘擺一下又一下有力地響著

## 作者簡介

——方昂（1952-），詳見本書頁三〇八。

1998

# 在南洋

陳大為

在南洋　歷史餓得瘦瘦的野地方
天生長舌的話本　連半頁
也寫不滿
樹下呆坐十年
只見橫撞山路的群象與猴黨

空洞　絕非榴槤所能忍受的內容
巫師說了些
讓漢人糊塗的語言　向山嵐比劃
彷彿有暴雨在手勢裡掙扎
恐怖　是猿聲啼不住的婆羅洲
我想起石斧
石斧想起　三百年來風乾的頭顱
還懸掛在長屋——

並非一罈酒　或一管鴉片的小事
開疆闢土　要有熊的掌力
讓話語入木三分
我猜　一定有跟黃飛鴻
同樣厲害的祖宗
偷學蜥蜴變色的邪門功夫
再學蕨類咬住喬木
借神遊的孢子　親吻酋長腳下的土

在南洋　一夥課本錯過的唐山英雄
以夢為馬　踢開月色和風
踢開土語老舊的護欄
我忍不住的詩篇如茅草漏夜暴長
吃掉熟睡的園丘
更像狼　被油彩抽象後的紫色獠牙
從行囊我急急翻出
必用　及備用的各種辭藻

把雨林交給慢火去爆香……

就在這片　英雄頭疼的
野地方
我將重建那座會館　那棟茶樓
那條刀光劍影的街道
醒醒吧　英語裡昏睡的後殖民太陽
給我一點點光　一點點
歲月不饒人的質感
門牙鬆動
我乃三百年後遲來的說書人
勉強模仿老去的英雄　拿粗話打狗

嘿　莫要當真
我豈能朽掉懸河的三吋
在南洋　務必啟動史詩的臼齒
方能咀嚼半筋半肉的意象叢
出動詩的箭簇　追捕鼠鹿

和一閃而過的珍貴念頭
請你把冷水潑向自己
給我燈　給我刀槍不入的掌聲
我的史識
將隨那巨蟒沒入歷史棕色的腹部
隨那鷹　剪裁天空百年的寂靜
聽　是英雄的汗
回應我十萬毛孔的虎嘯　在山林——

不要懷疑我和我纖細的筆尖
不要擠　英雄的納骨塔
已佔去半壁書桌
我得儲備徹夜不眠的茶和餅乾
別急別急　史詩的章回馬上分曉
在歷史餓得瘦瘦的南洋

## 作者簡介

——陳大為（1969-），出生於馬來西亞怡保市，臺灣師範大學文學博士，現任臺北大學中文系教授。著有：詩集《治洪前書》、《再鴻門》、《盡是魅影的城國》、《靠近 羅摩衍那》、《巫術掌紋》，散文集《流動的身世》、《句號後面》、《火鳳燎原的午後》、《木部十二劃》，論文集《存在的斷層掃描：羅門都市詩論》、《亞細亞的象形詩維》、《亞洲中文現代詩的都市書寫》、《詮釋的差異：當代馬華文學論集》、《亞洲閱讀：都市文學與文化》、《思考的圓周率：馬華文學的板塊與空間書寫》、《中國當代詩史的典律生成與裂變》、《馬華散文史縱論》、《風格的煉成：亞洲華文文學論集》、《最年輕的麒麟：馬華文學在台灣》、《神出之筆：當代漢語詩歌敘事研究》、《鬼沒之硯：當代漢語都市詩研究》。

1999

# 風水

黃遠雄

關於仰觀天文，俯察地理
關於風水，關於氣勢
他說乘風而散，界水而止
因此家居，因此形勢
因此生活，因此程運
他一一刀挑劍戮
直到他戟指落在不遠處
我近年來的滯運
其中罪魁禍首已呼之欲出
隱隱可見

據說那是一棵充滿敵意的樹
披頭散髮，槎椏縱橫
有萬箭待發之姿

風起處，發出魔咒般的梆響
正正中中
直指我家大門
直指肺腑

他贈我
一把除妖的桃木劍
一臺鎮邪的八卦鏡
一樽降魔的葫蘆
一道去根斷筋的毒鴆
或任選其一

我婉拒了他的好意
大門不動一石一木
居宅不陰，花草無罪
我動土不向鬼神請示
我不卜而居
禍害由我招惹

災難自然來
與人無尤

從此，我裸衣而坐
敞開胸襟，坦蕩蕩
笑看浩劫從家門經過
笑看興衰進出
笑看人物遷徙
笑看天地

## 作者簡介

——黃遠雄（1950-），詳見本書頁二七二。

1999

# 獨立日

呂育陶

獨立日，微雨細細布置早晨如秋。統治城市的國營電臺
如常透露建設中的美好。幸福恍若永在，香腸與火腿
安然等待刀叉分析。高溫的理想已然冷卻成手中的咖啡。
殖民地的咖啡香從哥倫比亞，穿越大西洋印度洋和雨林遊走在
英式飯廳。獨立日，之前的無數夏日，殖民地的官員揮起
季候風揮起南下的草鞋，把我們七百年的安寧踩踏成
礦湖幫派娼館賭宅，把這土地隱藏的亮光匯成
他們救國的彈藥妻兒的衣裳。把瘦瘠的日子留給我們與子孫。
獨立日，之前的某個冬日，武士刀的寒氣凍結
他們臉上的笑容，狠狠插入他們生命的核心
把他們匯去北方抗戰的火炬兌換成花花綠綠虛擬盜版的香蕉鈔。
獨立日，日當正午，我們終於從半島的胸膛拔出久違的鑰匙
揩去葡萄牙人荷蘭人英國人的指紋，親自發動這國家機器。

他們繼續使用無法團結季候風的方塊字簽寫支票，教書辦報
迷途的旋風闖入叢林把和我們祖先同齡的灌木
改造成紅旗，滿地手榴彈殘骸是時代的果殼。雨日，
父老漏水的高腳屋和他們的入口轎車名錶，使我們開始領悟陽光
如果根據族群比例分配，會更公平。獨立日，之後的連串雲日
我們決定依據色彩學的分類重組生態圈：
　農夫只須按照果樹的籍貫澆灌幼苗
　不必思考果實的豐收季甜美度
　電視機收音機朝陽明月
　只准播放執政黨雲層下許可的風景區
　雞鴨牛羊都得根據皮膚色素ＤＮＡ結構
　分攤經濟的食糧政權的印章
於是馬來鼓穿過童年的檳榔樹湧入都市切入酒店銀行高爾夫球場
我們也漸漸架起族群光的城池夢的公園，妥協的
早餐與盆栽都安然等待命運的剪裁
獨立日，之後的某個晴日
我從大學圖書館沿著網絡的小徑回去歷史的垃圾場

一度攜手共同打造立體的理想的弟兄們
埋怨季節的果實總是配給不均，在獨立日
之後的某個雨日
紛紛抽出長矛巴冷刀辯論真理。父親和華人的血縫在同一個刀口上
木槿花的紅。淌血的街道
軍警的皮靴硬生生把械鬥的巨響
踩入泥土的肉裡。獨立日，在人生的平原盡頭
鬆脫的土壤昇起都是無色無味的靈魂
當年唯一的一次爭執已然長大成一棵木麻黃
血跡傷痂結成滿天褐黃的枯葉
在類似秋天的早晨，飄然凋落。

●

終於，虧待過我們的歷史也坦然頷首
所謂平等
都必須搭建在所有不平等的上端

## 作者簡介

——呂育陶（1969-），祖籍廣東順德，出生於馬來西亞檳城，美國康貝爾大學電腦科學系畢業，現任職投資銀行。曾獲臺灣時報文學獎，新加坡方修文學獎，馬來西亞花踪文學獎、海鷗文學獎、優秀青年作家獎。著有詩集《在我萬能的想像王國》、《黃襪子，自辯書》、《尋家》。

# 只是穿了一雙黃襪子

呂育陶

交代什麼歷史？

我還藏在羊水動盪的子宮裡
情緒高昂的馬來鼓催促母親的心跳
匆匆縮進噤聲的膠林躲避一把
劈開官員過量粉飾好天氣的巴冷刀
那一年人類登陸月球胡士托搖滾不息三天夜
軍槍埋葬國會顏色相異的旗幟
所有不公與歧視都凍結成死者墳地凸起的土丘

夢境酷熱的青春：

我也交過筆友，玩滑輪，打電玩
在開心鬼和殭屍遊竄的影院純感官地大笑

愛著兩個女生同時被兩個女生所愛
不景氣的櫥窗把父親擺設成廢礦湖旁一柄釣竿
合作社倒閉，野草與蚊蚋接管了
街口未完工的大廈
午餐的椰醬飯和指天椒被胃囊推轉進入血液化成母語
我心不在焉上著國文補習課
無意識撫著臉上急速成長心事飽滿的青春痘……

**演什麼戲給地球村看？**

僵硬老舊的大學校舍充滿稜角
只是穿了一雙黃襪子
獎學金悄然掉落另一個不同膚色的杯子裡
海報中文字體不可過於肥大
以免傷害國家主義教徒狹窄的瞳孔
我們小心拐過歷史的雷區思想的兵營上課寫報告
在父權的手修剪得平坦靜寂的校園
大夥繼續喝拉茶吃馬來糕

麻木展示依附在味蕾表層的多元種族文化
漸漸忘卻在多元文化的叢林我們註定
必須耗費更多力氣撥開藤蔓與枝幹
爭取單元族群的一口食水

**逼視歷史課本：**

國民同色的血液總安排在五月十三日流出體外
場地換在海對岸赤道上真理被騎劫的島嶼
陽具上膛的暴民踢開法律的鐵柵
把無政府主義的精液播種在
一個不允許野狗般使用自己母語的少女子宮裡
僅僅，是為了她母親穿過一雙黃襪子？
一陣多元文化叢林深處吹來的冷風
把我推回這土地流血的那一年，那一天……
而這城市的天空照例在回教堂觀音廟間播放
當年械鬥的巨響此刻鄰人的哀號
掩飾風暴吹倒管理不當的建築與盆栽

恐嚇國民集體奉獻大河氾濫的選票

如何玩弄和平？

每天我們被放映同樣風景的輕快鐵
準時送往草木訓令必須茂盛的城市上班
然後回家，讓生命卸妝，進入各自荒涼的夢境裡
信箱偶爾有一兩封忘記刪除的病毒警告或書籍促銷電郵
城外氣流急速變換，從衛星電視我看見
遠方天空抛灑大量諾言的巧克力
背景音樂的雲層卻不停跌落機槍的叱喝聲，臼炮咆哮聲
彷彿青天白日底下就只有蟲或蟻的選擇
否則烏雲將戰機般降落城市峰頂……
我閉上電視，夜的寒冷迅速靠攏
窗外凝結的夜色隱然各有一枚巧克力與子彈
自不同方位的叢林射來，同時精確地命中
我左胸那顆去年大選被同樣劇情撕裂的心

## 作者簡介

——呂育陶（1969-），詳見本書頁三三七。

2002

# 人魚

## 林健文

我說，人魚是美麗的化身
出沒之處必有傳說。

我打算寫一則遊記
如小說般記錄
這個城市每宗愛情經過的瑰麗
也記錄邂逅
我遇見你，是無風的下午
電視上播放如常的連續劇
縱然聽不懂異國語言
我們還是預測了劇情
加上我的揣測
和預感，假使會愛上
一尾金黃古銅人魚

靜靜坐成一座城的繁華
從你還未出生那天
開始為所有異國情侶
　寫上愛情詩篇

那夜我在陸上失眠
無法演奏完成的交響樂
塞滿我企圖尋找異國愛情的
腦袋，和一罐苦澀的啤酒同眠
從十六層高的空間吶喊
驚醒遙遠國土的
友人，和一本詩集同時墮入凡間
在舞者妖異的身軀上尋獲快樂
在滿桌的佳餚上挑剔
自己喜歡的味道
讓味覺和感覺一起遠離
串燒的牛肉冰冷的豬肉火辣的小辣椒
陪同你，喝到天明

你一定會仔細聆聽我說人魚的故事
　因為你，會喜歡美麗的愛情

我的瞳孔反射玻璃鏡片裡面漂亮臉孔
如一尾，魚
困在狹窄的缸裡
悠遊的是外面冷漠臉孔，帶點猥瑣
（卅歲以前不要拒絕漂流而過的，愛情）
即使已是一場交易
如此簡單的
愛
狹小的３R照片無法擠下這座城散發的陌生
一個傳說儘管已經漸漸發生然後慢慢結束
你終究如同人魚般美麗。

## 作者簡介

——林健文（1973-），出生於馬來西亞霹靂州雙溪古月。馬來西亞工藝大學工業科學系畢業。曾獲花踪文學獎。著有詩集《貓住在一座熱帶原始森林》（二〇〇九，有人）、《貓偶爾出現在歷史的五腳基》（二〇一〇，有人）。

# 國情

曾翎龍

分岔在庭園之後，一人一國
你鋪植草地，我從間隙撒落花種
綿密或跳耀，小說和詩
文本中省略的家人

雨量充沛的國你是屋瓦防漏
四季如夏的國我是竹簾透風
牆櫥是我的稀疏警句，書房是你的
龐大經文，在各自的床櫃
置放保險套或避孕丸
即時性或鋪排，靈機或
情節，我們在臥房神遊
到達或者折回，酣睡
或者失眠，但我們共用廁所板

在便意中我開始背誦
而你呆坐，一個章節的句點

廚房不是小說出沒的場景
國家地理和足球在廳堂奔跑
書寫和愛之外，我們的悠閒時光
關於生存者，恐懼因素
娛樂大搜查
難於抵禦的全球化，小丑M和肯德基老人
騎著摩托闖入，我們堅持
分而吃之

書房，噢我們的上書房
文字在這裡行走
遇合或排斥，兩排鍵盤
或舒緩或激烈，開拓自己的疆土
顯然一個擁擠，子民過多
踏實生活。一個空曠

有著自由靈魂，有時他們
擁有雙重國籍，在國界上
築起私通的橋梁
跨過我們交會時的唾液

所以我們應該
邦交？簽署協議
鎖上床櫃物色繼承人
他或許是統一的國王，奉養我們
在花草茂盛的後花園
只是我們再不能
走進各自純粹的國土

## 作者簡介

——曾翎龍（1976-），祖籍廣東惠陽，出生於馬來西亞雪蘭莪州士毛月新村，馬來西亞博特拉大學人類發展系畢業。現為《星洲日報》文化企宣主任、《學海》周刊主編、有人出版社總編輯。曾獲馬來西亞花踪文學獎、海鷗文學獎、優秀青年作家獎、臺灣時報文學獎、宗教文學獎等。著有詩集《有人以北》，散文集《我也曾經放牧時間》、《回味江湖》、《吃時間》，小說集《在逃詩人》。

2005

# 靠近　羅摩衍那

陳大為

越來越　靠近羅摩衍那
越來越　靠近神祇　越來越
靠近生死　和妖孽
很難想像整個上午整個下午
被神圍剿
被針襲擊
山城休克在印度教的額頭

我設法遠遠繞過天神蘇巴馬廉
太陽是印度人的
河流是印度人的
神聖和恐怖　都是
印度人的
沒有閒雜人等

沒有不三不四的疑問
虔誠
作為酷刑最虔誠的解釋

全體散漫與搖擺不定的信仰
向神投降
我的城市　淪陷
在屠妖節　刺痛的轉肩肌群
催眠的低飛咒語
誰呢　誰敢把經文翻過去
翻到白象的夢土
神拔劍
妖也拔劍的暗夜

越來越　靠近不可告人的神秘
越來越　靠近嗅覺的廟宇
廟很擠
無轎可坐的小神　相約出門

我無比敬畏
祂們那一髮千年不洗的椰油
（誰想在節慶的公車持續昏厥？）
（快舉手）
從氣管到支氣管
鑽進一頭絕對神聖的白象
　一頭厚厚椰油的黑髮
原來我　才是備屠的妖孽

公車穿過太陽
昏厥穿過清醒的描述
我們越來越　靠近文冬新村
我們越來越　靠近印度　廟
和祂的遊行隊伍
整條街道整條河乃至整條村子
被詩襲擊
被詞圍剿
我奮力回想　羅摩衍那

數十頁　與此無關的故事大綱

作者簡介

——陳大為（1969-），詳見本書頁三三〇。

2007

# 浮生

呂育陶

終於我確實有了不回島城的理由
堅固，厚實如牆磚的理由
在每年，所有城中覓食的候鳥集體失蹤
紛紛返回出生地那天
我獨自在陽臺
曝曬整年的記憶
開動全屋的家電
讓隆隆運轉的馬達
閃爍的液晶電視
知會我生命磨損的速度
鄰屋異族小孩
用一串劈里啪啦的鞭炮
佔領空無一人的巷子

無須回去島城。
那年僅有的電單車隨自己
登上一部南下的火車
已註定週日早晨
不再有兩個悠閒的輪胎
虛線般經過林蔭的葛尼道

在內心城府幽深的王國
停著一輛車籃裝滿蔬菜鮮肉
菜市回來的斑駁腳車

她幫十三歲的侄兒洗濯
汗臭的校服
她召一輛三輪車
接割盲腸的十九歲侄兒出院

而去年死神突然拔除
她微弱如腕錶的呼吸

當我合十，插上最後一炷香
我確實知道這島
隨著最後的家園飄散
在裊裊遺煙中
已沉落成旅遊地圖一個景點
右腹那道割盲腸的疤痕竟隱隱作痛

轉折被推入人生的中游
周遭總有許多猝然的沉沒
浪花般消失
掃墳時悄然記起

在內心城府幽深的王國
關於島城的房間
定格著一幅水彩
和童年玩伴放風箏的隴山堂邱公司
當年的街頭畫家已不知所蹤

新舊歲交錯的風裡
把蒙塵或生黴的旅行袋翻出
拍打，曝曬
從心之暗室
黴的孢子
在天地間擴散開來
有些降落在蒲種
雙威鎮，有的附在賀年卡上
郵寄到年復一年祝福會發亮的遠方

浮生若寄
我也有了不流動的理由

**作者簡介**

——呂育陶（1969-），詳見本書頁三三七。

# 父親的晚年

方路

2007

## 1 鴉片館

我和父親以夜色如含羞草開合的時速
最後一次走進煙館
包裹在火焰的光影
如狗的冰涼鼻端嗅著煙嘴凹下去的單瓣唇
以長竿垂釣老去魚鱗
晚年的煙客逐一稀少逐一臥成熟悉墓碑
月光中一具具預先繪好的靜物。

## 2 二哥和一棵油柑樹

到河邊徘徊
二哥跪在乾涸的岸旁一棵油柑樹枝椏上

父親到現場時還可聽到細細耳語
拍落衣上灰塵
新聞版面刊好訃告：
　癮君子河邊樹下自縊

父親一直以打火機的溫火想燒痛安眠中二哥的舌
如倒鉤形的菩提樹葉
靈柩未曾深睡的眼還在仰望
油柑樹上結了滿滿果實
二哥是唯一的落核
在繩子和頸項之間排練一次
最深的呼吸。

### 3　母親雙穴墓

借一個昨日
母親隱居在凸形的雙穴墓
父親早起到祠廟上香

從晨光中偷窺穴位黑深深的水平線
點煙時兩根皺巴巴的手指頭
如燒成灰燼的龍香骨
一雙深陷眼袋
長方形的穴址
父親在蠟燭和火焰吻合的光影中
請求時光寬待。

## 作者簡介

——方路（1964-），原名李成友，馬來西亞人，檳城州大山腳日新獨中、臺灣屏東技術學院畢業。現任《星洲日報》高級記者、馬來亞大學深耕文學創作課程講師、華總文化委員會委員及阿里路路（alilulu）創辦人。曾獲花踪文學獎新詩首獎及散文評審獎、時報文學獎新詩評審獎、第一屆九歌基金會小說班第一名、海鷗文學獎新詩評審獎。著有詩集《傷心的隱喻》、《電話亭》、《白餐布》、《半島歌手》、《方路詩選I》，散文集《單向道》、《Ole Cafe 夜晚》、《火蛋糕》，微型小說集《輓歌》、《白蹄狗》。作品曾選入大馬、新加坡、臺灣、香港和中國大陸等選集。

# 校園裡的斑鳩

邢詒旺

半年前，它們見到我來
頂多慢步移開
四五步，讓我穿過，識相地
穿過，用眼角和氣流感應彼此
低微而誠懇的善意——
像幾隻會飛的共鳴箱
遇上一張無箭的弓
一起奏響
一曲無弦的斑鳩琴

我不知道我們各自遭遇過什麼
半年後，它們突然那麼警戒
撲哧撲哧地迴避
彷彿我鱷魚牌的鞋聲是一隻黑色鱷魚

在張口閉口，使身體
晃動如鱷魚的尾巴
想要宣告自己的無辜：
一定有人嚇過你們罷？
或者向你們說過
我恐怖的形象？我無從解釋
也不習慣
這身獵者的氣息——
我只是鱷魚尾巴，不是嘴巴
不吃你們，也不想掃蕩
你們拒絕
作鱷魚尾巴的朋友嗎？我想鱷魚尾巴
是很渴望朋友的
看到你們點頭
我就覺得自己也是個頭，布穀布穀
不是什麼鱷魚
尾巴

這樣也好，半年來，我時常在心裡說：
你們應該再警戒一點
因為孩子總是和鱷魚一樣天真
把你們當成獵物
符合他們的天性——
他們還未退化
變成像我的尾巴——
我應該再積極、高興一點
讓自己相信：你們撲哧撲哧地迴避我
乃是像一群孩子迴避一個天真的孩子
不是揮空的教鞭

二〇〇八／七／二十二初稿

## 作者簡介

——邢詒旺（1978-），出生於馬來西亞森美蘭芙蓉。著有《鏽鐵時代》、《戀歌》、《家書》、《鹽》、《螺旋終站》、《法利賽戀曲》、《副詞》、《行行》、《背景音樂》、《透明舞者》等詩集。曾為林晃昇《野火作品鉤沉》繪製插圖。曾任《什麼?!詩刊》創刊號主編。曾參與南方文學之旅、動地吟等文學朗誦會。詩文亦見於《時代的聲音：動地吟詩人自選集》、《馬來西亞海南詩文選集》、《我們留臺那些年》、《我們返馬這些年》、《馬華截句選》等選集。

# 消失的夢谷



田思

我又重訪夢中的江城
在快艇的衝浪節奏中
感受拉讓江慈母般的脈息
看舷窗外景物如畫
卻有成排的木桐把美夢撞醒
那似曾相識的紅樹林
裸露出江濤沖刷後的貧瘠

晃過蕉葉掩映的加拿逸
仰望高岸上江屋如樓
江風吟出歌鎮風光（註）
快艇迅捷如逝水
一切依稀舊識
不，

一切都已改變
當快艇在碼頭繫纜
萬綠叢中的點點小屋已不復見
更不見那蜿蜒的赭色山腰
哪裡去了
我夢中如幻如真的江城
那晨霧縈繞的夢谷

碼頭水位越縮越低
高聳的是突出江邊的蠻橫建築
耳際回蕩當年燕群的啁啾
和沿江小販的親切土語
都湮沒於市虎的喧囂
墊高的路面遮蔽福南小學的書聲
那福隆亭大伯公廟的香火
繞不出四周店屋的衛視天線
一道破爛的九曲橋
兜不出現代化的迷宮

夢谷的蒼翠已被糟蹋
谷底成了垃圾的堆積處
小鎮褪下純樸外衣
露出模糊的面目
穿著新潮的土著青年
閑坐在巴剎四周
用隨身聽消磨整個上午
不知可聽到被遺棄的長屋
那些空巢老人寂寞的嘆息

踅入絲維亞古堡
尋找百年前締造和平的古跡
老酋長的功績和寶刀已蒙塵
整個展覽館空空蕩蕩
只有我和同伴單調的足音
在堅硬的鹽木樓板踏響
英雄成了壁櫥上的黑白相片
昔年爭奪的戰利品都成了古董

走出絲維亞堡
我們去尋訪友人的手工藝店
在一排排的新店屋間
早已失去了蹤跡
驀然回首
它就在三角形的飲食中心
彷彿一個迷你三角洲
在城市化的浪潮間喘息
店名「來來」的店主
局促在樓梯一隅
把我們拉到樓下喝咖啡
卻慨嘆咖啡已非昔日味道
我們婉拒了店主的午餐邀請
一段破碎的尋夢之旅
在回程快艇的船頂上
被烈日曬得像江水般濁黃

註：加拿逸、如樓、桑鎮，是拉讓江中游的三個市鎮，後者英文為SONG，故戲譯為歌鎮。

二〇〇九年六月二十七日
於加帛返詩巫途中

## 作者簡介

——田思（1947-），原名陳立桐（應桐），古晉出生，新加坡南洋大學中文系畢業，馬來亞大學中文系碩士。曾在古晉中華第一中學執教四十年，並於課餘擔任華文學會與華樂團指導老師，二〇一六年退休後仍在該校指導學生寫作，為二〇一四年創立至今的「一中少年作家坊」長期講課與進行寫作輔導。現為砂拉越開放大學講師，並任砂拉越星座詩社與古晉東方民樂團顧問，同時也是砂拉越華人學術研究會署理會長。曾獲砂州政府頒發各民族文學獎、方修文學獎詩歌組首獎、吳德芳傑出華文教師獎。已出版《田思小品》、《田思散文小說選》、《田思詩歌自選集》、《沙貝的迴響》、《馬華文學中的環保意識》、《心靈捕手》、《心田思絮》、《雨林詩雨》、《砂華文學的本土特質》等二十部個人著作，文類含括詩歌、散文、小說、評論及學術論文。另編有文集超過十部。

2010

# 父親的晚年像一尾遠方蛇

方路

a

父親徘徊在母親雙穴墓前
以為自己是一尾遠方蛇
偷窺穴腹深不深
泥土虛掩了整個早晨
剛好一塊碑石
懸空著遺像
碑面刻好祖籍生辰只差卒時的體溫
香爐還點著
去年的煙

b

推著腳車到祠廟上香
木魚剛剛敲
父親的晚年如一頭緊跟在後的無尾狗
瞇了眼點香
嘴唇叼根菸喃喃自語
朝對觀音祈求時光寬恕

c

到井邊提水
把心事盛在水桶飽和落寞中
水蓊樹下醃成一盆雨
哥哥在枝椏上吊
落了滿地葉
凹下去的單瓣唇

d

蹲在懸空的遺像前
父親偷偷哭泣
像狗冰涼的鼻尖嗅一嗅墳邊野生菇
黃昏時從肉鋪推來腳車
掛好兩片剛燒好的花肉
在墓前瞇了眼打瞌
點一根菸
構思暮色如何掩蓋晚年如蛇巢的
雙穴腹。

## 作者簡介

——方路（1964-），詳見本書頁三六一。

2011

# 坐北朝南

陳大為

俺的夢　常是一隊鄉野小說的深色馬賊
逆向掠奪閒人野放的詞彙
私通的城垛暗暗驚呼
指出了道路
三五處　被節令萎縮的糧草硬是把俺
喚作南蠻
可俺的馬蹄還沒殃及定義裡的北方
長寬固定的黑山白水
已作勢包圍

要知俺和俺的狐群狗黨　自南而北
啥事都幹
啥事都幹得不怎麼漂亮
只懂　吃刀拔酒　越人殺貨

但比誰都清楚駝皮手卷裡山和山的經絡
　　　　　　　　風和風的脈搏
俺在肚皮裡私繪的地圖　比誰都要遼闊

莫要　款待俺以書生借宿的窮酸草堂
莫要告訴俺　從宰牛可以得出天下的大道
莫要莽莽撞撞
闖入剛上好迷彩的南方夢土
此刻顏料凌亂　大夥兒將身世隨手擺放
待俺弄出個像話的主題
醒目　如歷任寨主的虎皮太師椅
兵器歸兵器
酒囊歸酒囊　完成大小頭目心服口服的排行

俺的夢　特愛編制成一隊又一隊的死忠馬賊
在秀才口吃的頻率之外　自立章回
俺把行規精簡
帶上風格鮮明且不必分析的器械

大方亮出刺配的字眼　如梁山一干暴徒
日行千里　查無追兵

俺的馬隊　來來回回在夢最慈悲的懸崖轉悠
蹄子粗重　肩頸輕鬆
偶爾誤認成走失的松樹
幻聽成岩洞　吹響灰色的曲子在召魂
俺就招了吧確實有一軸山水
橫行　在體內
一如高手強行灌注的真氣
又如地牛甦醒　丹田被迫自轉個不停
直到地老天荒
獨獨剩下俺和俺的女人　坐北朝南

**作者簡介**

——陳大為（1969-），詳見本書頁三三〇。

2012

# 不帶走一片雲彩的外祖父

黃遠雄

遠在麻坡
峇吉里義山閉關
修煉四十餘年，突然心血來潮
的老祖父，不畏關山阻隔
星月兼程跑來探望我
城鄉鄰里雖換了新臉孔
還不至於難倒他
依稀模糊記憶
一些破落與他，舊相識的
街巷和房幢
的位置

特別懷念早年，門前
那條一個窪窿緊挨

一個窪窿，沙丁魚似擠滿
多元化
行為乖戾的碎石和焦頭爛額
的破磚塊，看似互相排斥
卻在淳厚的黃泥包容和磨合下
緊擁成一體
共赴時艱的天涯
路，夾道有排列喝采
的狗尾草叢；以前

窮鄉僻壤，視野和想像可以
紙鳶般低吟高飛，不像現在
平坦，卻寸步難行

過去，根深柢固的四代同堂
看似吵吵嚷嚷，雞犬
不寧，卻很有膠漆般沆瀣的凝聚力
不像現在，城鄉、街巷、房屋

和車輛，都規劃成了羈旅
他鄉流動的驛站
曾孫有自己的托兒所
兒孫也有一座自己屬意
的養老院

好在祖輩
有留下一紙藍縷篳路
的族譜堅守在源遠流長
的關隘，堵住了ＤＮＡ
和基因的土石流，至少
流失的砂礫堆下，骨肉血脈仍
有跡可見

說著說著，突然仰天長嘯
推窗，一陣清風明月
果然是、老祖父蹣跚
但釋懷的背影

揮揮手
不帶走一片雲彩

二〇一二年

作者簡介
——黃遠雄（1950-），詳見本書頁二七二。

2012

# 失去味覺

沙河

最先出走的是鹹味
毫無徵兆沒有告別式
一夕之間
讓我忘了曬乾的魚醃製的菜
舌頭索不回海的鄉情
汗水渾圓如滴滴朝露
眼眶內的悲情也是淡如
炎涼的世態
接著是辣味和口腔訣別
指天椒的纖纖玉指
炫耀著彤彤的蔻丹
舌尖上卻燃不起一絲火苗
生薑和芥末的脾氣
溫順如一池靜水

草草在牙齒間作一次陌生的
引渡
後來慢慢察覺到
甜味在味蕾裡缺席
那些曾經親密過的零嘴
都隨著蟻群而去
阿斯巴味劑的甜言蜜語
不再顯現驚喜
童年的棒棒糖和甜圈
稚氣的顏色逐漸蒼白
一杯消暑的果凍
縱然加入超量的綿綿情話
也引不來唾涎的綺念
接著從嘴巴隱退的是
讓人遐思的酸味
檸檬的蒙太奇在唾沫中乾涸
皺眉瞇眼的反應
終止於阿法羥基酸的失效

望梅也無法止渴
酸葡萄的發酵
只能沉澱成心頭的一點妒意
最後僅剩的一丁點苦味
也悄悄在喉結裡涅槃
山豆子和黃連
失去滄桑的回憶
酒和水的分別在於
酒過濾後剩下的
暈眩快感
而醉語只能算是
分不清真實或虛幻的
生活涼茶。

二〇一二、八

## 作者簡介

——沙河（1946-），原名鄭澄泉，祖籍廣東潮陽，出生於馬來西亞檳城州大山腳鎮，退休前從事商業攝影。一九六〇年代開始新詩創作，也以匆匆為筆名，寫作微型小說，二〇〇七年獲第九屆花踪文學獎新詩推薦獎。曾出版詩集《魚的變奏曲》（二〇〇七）、《樹的墓誌銘》（二〇一一），微型小說集《尋碑》（二〇一二）。作品被收入《大馬詩選》（一九七三）、《赤道形聲》（二〇〇〇）、《馬華文學大系》（二〇〇一）、《馬華新詩讀本》（二〇一〇）、《馬來西亞當代微型小說選》（二〇一〇）、《母音階》（二〇一六）等選集；也選入《中國新詩百年大典》（二〇一三）。

2012

# 霜的假動作

陳頭頭

有些人
在秋天降生
第一眼就看見
世界的闌珊

他們偏灰　靠近
冬天的霧
如垂直的分泌　傾斜
的詩意　參差不齊
帶著刺移動
移動到遙遠的遠方

可能
也不可能

看見
發光的海

遙遠的流水在
遙遠的森林
屬於我們的這些光陰
很髒　洗刷時
仍慣性沾鏽

當時間都凍傷了
回憶的河面凝固
成冰　像鏡面
如月亮我們
路過自己
在冬天
堅硬撞擊
安靜　沒有氣味

沒有誰　可以模仿霜
的假動作
熱的時候
肆意蒸發
太潮濕就滂沱　流淚

沒有人　勇敢
褪去勇敢
挨著牆面　沿途
流淚那是
鹹味的人
氣味濃烈而張揚
我們只是他們的
影子

每上一層樓
顏色越淡

## 作者簡介

——陳頭頭（1975-），國立臺北藝術大學劇創研究所畢，以本名陳燕棣書寫專題報導、藝文評論；以陳頭頭之名創作，創作形式涵蓋詩、劇本與攝影等。陳頭頭以詩書寫生命的延展變異，以劇本凝視生活常態中的變態，以攝影觀看世界的視界。曾出版詩集《無法並列的幽靈局部》，劇場文本創作則包括《六個畢業生》、《城失空想》、《風媒花與神獸》等。曾和藝術家區秀詒、音樂人加卡地圖合作跨界演出《無實物練習》，也曾與詩人、小說家共同創作、策劃「驚花＋文字攝影巡迴展」；電影藝文等專欄文章散見報章雜誌。詩作品部落格：https://matotytee.blogspot.com/

# 漏風的餅乾

蔡穎英

愛吃漏風的餅乾
像無法抵抗火車開動的搖搖晃晃
儘管你坐定思考
酒店禁止榴槤和山竹等與世無爭的事
這樣搖啊晃著就快抵達
抵達通往下一站的搖晃
你不喜歡行李像你不喜歡不漏風的餅乾
但有太多隨身
相框濃縮果汁乾燥劑
開放等待漏風的餅乾

夜晚的風夾雜白晝的重量
你總在夜最深的時候退化成鬼
最像自己

無肉身雜質和偽裝
淡淡的哀愁只是思量
你無法交換
一斤枸杞換一枚錢幣
靈魂交換青春
哀愁用夢抵消

開始做夢時間就停止
夢軟成漏風的餅乾
不能穿高跟鞋會軟塌下陷
便沒有女人只有男人
那麼歡愉沒有人想過只有男人
像沒有人想過
你愛我像
無可救藥愛吃漏風的餅乾

二〇一四年四月修

## 作者簡介

——蔡穎英（1988-），祖籍廣東河婆。出生於古晉，砂拉越婆羅洲，馬來西亞。馬來亞大學中文系畢業，目前修讀中文博士。著有詩集《老人之書》。

2014

# 反正

游以飄

皆無所謂。或晝伏或夜出或日以繼夜
白天我介入遼闊澎湃的暗黑
晚上摩擦出刺眼的光
借這瞬間撐開的狹細亮線
來到你面前看相，並傾聽無相
這刻你安靜如蒸餾後純度的水
轉身就翻湧變幻莫測的伏特加
便拉你回來，讓你變成我
或換我變成你。分與不分有何所謂？
即便小說也不再流行建構典型角色
虛構與真實交錯反而讓散文迷人
讓我入迷的其實只能是你，就像詩
飼養語言，抑或被語言豢養
都沒兩樣，不過主賓在互換面裝

如此而已那還有什麼值得我們在意？
你說你在乎：親密的手指是春天的雨絲
我說那也可以野火燎原，夏花如焰
你我都曉知：房裡陰陽曲通外間的道理
這世界黑白雜交，都無所謂
雲雨，說到底也就科學的兩極
樓下的鞋跟可以倒帶再上樓
折疊後的棉被淩亂後再重疊
從有我到無我，然後復又輪迴反正

## 作者簡介

——游以飄（1970-），原名游俊豪（Yow Cheun Hoe），出生於馬來西亞霹靂金寶。新加坡國立大學東亞研究所博士（二〇〇二年），任教於南洋理工大學，擔任華裔館館長、中文系主任、中華語言文化中心主任。二〇一六年創立「南洋詩社」、「南洋詩會」。以中文創作詩，曾獲重要文學獎包括花踪文學獎新詩首獎（一九九五、一九九七年）、新加坡金筆獎中文詩歌第二名（二〇〇五年）。二〇一六年出版詩集《流線》，榮獲《聯合早報》二〇一六年書選。一九九五年與友人出版散文合集《十五星圖》。作品發表於《聯合早報》（新加坡）、《星洲日報》（馬來西亞）、《南洋商報》（馬來西亞）、《蕉風》（馬來西亞）、《詩歌月刊》（中國）、《草堂》（中國）、《廣西文學》（中國）、《飛地》（中國），收錄於《文字現象：聯合早報〈文藝城〉文選》（二〇一五、二〇一六、二〇一七年）。

2015

# 三等老人

郭詩玲

當日曆一頁一頁地撕去
自尊卻一本一本地寫就
你好，我是孤傲的三等老人
等吃等睡等死
等兒孫來看我
等兒孫來送我
等兒孫來拜我
拜託那些中學生大學生
不要有事沒事吵我看電視
你們唱的歌跳的舞
我聽無
非誠勿擾，再誠也別擾
我的手痛腳痛
這裡痛那裡痛

希望一覺死去的心情
你知否

寫於二〇一五年二月四日

## 作者簡介

——郭詩玲（1986-），生長於馬來西亞柔佛新山，新加坡南洋理工大學人文與社會科學學院首屆中文系榮譽學士（副修翻譯）、碩士（漢語言學方向）。曾留校擔任中文系導師、學術書刊編輯，亦曾受邀擔任中學華文創意寫作課導師，現任新加坡非營利文化機構華文編輯。曾獲兩屆新加坡大專文學獎文學賞析組獎項。著有四部詩集：《我走在我之上》（二〇一四）、《穿著防彈衣的我們怎麼擁抱》（二〇一五）、《當你靈感塞車》（二〇一六）、《得不到你時得到你》（二〇一七，自繪插畫）。詩集出版後，二十餘首詩受邀刊於臺灣詩刊《衛生紙+》；亦有十首詩載於上海譯文出版社雜誌《外國文藝》。二〇一八年考獲新加坡南洋藝術學院水墨畫甲等文憑，同年十月出版首部畫集《野生的心：郭詩玲水墨畫集》。

# 到時地獄見

2017

馬盛輝

到時地獄見
什麼也別帶上
那裡不流行絕望
你的詛咒如斯悠揚
你的怨恨如斯芳香
逢人還在喊
go to hell
go to hell
到時地獄見
到時你會發現
可以不呼吸而活著
可以不受傷而淌血
不斷指著
彼此的心口

說那裡有一條
通往天堂的密道
天堂不一定是白的
地獄不一定是黑的
只有人間
肯定是灰的
別再　別再說什麼
愛死神不愛死亡
從來沒有
另一種下場
到時地獄見
去供奉肉體的聖殿
去歡喜地
在自己身上殺人放火
逢人還在喊
go to hell
go to hell
到時地獄見

為彼此溫柔地繫上
咯咯撞擊的骷髏項鍊
傷口爭相播放
連痛苦
也堅持重金屬

## 作者簡介

——馬盛輝（1965-），出生於馬來西亞檳城，畢業於檳城理科大學人文教育系，目前在檳城恆毅中學擔任教員。大學期間曾多次獲得全國大專文學詩歌及小說組等獎項，並於大學後期與理大文友成立「青綠詩坊」。作品散見於報章及文藝刊物，與友人何暐義、釋繼程合著詩集《三人行》（一九九〇）；著有散文集《輕煙，是一種美麗的嘆息》（一九九〇）、《青草巷》（一九九二）、《孩子說》（一九九三），小說集《讚美一座城市》（一九九四）、《向虛無致敬》（一九九五）。

華 文 文 學 百 年 選　0 1 0 9 4 1 2

# 華文文學百年選 • 馬華卷 2：小說、新詩

國家圖書館出版品預行編目（CIP）資料

華文文學百年選 , 馬華卷 . 2 : 小說、新詩 / 陳大為 , 鍾怡雯主編 . -- 初版 .
-- 臺北市 : 九歌 , 2019.04
面；　公分 . -- ( 華文文學百年選 ; 109412)
ISBN 978-986-450-239-4 ( 平裝 )
848.6　　108002670

主　　編——陳大為、鍾怡雯
執行編輯——杜秀卿
創 辦 人——蔡文甫
發 行 人——蔡澤玉
出　　版——九歌出版社有限公司
臺北市 105 八德路 3 段 12 巷 57 弄 40 號
電話／02-25776564・傳真／02-25789205
郵政劃撥／0112295-1

九歌文學網　www.chiuko.com.tw

印　　刷——晨捷印製股份有限公司
法律顧問——龍躍天律師 ・ 蕭雄淋律師 ・ 董安丹律師
初　　版——2019 年 4 月
定　　價——550 元
書　　號——0109412
I S B N——978-986-450-239-4